U0488587

诵读陕西

不可不读的300首诗

杨恩成 编著

陕西师范大学出版总社

图书代号：WX16N1152

图书在版编目（CIP）数据

诵读陕西：不可不读的300首诗/杨恩成编著．—西安：陕西师范大学出版总社有限公司，2016.9
ISBN 978-7-5613-8628-6

Ⅰ．①诵… Ⅱ．①杨… Ⅲ．①诗集—中国 Ⅳ．①I22

中国版本图书馆CIP数据核字(2016)第222106号

诵读陕西
——不可不读的300首诗

SONGDU SHAANXI BUKEBUDU DE 300 SHOU SHI

杨恩成 编著

策划编辑/侯海英
责任编辑/胡 杨 曹 丹
责任校对/侯坤奇
出版发行/陕西师范大学出版总社
西安市长安南路199号（邮政编码 710062）

网	址 / www.snupg.com
印	刷 / 中煤地西安地图制印有限公司
开	本 / 787mm×1092 mm 1/16
印	张 / 20.5
插	页 / 2
字	数 / 300千
版	次 / 2016年10月第1版
印	次 / 2016年10月第1次印刷
书	号 / ISBN 978-7-5613-8628-6
定	价 / 58.00元

读者购书、书店添货或发现印刷装订问题，请与本社营销部联系、调换。
电　话：（029）85307864 85303629　传真：（029）85303879

前言 PREFACE

陕西是中华文化的重要发祥地。陕西的历史文化在中华传统文化中闪耀着历久弥新的光辉。三秦大地上先后有十三个王朝在此建都，前后历时一千一百多年。周、秦、汉、唐的繁荣鼎盛都是以陕西为根基的。宋元明清时代，陕西虽然不再是帝王之都，但仍然是当时朝廷扼控西北、绾毂西南的统治重心。尤其是在这块土地上产生的"长安文化"更是具有无与伦比的文化魅力。在现代史上，陕西又成为中国共产党领导中国人民抗击日本帝国主义、争取民族独立解放并最终取得胜利的大后方。

陕西作为中华文明的发源地，以诗歌为源头，产生了许多脍炙人口的佳作。《诗经》中三分之一的作品产生于陕西大地。唐王朝更是古典诗歌的黄金时代，李白、杜甫、王维、刘禹锡、白居易、杜牧、李商隐等诗人都在陕西留下了令人交口赞誉的华章。这些具有明显地域特征的作品既是历史留给陕西的宝贵精神财富，又是陕西文化的经典代表。在构建独具特色的陕西文化的事业中，这些经典作品具有展示陕西历史文化的独特魅力。

有鉴于此，我们从数以万计的咏陕诗中精选出三百首佳作。根据其内容，分为帝京篇、雄关篇、行宫篇、形胜篇、田园篇、科举篇、酬赠篇、隐逸篇、遗迹篇、书怀篇、寺观篇、乐舞篇、园林篇、岁时篇等十四类。所选诗歌，覆盖陕西全境。每篇由总说、原诗、简注和诵读导语构成，既能给读者阅读原诗扫除一些障碍，又能通过"诵读导语"拓展读者的文化视野。为了充分展现陕西历史文化的丰厚底蕴，编者深入实地，进行田野调查。所以，每类诗歌都配有编者拍摄的人文史迹照片，具有很强的历史感。个别地方因受时空限制，则选取他人的摄影佳作、古今名画、历史图片等，并注明拍摄者与绘画者姓名和出处，以示对他人劳动之尊重。读者一卷在手，陕西的人文地理、江山形胜、风物民情等一览无余。

　　由于编者学力有限，书中难免有不尽如人意之处。还望读者批评指正。

杨恩成

2014年岁末于陕西师大

目录 CONTENTS

帝京篇

- 003 帝京篇十首（选一） 唐太宗
- 004 帝京篇（节选） 骆宾王
- 005 秋兴八首（之五） 杜 甫
- 006 长安晓望寄崔补阙 包 何
- 007 长安杂题长句六首（选一） 杜 牧
- 008 长安旧里 韦 庄
- 009 故都 韩 偓
- 010 登西安府鼓楼 殷 奎
- 011 秦中杂感（之一） 袁 枚
- 012 西安二首（选一） 李嘉绩
- 013 早朝大明宫呈两省僚友 贾 至
- 014 和贾舍人早朝大明宫之作 王 维
- 015 宫词（选一） 王 建
- 016 题集贤阁 刘禹锡
- 017 汉苑行 张仲素
- 018 奉和圣制从蓬莱向兴庆阁道中留春雨中春望之作应制 王 维
- 019 清平调词三首 李 白
- 020 梦妃子 唐玄宗
- 021 过勤政楼 杜 牧
- 022 龙池 李商隐

雄关篇

- 025 入潼关 唐太宗
- 026 潼关口号 唐玄宗
- 027 入潼关 张 祜
- 028 潼关河亭 薛 逢

001

029	秋日赴阙题潼关驿楼	许浑
030	山坡羊·潼关怀古	张养浩
031	潼关	李梦阳
031	潼关	马理
032	左迁至蓝关示侄孙湘	韩愈
033	商山早行	温庭筠
034	再宿武关	李涉
035	题武关	杜牧
036	使至塞上	王维
037	塞下曲	王昌龄
038	赴北庭度陇思家	岑参
039	陇头水送别	储光羲
040	悼伤后赴东蜀辟至散关遇雪	李商隐

行宫篇

044	自京赴奉先县咏怀五百字	杜甫
046	华清宫	王建
047	过华清宫	李约
048	华清宫	张继
049	长恨歌	白居易
052	华清宫四首（选一）	张祜
053	集灵台二首（选一）	张祜
054	华清宫三首（选一）	崔橹
055	题温泉	李涉
056	过华清宫三绝句	杜牧
057	骊山有感	李商隐
058	登骊山阁留诗	吴雍
059	读《长恨辞》	李觏
060	骊山三绝句	苏轼
061	思佳客·题太真出浴图	高观国
062	风流子·骊山词	谢枋得
063	温泉怀古	杨一清
064	九成宫	李甘
065	过九成宫	吴融
066	玉华宫	杜甫
067	秋日翠微宫	唐太宗
068	翠微寺有感	刘禹锡

形胜篇

071	终南山	王维
072	终南望馀雪	祖咏
073	望终南山寄紫阁隐者	李白
074	题秦岭	欧阳詹
075	游终南山	孟郊

076	望终南	窦年
076	终南山	张乔
077	秦岭	汪元量
078	终南篇十首（选一）	王九思
079	登太白峰	李白
081	西岳云台歌送丹丘子	李白
082	行经华阴	崔颢
083	望岳	杜甫
084	古意	韩愈
085	华顶	李绅
086	咏仙掌	刘象
087	游华岳归道中望仙掌	晁补之
088	念奴娇	元好问
089	杪秋登太华山绝顶四首（选一）	李攀龙
090	苍龙岭	袁宏道
091	长安八景·华岳仙掌	朱集义
092	长安八景·骊山晚照	朱集义
093	长安八景·灞柳风雪	朱集义
094	长安八景·曲江流饮	朱集义
095	长安八景·雁塔晨钟	朱集义
096	长安八景·咸阳古渡	朱集义
097	长安八景·草堂烟雾	朱集义
098	长安八景·太白积雪	朱集义

田园篇

101	渭川田家	王维
102	田园乐（之三）	王维
103	太白东溪张老舍即事寄舍弟侄等	岑参
104	晚到周至耆老家	卢纶
105	晚次新丰北野老家书事呈赠韩质明府	卢纶
106	农家望晴	雍裕之
107	观刈麦	白居易
108	杜陵叟	白居易
109	长安秋夜	章孝标
110	商山麻涧	杜牧
111	畲田词五首（选一）	王禹偁
112	塞鸿秋·田家	康海
113	折桂令·田家	康海
114	普天乐·游化羊谷赠樵夫	王九思

科举篇

117　岁暮归南山　　　　　　　　孟浩然
118　送丘为落第归江东　　　　　王　维
119　初授官题高冠草堂　　　　　岑　参
120　长安落第　　　　　　　　　钱　起
120　落第长安　　　　　　　　　常　建
121　落第归乡留别长安主人　　　豆卢复
121　及第后赠试官　　　　　　　高　拯
122　登科后　　　　　　　　　　孟　郊
123　落第归终南别业　　　　　　卢　纶
124　闺意献张水部　　　　　　　朱庆馀
125　宣上人远寄和礼部
　　　王侍郎放榜后诗因而继和　　刘禹锡
126　及第后谢座主　　　　　　　周匡物
127　下第寓居崇圣寺感事　　　　许　浑
128　及第后寄长安故人　　　　　杜　牧
129　赠终南兰若僧　　　　　　　杜　牧
130　及第后宴曲江　　　　　　　刘　沧
131　下第后上永崇高侍郎　　　　高　蟾
132　不第后赋菊　　　　　　　　黄　巢
133　绝句　　　　　　　　　　　无名氏
134　发榜诗　　　　　　　　　　无名氏

酬赠篇

137　送杜少府之任蜀川　　　　　王　勃
138　送元二使安西　　　　　　　王　维
139　送秘书晁监还日本国　　　　王　维
140　灞陵行送别　　　　　　　　李　白
141　送郑十八虔贬台州司户　　　杜　甫
142　奉赠韦左丞丈二十二韵　　　杜　甫
143　沔水东店送唐子归嵩阳　　　岑　参
144　寄李儋元锡　　　　　　　　韦应物
145　送宫人入道归山　　　　　　于　鹄
146　长安逢故人　　　　　　　　郎士元
146　送夏侯校书归华阴别墅　　　卢　纶
147　赠华州郑大夫　　　　　　　王　建
148　寄贾岛　　　　　　　　　　王　建
149　送新罗使　　　　　　　　　张　籍
150　寄贾岛二首（选一）　　　　姚　合
150　赠郭驸马二首（选一）　　　李　端
151　赠李龟年　　　　　　　　　李　端
152　新除水曹郎答白舍人见贺　　张　籍
153　赋得古原草送别　　　　　　白居易
154　欲与元八卜邻先有是赠　　　白居易
155　送王十八归山寄题仙游寺　　白居易

004

| 156 | 暮春浐水送别 | 韩 琮 |
| 156 | 到鄂简王敬夫 | 何景明 |

隐逸篇

159	蓝田山庄	宋之问
160	春日与裴迪过新昌里访吕逸人不遇	王 维
161	山居秋暝	王 维
162	田园乐（之五）	王 维
163	高冠谷口招郑鄠	岑 参
164	还高冠潭口留别舍弟	岑 参
165	蓝上茅茨期王维补阙	储光羲
166	崔氏东山草堂	杜 甫
167	和卢常侍寄华山郑隐者	张 籍
168	寄紫阁隐者	张 籍
169	寻隐者韦九山人于东溪草堂	朱 湾
170	题四皓庙	白居易
171	怀紫阁山	杜 牧
172	辋川烟雨	沈国华

遗迹篇

175	茂陵	李商隐
176	过茂陵	汪广洋
177	隋宫二首（选一）	李商隐
178	过马嵬二首（选一）	李 益
179	过马嵬	李 益
179	马嵬坡	张 祜
180	马嵬二首（选一）	李商隐
181	马嵬	徐 夤
181	马嵬	高有邻
182	马嵬坡	汪元量
183	南吕·四块玉·马嵬坡	马致远
184	马嵬怀古二首（选一）	王士禛
185	马嵬四首（选一）	袁 枚
186	马嵬六首（选一）	洪亮吉
187	题杨太真墓	林则徐
188	司马迁墓	牟 融
189	经汾阳旧宅	赵 嘏
190	咸阳	李商隐
191	苏武庙	温庭筠
192	咸阳怀古	刘 沧
193	阿房宫	胡 曾

194	桥山祈仙台	张三丰
195	焚书坑	章 碣
196	焚书坑	罗 隐
197	咸阳怀古	刘 兼
198	过咸阳二首（选一）	赵秉文
199	晚渡咸阳	马中锡
200	咸阳	杨 慎
201	经五丈原	温庭筠
202	乾陵无字碑	张 琛
203	华州谒汾阳王祠	杨一清
204	谒杨太尉墓二首（选一）	杨一清
205	途经秦始皇墓	许 浑
206	新丰行	李东阳
207	杜曲谒杜子美先生祠	屈大均
208	念奴娇·沙苑怀古	王三省

书怀篇

211	春日忆李白	杜 甫
212	春望	杜 甫
213	元日无衣冠入朝寄皇甫拾遗 冉从弟补阙纾	李嘉祐
214	长安春望	卢 纶

214	题长安主人壁	张 谓
215	长信秋词五首（选一）	王昌龄
216	宫怨	李 益
217	自伤	王 建
218	杨柳枝词九首（选一）	刘禹锡
219	白牡丹	白居易
220	长乐坡送人赋得愁字	白居易
221	靖安穷居	元 稹
222	离思五首（选一）	元 稹
223	路边草	徐 夤
224	咸阳城西楼晚眺	许 浑
225	将赴吴兴登乐游原一绝	杜 牧
226	乐游原	李商隐
227	灞上秋居	马 戴
228	村行	王禹偁

寺观篇

231	同诸公登慈恩寺塔	杜 甫
232	题荐福寺衡岳暕师房	韩 翃
233	寻西明寺僧不在	元 稹
234	题兴善寺后池	卢 纶
235	题青龙寺	张 祜

236	幸华严寺	唐宣宗	256	与歌者何戡	刘禹锡
237	题石瓮寺	王　建	256	与歌者米嘉荣	刘禹锡
238	送无可上人	贾　岛	257	听旧宫中乐人穆氏唱歌	刘禹锡
239	过香积寺	王　维	258	赠李司空伎	刘禹锡
240	题悟真寺	卢　纶			
241	法雄寺东楼	张　籍	## 园林篇		
242	夜投丰德寺谒液上人	卢　纶			
243	玉真公主歌二首（选一）	高　适	261	丽人行	杜　甫
244	玉真观	张　籍	262	曲江二首	杜　甫
245	过玉真公主影殿	卢　纶	263	秋兴八首（之六）	杜　甫
246	元和十一年自朗州召至京戏赠看花诸君子	刘禹锡	264	酬白二十二舍人早春曲江见招	张　籍
247	再游玄都观（并引）	刘禹锡	265	同水部张员外籍曲江春游寄白二十二舍人	韩　愈
248	玄都观桃花	元好问	266	游太平公主山庄	韩　愈
248	题仙游观	韩　翃	267	杏园花下赠刘郎中	白居易
249	楼观	苏　轼	268	杏园花下酬乐天见赠	刘禹锡
250	说经台	何景明	269	杏园	元　稹
			270	曲江池上	雍裕之
## 乐舞篇			271	杏园	杜　牧
			272	曲江	李商隐
253	凯乐歌辞		273	暮秋独游曲江	李商隐
254	咏王大娘戴竿	刘　晏	274	曲江二首（选一）	李山甫
255	李凭箜篌引	李　贺			

007

275	曲江	张琛		296	卖炭翁	白居易
276	秋兴八首（之七）	杜甫		297	雪	罗隐
277	城西陂泛舟	杜甫		298	元日早朝	耿湋
278	陪诸贵公子丈八沟携伎纳凉晚际遇雨二首	杜甫		299	上元夜六首（选一）	崔液
				300	正月十五夜	苏味道
				301	正月十五夜灯	张祜

岁时篇

				302	一百五日夜对月	杜甫
282	早春呈水部张十八员外二首（选一）	韩愈		303	寒食	韩翃
283	城东早春	杨巨源		304	寒食夜	韩偓
284	题都城南庄	崔护		305	长安清明	韦庄
285	汉苑行	令狐楚		306	宫词	王涯
286	赏牡丹	刘禹锡		307	七夕	温庭筠
287	长安牡丹	裴潾		308	八月十五日夜禁中独直对月忆元九	白居易
288	游城南十六首·晚春	韩愈		309	十五夜望月寄杜郎中	王建
289	春日怀樊川旧游	王士禛		310	九月九日忆山东兄弟	王维
290	秋歌	李白		311	九日蓝田崔氏庄	杜甫
291	忆秦娥	李白		312	至日遣兴奉寄北省旧阁老两院故人二首（选一）	杜甫
292	长安秋望	杜牧				
293	登乐游原	杜牧		313	朔旦冬至摄职南郊因书即事	权德舆
294	长安秋望	赵嘏		314	杜位宅守岁	杜甫
295	渔家傲	范仲淹				

帝
京
篇

长安自古帝王州。这是一代诗圣杜甫对长安的文化定位。

在中华民族五千年的文明史上，从西周开始，以古都西安为中心，先后有十三个王朝在此建都，前后相继延续了一千一百多年。其建都时间之长，在中国六大古都中居于首位。

尤其是在西周、西汉和唐朝这三个时期所形成的长安文化奠定了中国传统文化的坚实基础。

在长安这块历史文化沃土上曾经辉煌过的西周、秦、汉、隋、唐，永远地留在世界文化的美好记忆中，而不仅仅是中国人的骄傲。

赵匡胤在开封建立宋王朝以后，长安地区就失去了国都地位。但是，以长安为中心所形成的"帝都文化"则成为中国文化的一个标志性符号。

从描写帝京题材的角度看，这些作品既有当时人书写自己亲身阅历的传世名作，又有后世文人抒发自己览古时的种种情怀。它不仅是诗情的展示，更是帝都文化积淀的重现，具有沉雄厚重的历史跨越感。

有人曾说：走在长安大地上，用脚在黄土地上蹭几下，就会有惊世的文物发现。这虽然有点夸张，但也说明了长安文化蕴藏之丰富。今天，要想步入人文西安、领略陕西的文化魅力，除了亲临当年的帝京，目睹举世无双的出土文物，再就是诵读有关帝京的诗歌，感受历代文人墨客对文化名都的激情。这是一种动态的人文感受，它和欣赏博物馆展柜里的出土文物完全是两种不同的精神享受。

在中国诗歌史上，第一个为帝京长安唱赞歌的是开创了"贞观之治"的唐太宗李世民。而吟唱出"山河千里国，城阙九重门。不睹皇居壮，安知天子尊"这样豪迈诗篇的则是写了《为徐敬业讨武氏檄》、让女皇武则天如坐针毡的骆宾王。而最后一个为古都长安怅叹的是清朝末年的李嘉绩："雄城高据几春秋，四面黄尘扑画楼。秦汉隋唐事销歇，尚称千古帝王州。"

有鉴于此，这本"诵读陕西"就以"帝京篇"作为开端，通过历代名家诗歌，把你带进魅力长安、诗韵陕西。

帝京篇十首（选一）

唐太宗

秦川雄帝宅，函关壮皇居①。
绮殿千寻起，离宫百雉馀②。
连甍遥接汉，飞观迥凌虚③。
云日隐层阙，风烟出绮疏④。

注：
① 函关：即函谷关。
② 离宫：京城以外供皇帝起居的宫殿，亦称行宫。雉：长三丈、高一丈为一雉。百雉极言规模宏大。
③ 甍：屋脊。观：此指楼阁。迥，远。凌虚：凌空而起。
④ 风烟：即烟霞。绮疏：雕饰精美的窗户。

【诵读导语】

武德九年，秦王李世民发动了玄武门事变，杀死太子建成和齐王元吉，迫使唐高祖李渊让出皇位。李世民登基后，为了笼络人心，设置弘文馆，聘用十八学士，研习经典。《帝京篇十首》就是通过诗歌的形式，表达他的皇权至上的文化思想和"中和美"的艺术观。尤其是诗前的"序"，成为贞观及后来高宗时期文坛的基本纲领。而十首诗，则是李世民对其文化方针的艺术阐释。在他的影响下，当时文坛上呈现出既不同于六朝绮靡文风、又充满华丽辞藻的新的宫廷诗风。这首诗就通过对"帝京"形胜的描绘，凸显了作者自信与自负的情怀。而且，这组诗在诗歌史上被视为初唐律诗的开端。

函关古道

帝京篇（节选）

骆宾王

【诵读导语】

骆宾王是"初唐四杰"中年龄最长的诗人。他的这首《帝京篇》是投献给当时主持吏部铨选的吏部侍郎裴行俭的。全诗淋漓磊落，才思横溢。既写了京城长安的人文之胜，又抒发了自己怀才不遇的人生感慨。尤其是写帝京长安的建筑规模及其布局，敷衍得宜，璀璨夺目。一经传出，当时以为"绝唱"。

山河千里国，城阙九重门。
不睹皇居壮，安知天子尊。
皇居帝里崤函谷，鹑野龙山侯甸服①。
五纬连影集星躔②，八水分流横地轴③。
秦塞重关一百二，汉家离宫三十六。
桂殿嵚岑对玉楼，椒房窈窕连金屋。
三条九陌丽城隈，万户千门平旦开。
复道斜通鹎鹊观，交衢直指凤凰台。
剑履南宫入，簪缨北阙来④。
声明冠寰宇，文物象昭回⑤。

....

平台戚里带崇墉，炊金馔玉待鸣钟。
小堂绮帐三千户，大道青楼十二重⑥。
宝盖雕鞍金络马，兰窗绣柱玉盘龙。
绣柱璇题粉壁映⑦，锵金鸣玉王侯盛。

....

注：

① 鹑野：鹑：星宿名。对应秦地。故用鹑野代指关中地区。龙山：即龙首山，大明宫所在地。地貌学家说，从太乙山北至渭河滨，其地势如巨龙饮于渭水。大明宫正好在巨龙之首。故称龙首原。侯甸服：《周礼》谓方千里曰王畿，其外方五百里曰侯服，又其外方五百里曰甸服。此指关中地区。

② 五纬：五星。星躔：星的轨迹。

③ 八水：即泾河、渭河、沣河、灞河、沣河、滈河、潏河、涝河。地轴：大地的中心。经现代科学证明，长安是中国大地原点。其确切位置在今西安城北泾阳县永乐店。

④ 剑履、簪缨：指朝廷官员。北阙、南宫：指皇宫。

⑤ "声明"二句：意思是作为文化名城，帝京长安誉满寰宇，光照日月。文物：指礼仪典章等。

⑥ "小堂"二句：写长安城内市井繁华。

⑦ "绣柱"二句：写豪贵之家，雕梁画栋，金碧辉煌。璇题：椽椽之头饰以玉。

秋兴八首（之五）[1]

杜 甫

蓬莱宫阙对南山[2]，承露金茎霄汉间[3]。
西望瑶池降王母，东来紫气满函关[4]。
云移雉尾开宫扇，日绕龙鳞识圣颜[5]。
一卧沧江惊岁晚[6]，几回青琐点朝班[7]。

【诵读导语】

在唐代诗人歌颂帝京长安宏伟气象的作品中，杜甫的这首诗堪称是气势雄浑、凌厉千古的压卷之作。尽管作者写这首诗的时候已处于人生的衰暮之年，而且流落夔州，"孤舟一系"，"丛菊两开"！他时常为自己"无力正乾坤"而感到惭愧，但是，大唐王朝的盛世景象却支撑着他的精神世界，使其诗境日趋浑厚天成。在诗歌艺术世界里，正是这组诗使杜甫攀上了前无古人、后无来者的诗国顶峰，显示了诗人不同凡响的崇高精神世界。确切地说，这是一首怀念太平盛世的力作。蓬莱宫、承露盘、瑶池、紫气等文化意象，充满了道家文化色彩，彰显了道家文化作为中国盛世文化的人文传统。结尾处的"一卧沧江"，虽有时不我待之惊叹，但青琐"点朝班"的人生经历让他时时感到自豪。

注：

① 这是作者晚年在夔州写的组诗《秋兴八首》的第五首。
② 蓬莱宫：唐高宗扩建大明宫，竣工后，改名蓬莱宫。所以唐代诗人有时把大明宫也称蓬莱宫。南山：即终南山。
③ 承露金茎：汉武帝为了追求长生不老，听信方士之言，在建章宫里树立数丈高的一座铜人，手掌中置一玉盘，承接天露，让汉武帝和着玉屑服用。作者用这个典故旨在描绘唐长安皇宫的建筑气势雄伟，直插霄汉。
④ "西望"二句：赞颂大唐王朝社会繁荣，国运昌盛的景象。
⑤ "云移"二句：写自己在肃宗朝早朝时见到皇帝时的情景：当宫扇慢慢向两边移开后，就看见皇帝身着绣有旭日和巨龙的朝服端坐在御座上。
⑥ 一卧沧江：指自己滞留在长江边上的夔州。
⑦ "几回"句：回忆自己在丹凤门外等候早朝。青琐：汉宫门名。因其门边有青镂而得名。此代指大明宫门外。点朝班：按府衙和职务高低排序点名，准备入宫早朝。

大明宫含元殿复原图
（2006盛典西安视频截图）

长安晓望寄崔补阙

包　何

迢递山河拥帝京①，参差宫殿接云平。
风吹晓漏经长乐，柳带晴烟出禁城②。
天净笙歌临路发，日高车马隔尘行。
自怜久滞诸生列，未得金闺籍姓名③。

注：
① 迢递：绵延不绝。拥：簇拥。
② "风吹"二句：写京城的融融春光。长乐：即唐长安城东门外的长乐坡。即今天的长乐坡。禁城：皇宫。
③ "自怜"二句：意谓自己还没有取得做官的资格。金闺：指朝廷。籍：登记，记录。

【诵读导语】

此诗以"晓望"为题，描绘了帝京长安的宏伟景象。写长安的早晨，作者从大处落笔，先写百二山河簇拥京城、皇宫耸入云天的江山形胜，再从细部入手，写"风吹晓露"、"柳带晴烟"的融融春光。笙歌悠扬，车马绝尘，盛赞京城一片宜人的和谐景象。宛然一幅"帝京图"。此诗是诗人在天宝七年未中进士前写的。所以结尾处难免为自己"久滞"诸生之列而忧郁。结合诗题，不免带有希望崔补阙能予以提携的画外之音。

终南山

长安杂题长句六首(选一)

杜 牧

洪河清渭天池浚[1],太白终南地轴横[2]。
祥云辉映汉宫紫,春光绣画秦川明。
草妒佳人钿朵色,风回公子玉衔声[3]。
六飞南幸芙蓉苑[4],十里飘香入夹城[5]。

【诵读导语】

杜牧生当唐王朝国势江河日下之时。他的同代诗人写帝京,多以怀旧为主题。杜牧的这首诗以写今日帝京为主题。该诗先写京城四周的洪河清渭、太白终南之形胜,接叙祥云、春光映射下的人文侈丽,足显天府之盛。比起这组诗的第三首的"南苑草芳眠锦雉,夹城云暖下霓旄"、第六首的"白鹿原头回猎骑,紫云楼下醉江花"的轻滑艳冶,此首的"六飞南幸"、"十里飘香"更烘托出长安的人文之盛。若视其为"刺世"诗,则有失诗人之本意。

注:

[1] 洪河:黄河。浚:深。渭:渭河。黄河由北向南流经关内银、绥、延、丹、同、华诸州;渭河发源于渭州,流经秦、陇、岐、京兆、同、华。
[2] "太白"句:太白山、终南山横贯华夏大地的中心。
[3] 玉衔:马的辔头上装饰的玉佩。
[4] 六飞:皇帝车驾六马,故称六飞。
[5] 夹城:即复道。唐时,从城北大明宫到城南兴庆宫、芙蓉苑沿东城墙又修了一道城墙,形成复道,俗称夹城,专供皇帝出行使用。

陕西泾阳永乐镇:中国大地原点

渭河(西安段)

长安旧里[1]

韦 庄

满目墙匡春草深，伤时伤事更伤心。
车轮马迹今何在，十二玉楼无处寻[2]。

注：
① 韦庄宅第在长安朱雀大街西第三街西嘉会坊，即今徐家庄和蒋家寨之间。
② 十二玉楼：泛指京城富丽堂皇的建筑。

【诵读导语】

韦庄是唐京兆杜陵（今西安市东南）人。其出身也是长安望族。"伤时伤事更伤心"是这首诗的情感凝聚点。生活在唐王朝行将灭亡的时代，韦庄对时局以及军阀之间的混战充满了忧虑和无奈。所以，当他看到满目荒凉的春城长安时，就显得极其伤心。所谓的"车轮马迹"、"十二玉楼"，是他对昔日繁华景象的追忆。如今这些已经荡然无存。可以说，韦庄的这首诗给近三百年的帝京长安走向覆灭画上了一个令人忧伤的感叹号。

丹凤门遗址

故都[1]

韩 偓

故都遥想草萋萋，上帝深疑亦自迷。
塞雁已侵池籞宿[2]，宫鸦犹恋女墙啼。
天涯烈士空垂泪[3]，地下强魂必噬脐[4]。
掩鼻计成终不觉[5]，冯谖无路学鸣鸡[6]。

【诵读导语】

唐王朝毕竟有过两百多年的辉煌史。所以，尽管时移代变，京城长安却成了文人心目中抹不去的历史记忆。作者韩偓是京兆万年（今西安）人。他得知朱温胁迫唐昭宗迁都洛阳并纵火焚毁大明宫后写了这首诗。全诗以"遥想"为切入点，想象京城长安荒凉破败的景象。作者先写故都荒草萋萋，接写皇宫禁苑中塞雁游弋、宫墙上寒鸦啼鸣。仅此二景已经写尽大明宫物是人非的残破景象。作为李唐王朝的旧臣，作者既慨叹自己无力回天，又为朝廷用人不当而抱恨天涯。全诗凄婉、哀怨，与《离骚》《招魂》异曲同工。以晚唐旧臣之身份怀念古都，当首推韩偓。

麟德殿遗址

注：

[1] 唐朝末年，宣武节度使朱温为了控制朝政，于天祐元年（904）挟持唐昭宗迁都洛阳。为了断绝其归路，朱温命其部下纵火烧毁大明宫。这首诗是作者流落闽南时为怀念长安而作。

[2] 池籞：竹篱笆之类。

[3] 烈士：作者自称

[4] 地下强魂：指崔胤。他为了铲除宦官势力，建议唐昭宗重用朱温。结果导致朱温篡权，他也惨遭杀戮。此句意思是：如果崔胤地下有知，他肯定会追悔莫及。

[5] "掩鼻"句：《韩非子》记载，楚王宠爱一位新入宫的美人。郑秀很嫉妒，就对那位美人说，大王不喜欢你的鼻子，所以，你见了大王，把鼻子捂起来。美人照她说的做了。郑秀对楚王说，那个美人说你身上有臭味，所以，见了你就把鼻子捂起来。楚王一怒之下，把那个美人的鼻子割了。作者用郑秀影射朱温假装效忠唐王，最终篡权。

[6] "冯谖"句：孟尝君逃出秦国咸阳欲返回齐国。至函谷关，天未亮，关门不开。门客冯谖学鸡鸣，骗开关门，使其脱险。此句意思是说自己没有办法解救主人摆脱困境。

登西安府鼓楼[1]

殷 奎

西府层楼接上台[2],客怀落日为谁开。
一天秋色云飞断,万户晴晖鹊噪来[3]。
遍倚危栏频入感,未吹画角已兴哀[4]。
千年朝市仍更变[5],独有南山石未灰[6]。

【诵读导语】

明朝洪武初年,殷奎任咸阳县教谕。这首诗,是写西安鼓楼的第一首诗。西安鼓楼与钟楼相望。晨钟暮鼓,由此而来。"千年朝市仍更变",是一诗之眼。诗人登楼所见之"秋色""晴晖",虽然境界清旷开阔,也难掩其心中生出的盛衰更替之哀怨。而"南山石未灰",则将终南山视为人类社会沧海桑田的见证者。

注:
① 鼓楼:位于今西安城内西大街北院门南端,东与钟楼相望,是现存全国最大的鼓楼。
② 西府:西安府。
③ 晴晖:雨后的阳光。鹊噪来:雨后鸟鹊啼鸣。
④ 画角:古时军中使用的乐器。用以警示晨昏,肃整军容。兴哀,生出一丝哀怨之情。
⑤ 朝市:泛指尘世。更:更替,改变。
⑥ 南山:终南山。

西安鼓楼

秦中杂感（之一）

袁 枚

天府长城势壮哉[1]，秋风落叶满章台[2]。
一关开闭随王气[3]，绝顶河山感霸才[4]。

注：

[1] 天府：即关中地区。《战国策》记载，苏秦对秦惠王说："大王之国，所谓天府。"故《史记》沿用其说，谓："关中，天府之国。"长城：指关中北有长城护卫。

[2] 章台：原为秦宫名。汉有章台街。后用以指京城街衢。

[3] "一关"句：此句意谓长安的盛衰和建都长安的王朝有密切关系。王气盛则长安盛，王气衰则长安衰。关：指函谷关或潼关。

[4] "绝顶"句：意谓连百二山河都对长安的盛衰发出感慨：有王霸之才者才能在关中称王。

【诵读导语】

袁枚于乾隆十四年（1749）称疾辞去江宁县令。三年后，朝廷又重新启用他。他本已无意于仕途，但听说让他去关中任职时，便欣然前往。原因是："传说关中多胜迹，男儿须到古长安。"是长安文化吸引了他。在陕期间，他遍览名胜古迹，创作《秦中杂感》近百首。对此，他很自负地说："新诗自挟秦风壮，古来名士满长安。"这首《秦中杂感》虽是怀古之作，但不像其他诗那样，"每欲凭栏怕惆怅，二千年前帝王家"！而是赞美了那些具有王霸之才的帝王在古都长安所演绎的波澜壮阔的历史。这也许就是他所说的"秦风"使他的诗具有了雄壮之气。

函谷关

西安二首（选一）

李嘉绩[1]

雄城高踞几春秋[2]，四面黄尘扑画楼[3]。
秦汉隋唐事销歇[4]，尚称千古帝王州。

注：
[1] 李嘉绩是清末直隶通州（今属北京）人。曾在陕西任地方官员多年，对陕西人文历史遗迹颇多吟诵。
[2] 雄城：作者由眼前的明代西安城墙遥想到汉唐长安城。
[3] 画楼：指城楼。
[4] 销歇：成为历史。

【诵读导语】

清朝末年，号称西北重镇的古都西安已经荒破不堪，徒有其名而已。但这并没有动摇它作为千古帝王之州的历史地位，更没人怀疑它的历史文化底蕴。作者从眼前之景落笔，而思接千古。寥寥数语，写尽古都西安千年沧桑。他在《咸阳怀古》诗中说咸阳是"千古群雄争战后，只今惟见草茫茫"。但长安作为帝王之都的历史地位是不可动摇的。这和一般的感慨人世沧桑有天壤之别。

西安明代城墙

早朝大明宫呈两省僚友①

贾 至

银烛朝天紫陌长②,禁城春色晓苍苍③。
千条弱柳垂青琐④,百啭流莺绕建章⑤。
剑佩声随玉墀步⑥,衣冠身惹御炉香⑦。
共沐恩波凤池上⑧,朝朝染翰侍君王⑨。

【诵读导语】

这首写大明宫早朝的诗虽非上乘佳作,却有抛砖引玉之功。杜甫、王维、岑参都有唱和之作。贾至时任中书舍人,虽为唐肃宗身边之近臣,地位尊贵,身份荣显。但这首诗却无意气骄满之嫌,而是按早朝的顺序抒写,弱柳垂丝,流莺百啭,写尽早春旖旎景象。格调典雅清丽,句意严整,气氛和谐。而作者雍容闲雅之意态,历历在目。人谓其处富贵而不失其正。至公之论。

注:
① 两省:门下省和中书省。
② 紫陌:长安的大街。此句写官员们在天还未亮时纷纷秉烛前往大明宫等候早朝。
③ 禁城:指大明宫。此句写大明宫还笼罩在朦胧的晨曦中。
④ 青琐:宫门。因门上有用青铜雕镂的装饰,故称青门。此工艺源于汉宫,唐因之。
⑤ 建章:汉朝宫殿名,借指大明宫。
⑥ 玉墀:皇宫中的台阶。
⑦ 衣冠:指朝廷官员。
⑧ 凤池:即凤凰池。皇宫禁苑中的池沼。中书省在其侧。唐代官员习惯把中书省简称凤池。
⑨ 翰:笔。君王:指唐肃宗。

大明宫含元殿遗址

和贾舍人早朝大明宫之作

王 维

绛帻鸡人报晓筹①,尚衣方进翠云裘②。
九天阊阖开宫殿③,万国衣冠拜冕旒④。
日色才临仙掌动⑤,香烟欲傍衮龙浮⑥。
朝罢欲裁五色诏⑦,佩声归向凤池头。

注:
①绛帻鸡人:唐时,戴红色头巾的卫士在皇宫的阙楼上模仿雄鸡报晓,称之为鸡人。
②尚衣:唐后宫有尚衣局,专门负责管理皇帝的服装。翠云裘:绣着华丽图案的朝服。
③阊阖:指皇宫的正门。
④万国衣冠:指文武百官等。冕旒:皇帝的帽子,此代指皇帝。
⑤仙掌:皇宫仪仗队所举的宫扇。
⑥衮龙:绣有龙图案的皇帝的朝服。
⑦五色诏:用五色纸起草诏书。

【诵读导语】

王维的这首唱和诗,气势恢弘典雅,喧宾夺主。在宫掖诗中堪称典重而清新,绝非一味富丽堂皇。尤其是颔联"九天阊阖开宫殿,万国衣冠拜冕旒",冠绝古今。殊不知,此诗写于安史之乱初期、郭子仪刚刚收复长安之后。但却丝毫看不出杜甫笔下京城长安"城春草木深"的荒破景象。和贾至等人专写百官入朝不同,王维独从皇帝视朝写起,别具一格。

步辇图

宫 词（选一）

王 建

蓬莱正殿压金鳌①，红日初生碧海涛②。
开著五门遥北望③，柘黄新帕御床高④。

注：

① 蓬莱正殿：指大明宫含元殿。唐高宗初年，扩建大明宫。耗时近五年。龙朔三年（663）竣工，改名蓬莱宫。此名用了近四十年。长安元年（701）又恢复原名大明宫。金鳌，丹陛上的浮雕。
② "红日"句：写皇帝御座后屏风上的图案。
③ 五门：大明宫南面正门有五座门，正中为丹凤门，丹凤门左有望仙门、延政门，右有建福门、兴安门，合称五门。大明宫荒废后，丹凤门一带变成农村，取名五门村。
④ "柘黄"句：写皇帝御榻上铺有柘黄色的靠背和坐垫。御床，皇帝的坐榻。

【诵读导语】

在唐代诗人中，王建是写宫词最多的诗人。他和权倾朝野的宦官王守澄攀上宗亲后，从王守澄那里了解到皇宫里的许多"秘闻"，并据此创作了组诗《宫词》，凡一百首，记述皇宫故事与岁时习俗。为了解后宫"情事"提供了较为真实的资料。这首诗写皇帝临朝情景。关于皇帝坐榻上坐垫与靠背颜色的描写在唐诗中只有王建这样写过。有一次，他和王守澄喝酒，由于酒喝多了，说了些对王不恭敬的话，王很生气，对他说："内廷深邃，兄弟你的《宫词》何以知之？我当奏明圣上！"王建一惊，酒也醒了，提笔写了一首诗，结尾两句说："不是姓同亲说向，九重怎得外人知？"意思是：外人怎么能知道宫里的事，都是你告诉我的。王守澄害怕连累自己，也就一笑了之。

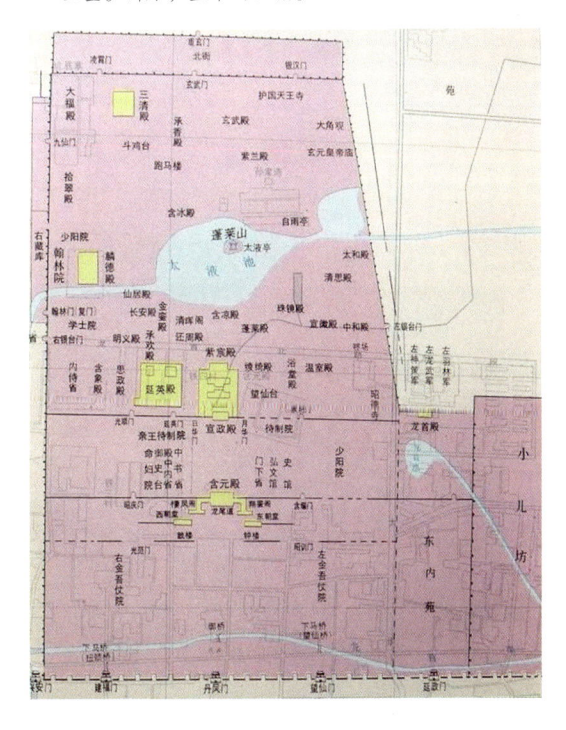

大明宫平面图（《西安历史地图集》）

题集贤阁[1]

刘禹锡

凤池西畔图书府[2],玉树玲珑景气闲[3]。
长听余风送天乐[4],时登高阁望人寰。
青山云绕栏干外,紫殿香来步武间[5]。
曾是先贤集翔地,每看壁记一惭颜[6]。

注:

[1] 集贤阁:大明宫宣政殿西、中书省西北有集贤殿。入阁者为学士、直学士、侍读学士、修撰官等。刘禹锡于唐文宗太和初年由和州刺史入朝,任礼部郎中,兼集贤殿学士。集贤阁,当为集贤殿中的一座楼阁。供官员休憩。

[2] 图书府:集贤殿设有藏书院。以备稽考。

[3] 玉树:槐树的美称。见《隋唐嘉话》。

[4] 天乐:指从皇帝后宫传来的宫廷音乐。

[5] 紫殿:指宣政殿北、集贤殿东北面的紫宸殿。该殿为皇帝的寝殿。步武间:言距离很近。武:足迹。

[6] "曾是"二句:集翔地,入阁为集,升迁为翔。意思是说不少先贤当年都是从这里升迁的。作者一生两次遭贬,时间长达23年。故其看到先贤们题写在集贤阁墙壁上的"壁记"之类,内心深感惭愧。

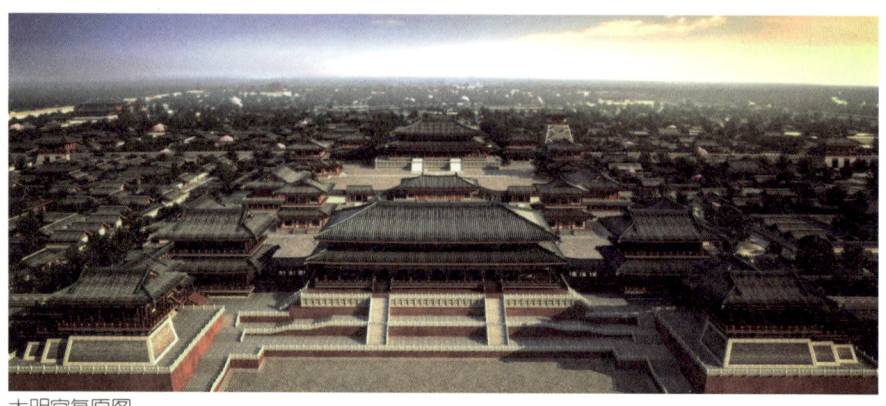

【诵读导语】

刘禹锡因参与永贞革新而长期遭受贬谪。尽管他为人性格开朗、豁达,在写这首诗之前,他在扬州遇见白居易时,曾经用"沉舟侧畔千帆过,病树前头万木春"的诗句劝告白居易鼓起生活勇气。但是,当他一旦入朝为官时,仍然不免心生感慨。这首诗,写于大明宫中。凤池、玉树、青山、白云、风送天乐,看似悠闲,其实作者内心却涌动着23年的人生风雨。所以,这首诗虽是写大明宫,但标志着作者结束了长达23年的贬谪与外任,开始了新的生活。

大明宫复原图

汉苑行

张仲素

回雁高翻太液池[1]，新花低发上林枝[2]。
年光到处皆堪赏[3]，春色人间总不知。

注：
[1] 太液池：古池名。汉太液池在长安城西。唐太液池在大明宫中含凉殿北。池中有太液亭。诗中则以汉代唐。
[2] 上林：汉代的宫苑名。此代指唐朝宫苑。
[3] 年光：指春光，春色。

【诵读导语】

题目是《汉苑行》，其实是写唐朝皇宫的。原诗有两首。另一首是这样写的："春风澹荡景悠悠，莺啭高枝燕入楼。千步回廊闻凤吹，珠帘处处上银钩。"写春回皇宫时，春风澹荡，莺歌燕舞。仙乐风飘，珠帘上卷。而这首诗却从太液池写起。回雁翻飞，新花绽放。妙在结尾一句，"春色人间总不知"！看似神秘，实际上写出了龙首原上大明宫"向阳花木早逢春"的美景。

大明宫太液池遗址

奉和圣制从蓬莱向兴庆阁道中留春雨中春望之作应制

王　维

渭水自萦秦塞曲，黄山旧绕汉宫斜①。
銮舆迥出千门柳，阁道回看上苑花②。
云里帝城双凤阙③，雨中春树万人家。
为乘阳气行时令，不是宸游玩物华④。

【诵读导语】

皇帝出题，臣僚作诗，是为应制。所咏之景为陪唐玄宗从大明宫向兴庆宫行进途中所见的长安春景。首联总写关中形胜；次联写銮舆从大明宫出发；第三联写帝城春光。状物写景，雍容典重，意致闲雅，宛如一幅水墨丹青。遂成千古名联。结尾以"行时令"收束，归于"奉和"，不失雅正。全诗整炼精工，为应制诗之冠。

注：
① 黄山：汉宫名，在兴平县西。
② 阁道：从大明宫至兴庆宫的复道，专供皇帝出行使用。
③ 双凤阙：大明宫含元殿前的翔鸾阁和栖凤阁。
④ "为乘"二句：意谓皇帝出游是顺应天道，以行时令，而不是为了游乐。

兴庆宫平面图

清平调词三首

李 白

云想衣裳花想容，春风拂槛露华浓。
若非群玉山头见①，会向瑶台月下逢②。

一枝秾艳露凝香，云雨巫山枉断肠③。
借问汉宫谁得似，可怜飞燕倚新妆④。

名花倾国两相欢⑤，常得君王带笑看。
解释春风无限恨⑥，沉香亭北倚阑干。

注：
① 群玉山：神仙住的地方。
② 瑶台：道家传说中西王母住的地方。
③ "云雨"句：意谓巫山神女都没有在兴庆宫中赏花的这位妃子漂亮。所以，楚襄王也是枉自多情。
④ "可怜"句：意谓赵飞燕要靠衣服装扮才显得漂亮。
⑤ "名花"句：名花：牡丹花。倾国：指唐玄宗的妃子。
⑥ "解释"句：意谓这位妃子颇懂风情。

【诵读导语】

李白于天宝初年供奉翰林。一日，兴庆宫牡丹盛开，玄宗与妃子登临沉香亭赏花。传李白赋诗。诗成，命李龟年演唱。此诗咏牡丹，为诗坛绝唱。诗中的妃子，其容貌冠绝古今，又一绝；李龟年乃当时宫中第一歌手，此又一绝。故曰三绝！第一首写妃子美若天仙，第二首写妃子容貌古今无双，第三首写皇帝为名花与艳妃所陶醉。三首诗，一气呵成。花人合一，浓艳瑰丽，堪称盛唐文化的杰出代表。有人解释诗中的妃子是杨贵妃。这与史实不符。李白为翰林学士时，杨玉环还没有被册封为"贵妃"。李白离开长安的第二年，即天宝四载，杨玉环才被册封为贵妃。这时，李白和杜甫正在山东漫游。

一枝秾艳

梦妃子[1]

唐玄宗

风急云惊雨不成,觉来仙梦甚分明。
当时苦恨银屏影,遮断仙姬只听声[2]。

【诵读导语】

诗题下有一段文字:"幸蜀回,居南内。梦中见妃子于蓬山太真院,作诗遗之,焚于马嵬山下。"诗题中的"妃子",即杨贵妃。先一年,安史叛军攻破潼关,唐玄宗带领文武百官逃出长安。行至马嵬驿,杨贵妃被赐死。唐玄宗赴成都避难。不久,太子李亨在灵武登基,唐玄宗被迫让位。第二年,郭子仪收复长安。唐玄宗从成都返回京城长安,住兴庆宫。一夕,忽于梦中得见杨妃。梦醒后,遂吟成此诗。并遣人赴马嵬,焚诗稿以祭奠杨妃。

注:
[1] 妃子:即杨贵妃。
[2] "当时"二句:意谓在梦中隔着屏风只看到杨贵妃的影子。仙姬,指杨贵妃。

兴庆宫沉香亭

过勤政楼

杜 牧

千秋令节名空在①,承露丝囊世已无②。
唯有紫苔偏得意,年年因雨上金铺③。

【诵读导语】

兴庆宫在隆庆坊,是唐玄宗的发迹之地。他当皇帝之初,就把这里扩建为兴庆宫,西内太极宫、东内大明宫、南内兴庆宫并称三大内。勤政楼全名勤政务本楼。在兴庆宫西南角。从其取名就可以看出唐玄宗即位之初,励精图治的政治作为。安史之乱以后,兴庆宫逐渐荒废。杜牧的这首诗,从唐玄宗在兴庆宫给自己庆祝生日写起,则带有怀念开元盛世的情感取向。遗憾的是,这一切都成为历史的记忆。如今路过勤政楼,但见宫门紧闭,门上的铺首已经锈迹斑斑。作者点到为止,其余则留给读者去思考。

注:

① 千秋节:开元十七年(729)八月初五,唐玄宗在兴庆宫花萼相辉楼庆祝自己的生日,批准宰相宋璟等人奏请,将这一天定为"千秋节"。令:美好。
② 承露丝囊:每年一度的千秋节,唐玄宗在其生日宴会上都给群臣赏赐铜镜、丝囊等物。
③ 金铺:宫门上安装门环的金属底托,多铸成兽形以为装饰。

兴庆宫勤政务本楼遗址

鎏金铜铺首

龙 池[1]

李商隐

龙池赐酒敞云屏[2],羯鼓声高众乐停[3]。
夜半宴归宫漏永[4],薛王沉醉寿王醒[5]。

注:

[1] 龙池:在兴庆宫内,跨越兴庆坊和隆庆坊。唐玄宗为太子时曾在隆庆坊居住。及其登基,遂以两坊之地建兴庆宫,称南内。
[2] 敞云屏:宴会场的四周遍张屏风。
[3] "羯鼓"句:《羯鼓录》记载,羯鼓为北方少数民族使用的一种乐器。其声清越,破空透远。唐玄宗极爱之,每有宴会,必鼓之。
[4] 宫漏永:即夜已很深。
[5] "薛王"句:唐玄宗兄弟五人。分别封为申王、宁王、邠王、薛王。杨玉环入宫时,此四人均已殁。故此句中的薛王或指嗣薛王。此句说:宴会上,别的人都喝得酩酊大醉,唯独寿王瑁心事重重,没有喝酒。

【诵读导语】

唐代诗人对唐玄宗把自己的儿媳妇纳为贵妃,多不避讳,也不过分指责。大凡说起这事,多从男女之情落笔。就连爱批评社会不良风气的白居易都说杨玉环是"天生丽质难自弃,一朝选在君王侧"。而李商隐的这首《龙池》诗,却写唐玄宗与杨贵妃在兴庆宫饮酒作乐、彻夜狂欢。唯独寿王瑁因失去爱妃而郁闷不乐。讽意明显,略无掩饰。这在唐代诗人中比较少见。

兴庆湖

雄关篇

历史的陕西，顾名思义是指"陕州以西"。关中是其腹地。从先秦开始，人们就把函谷关以西、大散关以东、武关以北、萧关以南这一广大区域称为关中。渭河平原又是关中的核心地带。由于特殊的地域特点，《战国策·秦策》说：关中地区"田肥美，民殷富，战车万乘，奋击百万，沃野千里，蓄积饶多，地势形便。此所谓天府"。

　　说关中是"天府之国"，就因为它的四面有雄关护卫。王勃所说的"城阙辅三秦"，仅仅是强调了帝都的中心地位。在中国六大古都中，长安是唯一四周有关山大河护卫的帝都。北宋的首都开封，四周是旷野平原；洛阳也是无险可守，所以，安禄山在范阳发动叛乱后，仅用一个月的时间就攻占了大唐王朝的东都洛阳！而历史上，凡据守金陵、杭州的封建王朝最多也只能是占据东南半壁江山！元大都以及明清的北京，唯一的屏障就是北边的燕山山脉。

　　唯独关中，作为帝都，取名"长安"，并不是帝王将相们一时的心血来潮！而是天时、地利、人和的综合体现。

　　因此，要认识诗韵长安、人文陕西，不能不由东向西、从南向北，仔细游览护卫长安的四大雄关！清代的袁枚，就吟唱出这样的诗句："天府长城势壮哉，秋风落叶满章台。一关开闭随王气，绝顶山河感霸才。"在他的笔下，"天府长城""绝顶山河"虽然沉寂了数百年，却依然能显现出旷古独一的王霸气概！

　　这种精神体验，在诵读了有关四大雄关的传世杰作后，自然能够心领神会。

入潼关

唐太宗

崤函称地险①,襟带壮两京②。
霜峰直临道,冰河曲绕城③。
古木参差影,寒猿断续声。
冠盖往来合,风尘朝夕惊。
高谈先马度,伪晓预鸡鸣④。
弃繻怀远志⑤,封泥负壮情⑥。
别有真人气⑦,安知名不名。

【诵读导语】

这首诗当作于武德六年（623）初。当时，秦王李世民经过一年多的转战，打败了山东的窦建德、洛阳的王世充、河北的刘黑闼，平定了河南、河北、山东。扫除了与唐王朝抗拒的割据势力，解除了李唐王朝的心腹之患。返回长安时，途经潼关，写了这首充满胜利喜悦的凯旋诗。诗的题目是"入潼关"，而且用了终军弃繻的典故。表明他要干一番大事业。事实也确实如此：三年后，他发动了玄武门事变，杀了太子李建成，迫使高祖李渊退位，自己当了皇帝。

注：

① 崤函：崤山、函谷关。因其地势险峻而成为关中的东大门。
② 两京：长安、洛阳。
③ "霜峰"二句：霜峰，指华岳山峰。冰河：结了冰的黄河。城：指潼关。
④ "高谈"二句：前一句写自己谈笑风生进入潼关；后一句讥笑孟尝君用鸡鸣狗盗之徒骗开函谷关门，逃出秦国。
⑤ 弃繻：终军，汉武帝时人。入潼关时，按规定，守关的军吏给他一块繻（相当于符信），以备出关时核查。终军说：大丈夫当有作为。说罢，将繻扔在地上，扬长而去。李世民用此典故，意在说明自己下定决心要干成一番大事业。
⑥ "封泥"句：意思是说用一块泥巴就能封住潼关。表示潼关易守难攻。负，怀有。
⑦ 真人：指老子。

潼关东门（日）足立喜六摄

潼关口号

唐玄宗

河曲回千里,关门限二京①。
所嗟非恃德②,设险致太平。

注:
① 限:隔开。二京:指东都洛阳、西京长安。
② 嗟:叹息,感叹。 恃:依靠,凭借。

【诵读导语】

这是唐玄宗由洛阳返回长安、途经潼关时随口吟出的一首诗,故称口号。前两句仅就潼关的地理形势而言,诗眼在后两句。作者目睹潼关所占据的关河之险,深有感慨地说:当政者如果不实行德政,仅仅靠江山之险,是很难保证天下太平的。作为一个封建帝王,唐玄宗能认识到这一点,是难能可贵的,最起码说明他有以德治国的愿望。

潼关港口 (美) 卡尔·迈登斯, 1941 年摄

入潼关[1]

张 祜

都城三百里[2],雄险此回环。
地势遥尊岳[3],河流侧让关[4]。
秦皇曾虎视,汉祖昔龙颜[5]。
何处枭凶辈[6],干戈自不闲。

【诵读导语】

张祜生活的时代是唐王朝的多事之秋中唐。他为人狂放不羁,浪迹天下,题咏山川形胜,无意仕进,以布衣终老丹阳。他入潼关,是因地方官举荐,不好推脱而入京。经潼关时,写了这首诗。前四句写潼关雄伟险峻,为同题之作的佼佼者。结尾二句,讥讽藩镇割据势力不自量力。他虽然无意于仕进,但对时局仍是很关心的。

注:

[1] 潼关:古称桃林塞,地处陕西、山西、河南三省要冲,素以险要著称,历来为兵家必争之地。
[2] "都城"句:意谓京城长安距潼关仅有三百里。
[3] 岳:华山。
[4] "河流"句:意谓连黄河都要避让潼关。
[5] "秦皇"二句:意思是秦始皇和汉高祖刘邦都把潼关视为京城的门户。
[6] 枭凶:此指中唐时向中央朝廷闹独立的藩镇。

潼关港口黄河湿地

潼关河亭

薛 逢

重冈如抱岳如蹲,屈曲秦川势自尊①。
天地并功开帝宅,山河相凑束龙门②。
橹声呕轧中流渡,柳色微茫远岸村。
满眼波涛终古事,年来惆怅与谁论。

注:
① 屈曲:蜿蜒曲折。
② 相凑:拥聚。

【诵读导语】

薛逢是潼关对面的山西永济人。潼关河亭在潼关港口边,也称驿亭。这首诗的诗眼在颔联:"天地并功开帝宅,山河相凑束龙门。"他认为,潼关是上天专门为入主长安的帝王设置的雄关。首联的重冈、山岳,颈联的橹声、柳色等,都是诗人在河亭上看到的。按理说,有此雄关、有此美景,尾联应该以慷慨高扬之气收束。但恰恰相反,作者在结尾却发牢骚。先说黄河波涛已将秦汉化为过眼烟云,再写"年来"自己虽然满腹惆怅,却无知音倾诉。他这样写,也是事出有因。薛逢是武宗会昌元年(841年)进士。和他同榜的杨收、王铎先后出任宰相。他却沉沦下僚。于是作诗讽刺杨收:"须知金印朝天客,同是沙堤避路人!"意思是:你别神气,当年你和我一样,在长安大街上遇见当大官的,都得避让!杨一怒之下将其外放。杨罢相,王铎为相,他又讽刺说:"昨日鸿毛万钧重,今朝山岳一毫轻!"有这样的人生经历,自然要登临抒怀、发牢骚了。

潼关港口(美)卡尔·迈登斯,1941年摄

秋日赴阙题潼关驿楼

许　浑

红叶晚萧萧，长亭酒一瓢①。
残云归太华，疏雨过中条②。
秋色随山迥③，河声入海遥。
帝乡明日到④，犹自梦渔樵⑤。

注：
① 长亭：古时于大道边每隔十里修一亭子，供行人休息，称长亭；每隔五里修一稍小一点的亭子，称短亭。
② 中条：即中条山，在潼关对面东北方向的山西境内。
③ 迥：远。
④ 帝乡：指长安。
⑤ 梦渔樵：意谓自己想归隐山野。

【诵读导语】

该诗以秋日为中心写登潼关驿站楼所见。中四句写潼关形胜，气格博大，颇有盛唐气概。"残云归太华"，写关中秋景，清明澄旷，虽是残云，适见天高云淡之秋色；"树色随山迥，河声入海遥"，表里山河之险，驱走笔端。直可与李白"山随平野尽，江入大荒流"相媲美。人称此诗为许浑压卷之作，似不为过。

潼关驿站楼（美）卡尔·迈登斯，1941年摄

山坡羊·潼关怀古

张养浩

峰峦如聚①，波涛如怒，山河表里潼关路②。望西都③，意踟蹰④。伤心秦汉经行处⑤，宫阙万间都做了土⑥。兴，百姓苦；亡，百姓苦⑦。

注：
① "峰峦"句：意谓群山林立，拥聚。
② 山河表里：指潼关内外。
③ 西都：指长安。
④ 意踟蹰：内心思绪翻腾。
⑤ "伤心"句：谓经过周秦汉唐故地，不免令人感到忧伤。
⑥ "宫阙"句：意谓多少王朝的宫阙都相继化为废墟。
⑦ 兴、亡：指改朝换代。

【诵读导语】

张养浩生活在金末元初，曾在陕西负责赈灾。当历代诗人都把注意力集中在赞美潼关为帝京形胜的时候，张养浩却在潼关吟唱出振聋发聩的《山坡羊·潼关怀古》。作者也写了潼关一带峰峦丛聚、黄河奔腾怒吼的自然奇观。然而，当作者驻足骋望的时候，却对曾经的帝京东大门产生了质疑：周秦汉唐故地曾经有多少宫殿楼阁，而今都化为尘土。在这种盛衰更替中，一个王朝建立了，对百姓来说，是一场灾难；而一个旧王朝覆灭了，对百姓来说，更是一场灭顶之灾！作者不慨叹尘世的盛衰无常，而是关注盛衰更替中老百姓的苦难。这在咏潼关的诗歌中是绝无仅有的！

潼关古城墙残垣

潼 关[1]

李梦阳

咸东天险设重关[2],闪日旌旗虎豹闲。
隘地黄河吞渭水[3],炎天白雪压秦山[4]。
旧京想象千官入[5],余恨逡巡六国还[6]。
满眼非无弃繻者,寄言军吏莫嗔颜[7]。

注:
① 这首诗作于李梦阳尚未为官时。
② 咸东:谓潼关在咸阳以东。
③ "隘地"句:写渭河在潼关汇入黄河。
④ "炎天"句:写太白山六月积雪。
⑤ "旧京"句:想象当年千官入朝时的景象。
⑥ "余恨"句:战国后期,六国曾商定联合攻秦,后因为犹豫不决,被秦国各个击破,从而留下千古亡国之恨。
⑦ 莫嗔颜:不要怒气冲冲地说话。

【诵读导语】

题目是"潼关",实际上是怀古兼书怀。作者李梦阳是甘肃庆阳(当时庆阳归陕西行省管辖)人,和王九思、康海是明朝复古派"前七子"的代表人物。他写这首诗的时候还没有步入仕途,出现在他笔下的潼关遗址给人以雄奇壮观的美感!在具体描写上,作者采取虚实结合的手法。"黄河吞渭水"、"白雪压秦山"是对关中形胜的具体描写。而旌旗飘扬、千官入朝、六国余恨以及汉代的终军弃繻等,都是诗人围绕潼关历史展开的想象,是虚写。而全诗的重点则在于用终军这个典故表明自己也要干成一番事业的雄心。

潼 关

马 理

虎踞龙蟠此要津[1],迢遥悬处不生尘[2]。
行人若问金汤固,半属山河半属人[3]。

注:
① 要津:原指重要渡口。诗中指潼关一带。
② "迢遥"句:写潼关高耸,形势险峻。
③ "行人"二句:金汤,指潼关之险,固若金汤。但作者认为,所谓固若金汤,一半在于治理国家的人,一半在于山河之险。

【诵读导语】

马理是明代陕西关学的著名代表人物之一。他继承关学创始人北宋张载的传统,把"为生民立命"作为人生奋斗的目标。只有做到了这一点,才能达到天下太平。所以,在这首诗中,关于金汤之险的内涵,他有自己的独到理解。在他看来,尽管有固若金汤的雄关,倘若统治阶级不施仁政,那么,这固若金汤的雄关也难保其江山永固。他的这一情怀和唐玄宗的"所嗟非恃德,设险致太平"所见略同。

左迁至蓝关示侄孙湘[①]

韩 愈

一封朝奏九重天[②]，夕贬潮州路八千[③]。
欲为圣朝除弊事[④]，肯将衰朽惜残年[⑤]。
云横秦岭家何在，雪拥蓝关马不前。
知汝远来应有意，好收吾骨瘴江边[⑥]。

【诵读导语】

韩愈的这首诗，只有"云横秦岭家何在，雪拥蓝关马不前"写到蓝关。其余六句写他为何被贬官，以及担心自己长逝岭南，让韩湘为其收尸。但这首诗却代表了一个文化现象：唐代官员的被贬地多是岭南和湖湘一带的蛮荒之地。蓝关古道是他们赴贬谪之地时必须经过的地方。所以，行经蓝关古道的唐代诗人，其诗作几乎都充满了伤感和悲凉。白居易被贬为江州司马时，夜宿蓝桥，写诗说："昨夜凤池头，今夜蓝溪口。明月本无心，行人自回首。"途经四皓庙时，又说："若有精灵应笑我，不成一事谪江州。"所以，商於古道之行，成为唐代诗人的伤心之旅。

注：
① 元和十四年，韩愈因上表反对将法门寺内的佛骨迎进皇宫供奉，惹怒了唐宪宗，差一点被定为死罪。在宰相裴度等人的斡旋下，免去其刑部侍郎职务，贬为潮州刺史。蓝关：唐诗中常常把商於古道的北段即从蓝田关至牧护关称为蓝关古道。而把从蓝田关到河南淅川县西这段道路称为七百里商於古道。从先秦起，这条道路就是由关中通河南南阳及江汉平原的交通要道。从军事意义上说，古蓝关是长安城东南的最后一道天然屏障。湘：韩湘，韩愈的侄孙。
② 九重天：原指皇宫，此代指皇帝。
③ 潮州：今属广东。
④ 弊事：指当时普遍佞佛的风气。
⑤ 肯：岂肯，不肯。
⑥ 瘴江：当时岭南一带尚处于蛮荒，且潮湿而多瘴疠之气。人处其间，多患病，甚至死亡。

蓝关古道遗址

商山早行

温庭筠

晨起动征铎[1]，客行悲故乡。
鸡声茅店月，人迹板桥霜。
槲叶落山路，枳花明驿墙[2]。
因思杜陵梦，凫雁满回塘。

注：
[1] 铎：铃铛。
[2] 明：映衬。

【诵读导语】

这首写早行的诗在诗歌史上很有名。欧阳修很欣赏"鸡声茅店月，人迹板桥霜"一联，并模仿其境界，留下了"鸟声梅店雨，野色柳桥春"的诗句。不过，温庭筠写旅途艰辛，只选用了几个颇有特色的意象：鸡声、茅店、月、人迹、板桥、霜，便将早行的艰辛写得入情入画。相比之下，欧阳修的诗句只不过是文字游戏。明代的胡应麟甚至把温庭筠的名联看作是一个时代的象征。他说："盛唐句如'海日生残夜，江春入旧年'，中唐句如'风兼残雪起，河带断水流'，晚唐句如'鸡声茅店月，人迹板桥霜'，皆形容景象，妙绝千古。而盛、中、晚界限斩然。故知文章关气运，非人力。"这一见解，颇有见地。

关山行旅图

再宿武关

李 涉

远别秦城万里游[①],乱山高下出商州[②]。
关门不锁寒溪水[③],一夜潺湲送客愁。

【诵读导语】

李涉是中唐时人。起初和弟弟李渤隐居于庐山、嵩山。他曾多次出入长安,谋求进取之路,而且走的就是商於古道。由于事不如意,只好空手而归。从题目上看,这首诗是他第二次"宿武关"时写的。诗的起句就已经牢骚满腹:我不远万里西游长安,却又不得不离开长安,到处远游。由于心情不畅,所以眼前的山也就成了"乱山"。其实,这个"乱"字还带有"心意烦乱"的意思。尤其是结尾两句,诗人把潺湲的丹江水和自己不绝如缕的愁绪联系起来,使人体味出诗人因仕途不顺而一夜未眠的情景。

注:
① 秦城:即长安。
② 出商州:唐时,出武关不远,便属于山南东道邓州管辖区域。
③ 关门:指武关城门。寒溪:即丹江水。

武关遗址

题武关

杜 牧

碧溪留我武关东,一笑怀王迹自穷①。
郑袖娇娆酣似醉,屈原憔悴去如蓬②。
山墙谷堑依然在,弱吐强吞尽已空③。
今日圣神家四海④,戍旗长卷夕阳中。

注:
① "碧溪"二句:秦昭王用与楚联姻计谋,诱骗楚怀王入秦。屈原极力劝阻,怀王不听。刚入武关,秦伏兵即绝其后路,竟至于最后客死咸阳。秦时,出武关即属楚地。而怀王入武关后,再没有出武关。所以,作者为此而讥笑怀王自取穷途末路。武关,在今陕西丹凤县东南。
② "郑袖"二句:郑袖是楚怀王的宠姬。秦惠王派张仪入楚,用六百里商於之地作为诱饵,诱使楚国与齐绝交。当怀王发现受骗后,张仪又重金贿赂郑袖,化险为夷。而屈原则遭到怀王的疏远。
③ "山墙"二句:写武关依旧,而弱肉强食已经成为历史。
④ 圣神:指当时的皇帝。家四海:即四海一家。

【诵读导语】

杜牧一生曾多次行经商於古道,并在麻涧、青云驿、四皓庙、武关、富水驿等处留有诗作。在唐人诸多写武关的诗中,作者留意于四海一家的大一统局面。但是却从另一面使我们感到作者对当时藩镇割据、内患不已的时局的担忧。这和早于他的刘禹锡在《西塞山怀古》尾联所说的"今逢四海如家日,故垒萧萧芦荻秋"的立意是一致的。都是通过吟咏关塞,希望国家统一、稳定。

武关外丹江

使至塞上

王　维

单车欲问边①，属国过居延②。
征蓬出汉塞③，归雁入胡天。
大漠孤烟直，长河落日圆。
萧关逢候骑④，都护在燕然⑤。

注：
① 单车：驾着一辆车子。问边，赴边塞慰问。
② 属国：原为秦汉时的官名，此指皇帝委派的使者，即作者自己。居延：地名，一在北匈奴腹地，即今蒙古国中部杭爱山；一在今甘肃张掖东北，是为安抚归附的居延人而设的。过居延：是说赴边的路途非常遥远，并非真的要路过居延。
③ 征蓬：作者自比。
④ 萧关：在今宁夏固原东南瓦亭镇。　候骑：侦察兵。
⑤ 都护：都护府的长官。燕然：即燕然山，今称杭爱山。后汉时大将军窦宪在打败北匈奴后，曾登上燕然山刻石记功。诗中指前线。

【诵读导语】

作为关中的雄关之一，萧关是汉唐长安城的北大门。由于地域辖区的变化，萧关现在已经不在陕西行政区划内。为了使读者对历史的陕西有一个完整的了解，特意选了王维的这首诗。而诗中的"大漠孤烟直，长河落日圆"的景象也正是诗人过了萧关北至塞上时，在今宁夏中卫与中宁一带所看到的塞外奇观。

萧关遗址

塞下曲

王昌龄

蝉鸣空桑林,八月萧关道。
出塞复入塞,处处黄芦草。
从来幽并客①,皆共沙场老。
莫作游侠儿,矜夸紫骝好②。

【诵读导语】

　　王昌龄是著名的边塞诗人之一。他的这首《塞下曲》显然是他从塞外返回内地、途经萧关时写的。在这首诗中,诗人赞扬了勇赴边塞、平定边患的斗士,而对于那些自诩为游侠的浮荡子弟则予以讥刺。这正是盛唐边塞诗的主流精神。

注:
① 幽并客:幽州、并州,即今山西北部和河北北部。这个地区自古以出善于格斗、厮杀的游侠而名闻天下。故常用幽并客代指善于征战沙场的勇士。
② "莫作"二句:意谓不要像那些自诩为侠义之士的纨绔子弟那样,仅仅向人夸耀自己胯下的骏马如何如何好,却不能为国出力。

萧关城墙

赴北庭度陇思家[1]

岑 参

西向轮台万里余[2],也知乡信日应疏[3]。
陇山鹦鹉能言语[4],为报家人数寄书。

【诵读导语】

陇山是汉唐人西出塞外的必经之地。汉乐府中就有"陇头歌"写行人听见陇水东流时的内心感受:潺潺流水成了呜咽之声。因此陇山就成了欢乐与痛苦的分水岭。岑参的边塞诗向以善于描写雄奇壮观的塞外异域风光而著称,格调雄豪、健朗。但这并不影响他在边塞诗中表达委婉细腻的情怀。像他的《逢入京使》:"故园东望路漫漫,双袖龙钟泪不干。马上相逢无纸笔,凭君传语报平安";《碛中作》:"走马西来欲到天,辞家见月两回圆。今夜不知何处宿,平沙万里绝人烟"等。而这首诗却独辟蹊径,写自己度陇之后,让陇山的鹦鹉给家人捎信,报告平安。这种表达方式被称为"无中生有"。

注:

① 北庭:即北庭都护府。其故城在今新疆昌吉回族自治州吉木萨尔县。陇:即陇山。在今陕西宝鸡市陇县境内。汉唐时代,为内地与边地的分界线。
② 轮台:北庭都护府的驻节地。
③ 疏:稀少。
④ 陇山鹦鹉:从先秦起,陇山的鹦鹉就因能学人言而有名。朱庆馀《宫词》就有"含情欲说宫中事,鹦鹉前头不敢言"的名句。

陇山

陇头水送别

储光羲

相送陇山头，东西陇水流[1]。
从来心胆正，今日为君愁。
暗雪迷征路，寒云隐戍楼[2]。
唯余旌旆影，相逐去悠悠。

注：
[1] "东西"句：陇山是秦陇的界山。而陇山的流水也是东、西分流。东流者入今陕西陇县，西流者入甘肃清水。
[2] 戍楼：指陇山岭头上的戍守城楼。

【诵读导语】

以长安为中心，唐人送别友朋的地方大致在长乐坡、灞桥、蓝桥、渭城、陇山驿。储光羲的这首诗便是写于陇山头。可见他和被送的人不是普通朋友关系。在表现手法上，东西流的陇水富有寓意：东流者，指诗人自己；西流者，指远去的朋友。其结尾一联"唯余旌旆影，相逐去悠悠"，和李白的《送孟浩然之广陵》的"孤帆远影碧空尽，唯见长江天际流"有着异曲同工之妙。

陇关远眺（小河即陇水）

悼伤后赴东蜀辟至散关遇雪①

李商隐

剑外从军远②,无家与寄衣③。
散关三尺雪,回梦旧鸳机④。

注:
① 散关:又名大散关,褒斜古道北口的重要关隘。在宝鸡市南二十公里处,是入蜀的必经之地。这首诗是李商隐在妻子王氏去世后离开长安、赴东川节度使之辟时在散关写的。
② 剑外:剑阁以南均称剑外。从军:李商隐赴东川是担任节度判官、检校工部郎中。
③ "无家"句:按唐时规定,从军的人,有些衣服是要家里给做的。作者因丧偶,故说没人给他做衣服。
④ "回梦"句:此句回想妻子在世时织布的情景。鸳机:即织布机。

【诵读导语】

李商隐在丧偶不久便离开长安赴东川节度使之辟,路途之险阻及心情之悲凉,可想而知。他西行时,有个名叫韩瞻的朋友把他送到咸阳,他写了《西南行却寄相送者》:"百里阴云覆雪泥,行人只在雪云西。明朝惊破还乡梦,定是陈仓碧野鸡。"看来他走到咸阳时,已经是大雪纷飞了。当他走到大散关时,依旧是大雪纷纷扬扬。人在旅途,最能引起情感牵挂的,莫过于家。而作者却是丧偶、离家。所以,"回梦旧鸳机"便成了这首诗的"诗眼"。

大散关

行宫篇

行宫是指京城以外专供帝王驻跸、游憩的宫殿。它的出现可以追溯到三千多年前的周幽王时期，历代帝王相沿成习。以陕西而言，秦始皇、汉武帝以及唐代皇帝的行宫几乎遍布关中各地。

　　秦汉行宫早已湮灭，而唐王朝的行宫直到现在仍然有"迹"可寻。其中最著名的有"四大行宫"：长安东郊的华清宫、终南山上的翠微宫、铜川凤凰谷的玉华宫、宝鸡麟游的九成宫。这四座行宫中，唯有华清宫是供皇帝避寒的行宫，其余三座都是避暑行宫。

　　唐王朝的四大行宫都是依山而建，笼山为苑。而且每座行宫都有其独特的文化蕴涵。九成宫原为隋文帝的仁寿宫，距离京城长安最远。唐太宗于贞观五年重加修葺、扩建，改名九成宫。它的文化价值在于著名书法家欧阳询给后世留下了"国宝级"的《九成宫醴泉铭碑》、魏徵的《九成宫醴泉铭》，也是一篇文辞优美的"应制"之作。整个唐代，诗人们对这座行宫多是褒扬。到了北宋，游师雄却对唐太宗扩建九成宫以及魏徵文中的溢美之词提出了尖锐批评："孤隋兴筑已劳民，贞观胡为踵后尘？刻石浪夸功业大，魏徵未得号纯臣。"

　　玉华宫遗址在铜川北边的玉华镇。原是李渊的仁智宫，贞观二十一年，唐太宗颁布《建玉华宫手诏》，对仁智宫进行扩建，作为他的避暑行宫。唐高宗登基不久，就让玄奘法师在玉华宫译经。玉华宫遗址上的"肃成院"（即行宫的肃成殿）即玄奘译经之所，也是他的圆寂之地。在唐代行宫文化史上，玉华宫成为佛教法相宗祖庭。

　　翠微宫坐落在终南山巅。正殿名含风殿。云霞门为正门，北向开，可以遥望长安。贞观二十三年，唐太宗在此病逝。到唐玄宗开元时期，翠微宫也变成了翠微寺。

　　华清宫是中国皇家第一行宫。周幽王时，这里便是他的"骊宫"。秦始皇时，改称骊山汤。汉武帝时，又扩建为"离宫"。唐太宗即位后，命阎立德主持修建骊山宫殿。竣工后，唐太宗将其命名为汤泉宫，并亲自撰写了《温泉铭》。唐玄宗于开元六年和天宝十一载又先后两次扩建汤泉宫，并取名华清宫，其寓意为"四海升平，华夏清一"。唐玄宗在位四十五年，竟三十六次"驾临"华清宫。

　　尤其值得注意的是：华清宫在唐玄宗开元时代达到了其辉煌的顶点，而在唐玄宗天宝末年又急剧地衰落。华清宫既是大唐王朝全盛文化的象征，又是唐王朝由盛转衰的历史见证。所以，它尤其受到历代文人墨客的关注，其付诸歌咏的诗篇数量在四大行宫中居于首位。

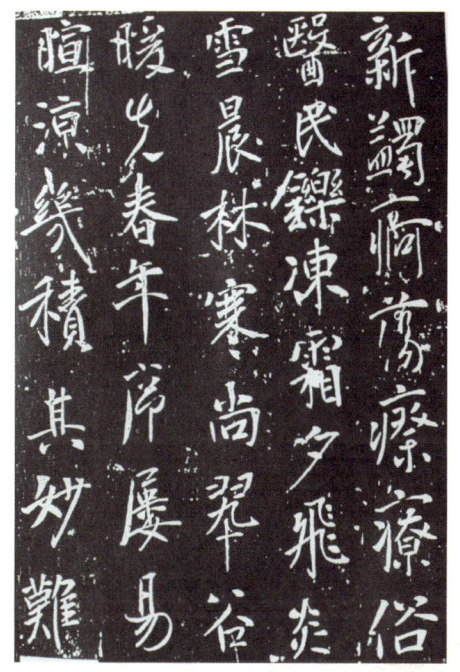

唐太宗书《温泉铭》碑拓片（原件藏法国国家图书馆）

在唐代历史上，唐太宗被称为一代英主。由他开创的贞观之治，为唐王朝的发展奠定了文化思想基础。但他也是一位极尽享乐的帝王。尽管他在《帝京篇序》中极力反对汉武、魏晋以来帝王们"峻宇雕墙，穷侈极丽"的纵欲之风，而唐代的四大行宫恰恰是在他的授意下扩建或改建的。所以，他不仅给子孙后世开创了近三百年的业绩，而且，也给子孙留下了游憩享乐的皇家离宫，更给后世文人留下了鉴古知今的话题。

自京赴奉先县咏怀五百字[1]

杜 甫

杜陵有布衣[2],老大意转拙[3]。
许身一何愚[4],窃比稷与契[5]。
居然成濩落[6],白首甘契阔[7]。
盖棺事则已,此志常觊豁[8]。
穷年忧黎元[9],叹息肠内热。
取笑同学翁[10],浩歌弥激烈。
非无江海志,潇洒送日月。
生逢尧舜君,不忍便永诀[11]。
当今廊庙具,构厦岂云缺[12]。
葵藿倾太阳,物性固莫夺。
顾惟蝼蚁辈,但自求其穴[13]。
胡为慕大鲸,辄拟偃溟渤[14]。
以兹悟生理,独耻事干谒。
兀兀遂至今,忍为尘埃没[15]。
终愧巢与由,未能易其节[16]。
沉饮聊自遣,放歌破愁绝。
岁暮百草零,疾风高冈裂。
天衢阴峥嵘,客子中夜发[17]。
霜严衣带断,指直不能结。
凌晨过骊山,御榻在嵽嵲[18]。
蚩尤塞寒空[19],蹴踏崖谷滑。
瑶池气郁律[20],羽林相摩戛。
君臣留欢娱,乐动殷胶葛[21]。

【诵读导语】

这首咏怀诗是杜甫对他长安十年人生经历的总结,也是他的人生感慨。杜甫途经骊山脚下,看见华清宫中灯火辉煌,再想想自己的人生遭遇,便写下了这首流传千古的杰作。全诗大致分为三个部分:从开头到"放歌破愁绝"是第一部分,以自嘲的口吻写自己的人生不幸;从"岁暮百草零"到"惆怅难再述"是第二部分,通过写唐玄宗在华清宫中彻夜狂欢以及君臣奢侈腐化的生活,揭示了"朱门酒肉臭,路有冻死骨"的社会现实;从"北辕就泾渭"到诗的结尾,是第三部分,通过自己的"幼子饿已卒"的遭遇,推己及人,抒发忧国忧民的情怀。在唐代诗歌史上,这是唯一一首写安史之乱爆发前夕唐代社会现实的诗。它标志着杜甫现实主义诗歌创作的起点。

注:
① 这首诗写于天宝十四载冬,当时杜甫从长安到奉先探家。奉先,今陕西蒲城县。唐玄宗的父亲唐睿宗埋葬在蒲城县,史称桥陵,于是改蒲城县为奉先县。
② 杜陵:杜甫祖籍长安城南杜陵。故其常自称杜陵布衣、杜陵野老。
③ 意转拙:脑子越来越笨。
④ 一何:多么。
⑤ 稷与契:传说中上古时的两位贤臣。

⑥ 居然：竟然。濩落：大而无用。
⑦ 甘契阔：意谓虽然辛苦，但自己却心甘情愿。
⑧ 觊豁：盼望（理想）能够实现。
⑨ 穷年：一年到头。忧黎元：为老百姓忧愁。
⑩ "取笑"句：意谓自己常被当年那些已经做了官的同学耻笑。
⑪ 永诀：指隐居。
⑫ "当今"二句：意谓国家也不缺自己这个人才。
⑬ "顾惟"二句：作者把朝廷官员比作只顾自己享乐的蝼蚁之辈。
⑭ "胡为"二句：作者把自己比作在碧海中搏击风浪的大鲸。胡为：为什么。
⑮ 兀兀：辛辛苦苦。
⑯ "终愧"二句：意谓想起巢父和许由，自己感到惭愧。巢父、许由：上古传说中的两位隐士。易，改变。
⑰ 天衢：京城的大街。客子：作者自称。
⑱ 岧嶤：高山，此指骊山。
⑲ 蚩尤：借指大雾。
⑳ 瑶池：代指华清宫。郁律：热气蒸腾。
㉑ "乐动"句：意谓音乐声响彻云霄。
㉒ 长缨：指达官贵人。短褐：普通百姓。
㉓ "彤庭"二句：意谓皇帝赏赐的东西都是从穷苦百姓那里搜刮来的。
㉔ "圣人"二句：意谓皇帝赏赐群臣是为了让他们把国家治理得更好。
㉕ "多士"二句：意谓现在充斥朝廷的那些达官贵人的所作所为让人听了都不寒而栗。
㉖ "况闻"二句：意谓国库中的珍宝都赏给了皇亲贵戚。
㉗ 崒兀：高而险。
㉘ 河梁：桥。坼，裂开，此指桥未被冲断。
㉙ 秋禾登：秋粮收获。
㉚ "生常"二句：杜氏家族在唐朝享受着不缴租税、不服兵役的特权。
㉛ 平人：普通百姓。
㉜ 失业徒：失去田地的人。
㉝ 顼洞：茫然无边。

赐浴皆长缨，与宴非短褐㉒。
彤庭所分帛，本自寒女出㉓。
鞭挞其夫家，聚敛贡城阙。
圣人筐篚恩，实欲邦国活㉔。
臣如忽至理，君岂弃此物。
多士盈朝廷，仁者宜战栗㉕。
况闻内金盘，尽在卫霍室㉖。
中堂有神仙，烟雾蒙玉质。
暖客貂鼠裘，悲管逐清瑟。
劝客驼蹄羹，霜橙压香橘。
朱门酒肉臭，路有冻死骨。
荣枯咫尺异，惆怅难再述。
北辕就泾渭，官渡又改辙。
群冰从西下，极目高崒兀㉗。
疑是崆峒来，恐触天柱折。
河梁幸未坼㉘，枝撑声窸窣。
行李相攀援，川广不可越。
老妻寄异县，十口隔风雪。
谁能久不顾，庶往共饥渴。
入门闻号咷，幼子饿已卒。
吾宁舍一哀，里巷犹呜咽。
所愧为人父，无食致夭折。
岂知秋禾登㉙，贫窭有仓卒。
生常免租税，名不隶征伐㉚。
抚迹犹酸辛，平人固骚屑㉛。
默思失业徒㉜，因念远戍卒。
忧端齐终南，澒洞不可掇㉝。

华清宫

王 建

酒幔高楼一百家,宫前杨柳寺前花。
内园分得温汤水①,二月中旬已进瓜。

注:
① 内园:华清宫御苑,培植花木果蔬。

【诵读导语】

王建一生仕途坎坷,长期在关中一带做县丞、县尉一类小官。后来,他通过关系结识了宦官王守澄,并经常登门拜访,了解到皇帝后宫中许多事情,写成著名的《宫词一百首》,京城传唱不已。这首诗是他担任昭应县(今西安市临潼区)丞时写的。从诗中可以看出,安史之乱以后,直到到中唐后期,华清宫虽然荒废,但昭应县城却很繁华。同时,华清宫的"内园"还一直为长安的皇宫提供瓜果、蔬菜。由于利用地热水灌溉,所以,早春时节就已经能给皇宫中供奉新鲜瓜果。这是唐诗中唯一一首记载利用骊山地热水灌溉种植瓜果的诗。

华清宫莲花汤遗址

过华清宫

李 约

君王游乐万机轻①,一曲霓裳四海兵。
玉辇升天人已尽②,故宫犹有树长生③。

注:
① 万机轻:把天下大事不放在心上。
② 玉辇:即玉辂,皇帝乘坐的车子。诗中代指唐玄宗。
③ 故宫:即华清宫。因为安史之乱以后,唐朝皇帝不再到华清宫避寒,所以称其为故宫。

【诵读导语】

李约是李唐王朝的宗室。在德宗和宪宗朝曾担任过地方官员,最后,官至兵部员外郎。《全唐诗》中仅存诗十首。这首诗对其先祖唐玄宗奢靡误国提出尖锐的批评。"一曲霓裳四海兵"极其警策。在批评唐玄宗在华清宫淫乐的诗中,这样决断的诗句是绝无仅有的。不过,李约的这个观点和其祖唐太宗的观点不一样。贞观初,群臣批评陈后主因沉溺《玉树后庭花》而导致亡国时,唐太宗却说"乐无哀乐"。意思是,一首乐曲并不能导致社稷灭亡,关键在于欣赏乐曲的执政者的头脑是否清醒。

华清宫海棠汤遗址

华清宫

张 继

天宝承平奈乐何①，华清宫殿郁嵯峨。
朝元阁峻临秦岭②，羯鼓楼高俯渭河③。
玉树长飘云外曲④，霓裳闲舞月中歌⑤。
只今唯有温泉水⑥，呜咽声中感慨多。

【诵读导语】

这首诗，前六句都是写华清宫中的乐景。结尾两句，突然一个转折，写华清宫的衰落。作者没有直接抒发感慨，而是用拟人化的手法写汩汩而流的温泉水似乎在哽哽咽咽地诉说着尘世的盛衰更替。张继经历过安史之乱，所以，他的这种表现手法尤其显得令人伤感。唐末的温庭筠也有类似的表达："至今汤殿水，呜咽县前流"，也是让温泉水替人陈情。三百多年后，陆游做了一个梦，梦见自己游骊山华清宫。梦醒后，写了《夜梦游骊山》："秦楚相望万里天，岂知今夕宿温泉。穿云漱月无穷恨，依旧潺湲古县前。"其表达手法和张继这首诗尾联一脉相承。

注：
① 奈乐何：快乐得忘乎所以。
② 临秦岭：居高临下，俯瞰秦岭。
③ 羯鼓楼：在华清宫中，专为唐玄宗敲击羯鼓而建造。
④ 玉树：即《玉树后庭花》。此指宫廷乐曲。
⑤ 霓裳：即霓裳羽衣舞。写唐玄宗在华清宫彻夜狂欢。
⑥ 只今：如今。

春寒赐浴华清池（国画）

长恨歌①

白居易

汉皇重色思倾国，御宇多年求不得②。
杨家有女初长成③，养在深闺人未识。
天生丽质难自弃，一朝选在君王侧。
回眸一笑百媚生，六宫粉黛无颜色④。
春寒赐浴华清池，温泉水滑洗凝脂⑤。
侍儿扶起娇无力，始是新承恩泽时⑥。
云鬓花颜金步摇⑦，芙蓉帐暖度春宵。
春宵苦短日高起，从此君王不早朝。
承欢侍宴无闲暇，春从春游夜专夜。
后宫佳丽三千人，三千宠爱在一身。
金屋妆成娇侍夜⑧，玉楼宴罢醉和春。

《长恨歌》彩色工笔画（孟庆江绘）

【诵读导语】

《长恨歌》是白居易担任周至县尉时应朋友的委托而创作的。作者把唐玄宗和杨贵妃之间的风流韵事置于华清宫中，从而让华清宫成为李杨纵情享乐的温柔富贵乡。而把唐玄宗从成都回京后的居住地兴庆宫则变成唐玄宗眷怀杨贵妃的伤心之地。一乐一悲，先乐后悲，马嵬事变成为转折点。这种写法，足以看出作者对唐玄宗和杨贵妃的不幸遭遇的同情。从题材看，作者是在写李杨的人生悲剧。其实，作者揭露的是唐王朝的盛衰史。

注：
① 元和元年，作者任周至县尉时创作了这首长篇歌行。因是悲剧结局，故以"长恨"名篇。
② 汉皇：代指唐玄宗。倾国：指美女。御宇：统治全国。
③ 杨家有女：指杨玉环。杨贵妃是蜀州司户杨玄琰的女儿，小名玉环。开元二十三年，册封为寿王（唐玄宗的儿子寿王瑁）妃。二十八年，唐玄宗度她为女道士，道号太真。天宝四载册封为贵妃。
④ 六宫：泛指后妃的宫殿。粉黛：代指嫔妃。无颜色：六宫妃嫔和杨贵妃比较之下都显得不美了。
⑤ 凝脂：形容皮肤白嫩、柔滑。
⑥ 承恩泽：得到皇帝的宠幸。
⑦ 步摇：首饰名。插在额前，行走时摇动，故名"步摇"。

姊妹弟兄皆列土，可怜光彩生门户⑨。
遂令天下父母心，不重生男重生女。
骊宫高处入青云⑩，仙乐风飘处处闻。
缓歌慢舞凝丝竹，尽日君王看不足。
渔阳鼙鼓动地来⑪，惊破霓裳羽衣曲⑫。
九重城阙烟尘生⑬，千乘万骑西南行。
翠华摇摇行复止⑭，西出都门百余里。
六军不发无奈何，宛转蛾眉马前死⑮。
花钿委地无人收，翠翘金雀玉搔头⑯。
君王掩面救不得，回看血泪相和流。
黄埃散漫风萧索，云栈萦纡登剑阁⑰。
峨嵋山下少人行⑱，旌旗无光日色薄。
蜀江水碧蜀山青，圣主朝朝暮暮情。
行宫见月伤心色，夜雨闻铃肠断声⑲。
天旋地转回龙驭，到此踌躇不能去⑳。
马嵬坡下泥土中㉑，不见玉颜空死处。
君臣相顾尽沾衣，东望都门信马归。
归来池苑皆依旧，太液芙蓉未央柳㉒。
芙蓉如面柳如眉，对此如何不泪垂。
春风桃李花开日，秋雨梧桐叶落时。
西宫南苑多秋草㉓，宫叶满阶红不扫。
梨园弟子白发新，椒房阿监青娥老㉔。
夕殿萤飞思悄然，孤灯挑尽未成眠㉕。
迟迟钟鼓初长夜，耿耿星河欲曙天㉖。
鸳鸯瓦冷霜华重，翡翠衾寒谁与共㉗。
悠悠生死别经年，魂魄不曾来入梦㉘。

⑧ 金屋：《汉武故事》载：汉武帝曾言："若得阿娇作妇，当作金屋贮之。"
⑨ 列土：杨玉环受册封后，她的大姐封韩国夫人，三姐封虢国夫人，八姐封秦国夫人。叔伯兄弟都分别授官，杨钊赐名国忠，天宝十一载（752）为右丞相，所以说"皆列土"（分封土地）。可怜：令人羡慕。
⑩ 骊宫：华清宫。每年十月，唐玄宗带杨贵妃在此避寒。
⑪ 渔阳：即范阳，辖今北京东部、包括蓟县、平谷等在内，归平卢、范阳、河东三镇节度使安禄山统辖。鼙鼓：军中用的小鼓。此指安禄山发动叛乱。
⑫ 霓裳羽衣曲：唐玄宗时宫廷著名法曲。
⑬ 九重城阙：指京城。烟尘生：指叛军逼近长安。西南行：天宝十五载（756）六月，安史叛军攻破潼关，杨国忠主张逃向蜀中，唐玄宗在龙武大将军陈玄礼率领的禁军护卫下逃出长安。
⑭ 翠华：指皇帝的车驾。
⑮ 蛾眉：美女，此指杨贵妃。
⑯ 翠翘：头饰。金雀：雀形的金钗。玉搔头：玉簪。
⑰ 云栈：高入云端的栈道。萦纡：回环曲折。剑阁：即剑门关，在今四川剑阁县北。
⑱ 峨嵋山：唐玄宗到蜀中，不曾到过峨嵋山，这里泛指今四川的高山。
⑲ 夜雨闻铃：《明皇杂录》："明皇既幸蜀，西南行，初入斜谷，属霖雨涉旬，于栈道雨中闻铃，音与山相应。上（指玄宗）既悼念贵妃，采其声为《雨霖铃曲》以寄恨焉。"
⑳ 天旋地转：比喻唐王朝在平叛中节节胜利。回龙驭：指玄宗由蜀中返回长安。此：指杨贵妃蒙难处。
㉑ 马嵬坡：在今陕西兴平西。
㉒ 太液：即太液池，在大明宫内。未央：

汉宫名，代指唐朝的池苑和宫殿。
㉓ 西宫：太极宫。南苑：兴庆宫。
㉔ 梨园弟子：宫廷艺人。阿监、青娥：泛指宫女。
㉕ 孤灯挑尽：是说灯膏已燃尽。
㉖ 耿耿：明亮。星河：银河。欲曙天：天快亮。
㉗ 鸳鸯瓦：屋瓦一俯一仰扣合在一起叫"鸳鸯瓦"。霜华重：指霜厚。翡翠衾：装饰着翡翠鸟羽毛的被子。
㉘ 魂魄：指杨贵妃的魂灵。
㉙ 临邛：今四川邛崃。鸿都：洛阳宫北门名。鸿都客：意谓临邛道士客居长安。
㉚ 穷：一直到达。碧落：指天上。黄泉：地下最深处。
㉛ 五云：五色云。绰约：美好的样子。
㉜ 参差：仿佛。
㉝ 玉扃：玉作的门。小玉、双成：指仙界的童子。
㉞ 九华帐：即寝帐。
㉟ 珠箔：珠帘。迤逦：接连不断。
㊱ 泪阑干：泪流满面。
㊲ 凝睇：凝视。
㊳ 昭阳殿：汉宫名，赵飞燕所居。代指杨贵妃旧居处。蓬莱宫：传说中道家的仙境，即太真升天后的居处。
㊴ 旧物：生前和唐玄宗定情的信物。
㊵ 钿合：镶嵌着金花的首饰盒。寄将去：捎去。
㊶ 擘：分开。连同上句意谓金钗留一股，金钿盒留一扇。
㊷ 长生殿：在华清宫中。
㊸ 比翼鸟：比喻夫妻。连理枝：两棵树枝干连在一起。

临邛道士鸿都客㉙，能以精诚致魂魄。
为感君王展转思，遂教方士殷勤觅。
排空驭气奔如电，升天入地求之遍。
上穷碧落下黄泉㉚，两处茫茫皆不见。
忽闻海上有仙山，山在虚无缥缈间。
楼阁玲珑五云起，其中绰约多仙子㉛。
中有一人字太真，雪肤花貌参差是㉜。
金阙西厢叩玉扃，转教小玉报双成㉝。
闻道汉家天子使，九华帐里梦魂惊㉞。
揽衣推枕起徘徊，珠箔云屏迤逦开㉟。
云鬓半偏新睡觉，花冠不整下堂来。
风吹仙袂飘飖举，犹似霓裳羽衣舞。
玉容寂寞泪阑干㊱，梨花一枝春带雨。
含情凝睇谢君王㊲，一别音容两渺茫。
昭阳殿里恩爱绝，蓬莱宫中日月长㊳。
回头下望人寰处，不见长安见尘雾。
唯将旧物表深情㊴，钿合金钗寄将去㊵。
钗留一股合一扇，钗擘黄金合分钿㊶。
但教心似金钿坚，天上人间会相见。
临别殷勤重寄词，词中有誓两心知。
七月七日长生殿㊷，夜半无人私语时。
在天愿作比翼鸟，在地愿为连理枝㊸。
天长地久有时尽，此恨绵绵无绝期。

华清宫四首（选一）

张祜

天阙沉沉夜未央[1]，碧云仙曲舞霓裳。
一声玉笛向空尽[2]，月满骊山宫漏长。

注：
[1] 天阙：原指皇宫。此指华清宫。
[2] "一声"句：唐玄宗懂音律，善吹笛。

【诵读导语】

在写华清宫的诗中，多会涉及唐玄宗和杨贵妃的风流韵事。这首诗先说"霓裳羽衣曲"是天上的神曲！其中就隐含着杨贵妃善舞。而唐玄宗则是吹玉笛为杨贵妃伴奏。而且一直到"宫漏长"，即天将破晓。据说唐玄宗还喜欢吹"阿滥堆"这支曲子。而这支曲子被一个叫谢阿蛮的女子记了下来。后来，唐玄宗从成都返回长安，曾经重返华清宫，还特意召见了谢阿蛮。张祜据此写了下面这首诗："红树萧萧阁半开，上皇曾幸此宫来。至今风俗骊山下，村笛犹吹阿滥堆。"阿滥堆这支曲子是比较忧伤的。唐玄宗的玉笛吹奏的阿滥堆和村民所吹的阿滥堆，由于时代不同，所蕴含的情感也是有差异的。

舞蹈图（壁画）

集灵台二首（选一）①

张　祜

虢国夫人承主恩②，平明骑马入宫门③。
却嫌脂粉污颜色④，淡扫蛾眉朝至尊⑤。

注：
① 集灵台：在骊山华清宫，为祭祀神灵的地方。
② 虢国夫人：杨贵妃的三姐，被唐玄宗封为虢国夫人。
③ 平明：天刚亮。
④ 污颜色：掩盖了天然的美丽。据《杨太真外传》记载，"虢国不施妆粉，自衔美艳，常素面朝天"。
⑤ 至尊：指唐玄宗。

【诵读导语】

这首诗专从虢国夫人落笔，写杨氏姊妹势倾朝野。在野史中，虢国夫人放荡不羁，据说和唐玄宗关系暧昧。对此，只能说是事出有因，查无实据。但从她自恃美貌而不施粉黛、骑马入宫的举止看，为了争宠，她也确实够专横跋扈了。但作者把这层意思并没有点破，而是让读者自己去想象。

虢国夫人游春图（临摹）

华清宫三首（选一）

崔橹

障掩金鸡蓄祸机①，翠华西拂蜀云飞②。
珠帘一闭朝元阁③，不见人归见燕归。

注：

① 障掩金鸡：唐玄宗在兴庆宫勤政楼召见安禄山时，在其座位两边设置绣有金鸡的锦帐，以示荣宠。此句意思是说唐玄宗宠信安禄山埋下了祸根。
② "翠华"句：指唐玄宗逃往成都。
③ 朝元阁：在骊山上，是唐朝皇帝朝拜其先祖老子的殿堂。诗中代指华清宫。

【诵读导语】

唐玄宗在安禄山的座位两边悬挂金鸡帐的事，发生在兴庆宫。据说是为了表示对安禄山的宠信。从兴庆宫的荣宠，到朝元阁的关闭，作者点出了导致唐王朝衰败的前因后果。不过，也有人认为，唐玄宗给安禄山座位两边设置金鸡帐，是为了辟邪。然而，不管怎么说，安禄山最后还是几乎颠覆了李唐王朝。所以，与其辟邪，不如去邪！遗憾的是唐玄宗没有这样做。

明皇幸蜀图（宋摹本 局部）

题温泉

李 涉

能使时平四十春[①]，开元圣主得贤臣。
当时姚宋并燕许[②]，尽是骊山从驾人[③]。

注：
① 时平：天下太平。四十春，即40年。唐玄宗是公元712年登基，756年逊位，在位45年。说40年，是举其整数。
② "当时"句：姚宋、燕许，即姚崇、宋璟、张说、苏颋。这几位在唐玄宗开元时期都曾担任过宰相。开元之治的出现，他们功不可没。燕许：张说被封为燕国公，苏颋被封为许国公。两人皆以文章显世，时号"燕许大手笔"，简称燕许。
③ "尽是"句：意谓姚崇、宋璟、张说、苏颋都是陪同唐玄宗在华清宫游乐的人。言外之意是说导致天下大乱的原因不在于游乐，而在于用人不当。

【诵读导语】

安史之乱以后，在关于华清宫的诗中，许多诗人都把祸乱的起因归于唐玄宗在骊山行宫耽于游乐。李涉则从用人的角度看待安史之乱的发生。应该说作者的这一观点独具慧眼。

华清宫

过华清宫三绝句

杜 牧

长安回望绣成堆①,山顶千门次第开②。
一骑红尘妃子笑③,无人知是荔枝来。

新丰绿树起黄埃,数骑渔阳探使回④。
霓裳一曲千峰上,舞破中原始下来。

万国笙歌醉太平⑤,倚天楼殿月分明。
云中乱拍禄山舞⑥,风过重峦下笑声。

注:
① 绣成堆:既指华清宫两旁的东绣岭、西绣岭,又形容骊山花团锦簇的美景。
② 次第:依次。
③ 红尘:马快速奔跑而扬起的尘土。
④ 渔阳探使:杨国忠屡称安禄山必反。唐玄宗派宦官辅璆琳赴范阳以赐柑橘为名进行察看。安禄山重贿辅璆琳,辅返回后,向唐玄宗报告安禄山不会反叛。渔阳:即范阳。
⑤ 万国:指皇亲国戚。
⑥ 禄山舞:安禄山曾亲自给唐玄宗表演过胡旋舞。

骊山鸟瞰图

【诵读导语】

这组诗以极其凝炼的语言描写了唐王朝由盛转衰的历史。杜牧对白居易的《长恨歌》持批评态度,其实是借题发挥。白居易的"新乐府"诗中有一首《不致仕》,杜牧认为是在讽刺他的爷爷杜佑。所以,就在给一个朋友的信中说《长恨歌》多"淫言亵语"。但是,我们仔细品读他的这三首绝句,就可以发现:这组诗几乎是《长恨歌》的浓缩版。我们不能不佩服其才华。

骊山有感

李商隐

骊岫飞泉泛暖香[①]，九龙呵护玉莲房[②]。
平明每幸长生殿[③]，不从金舆惟寿王[④]。

注：

① 骊岫飞泉：骊山上的温泉。
② 九龙：骊山温泉东边有龙湫。张说等曾在唐玄宗生日上表说："陛下二气含神，九龙浴圣。"玉莲：安禄山从范阳进贡了一朵用汉白玉雕镂的玉莲花，置于温泉中央，泉水喷以成池。故名莲花汤。
③ 长生殿：在华清宫。供皇帝用来祈求神灵时使用。
④ 不从：没跟随。金舆：原指皇帝车驾。这里代指唐玄宗。惟：只有。寿王：唐玄宗的第18个儿子，为武惠妃所生。开元二十三年，杨玉环17岁，在洛阳和寿王瑁结婚。

【诵读导语】

众所周知，杨玉环原是唐玄宗的儿子寿王李瑁的妃子。但是，唐诗中，涉及这层关系的诗很少。就连白居易在《长恨歌》都说"杨家有女初长成，养在深闺人未识。天生丽质难自弃，一朝选在君王侧"。意思很明显：杨玉环是以"处女"的身份进入唐玄宗的后宫的。可是，李商隐偏偏在这首诗中把寿王瑁拉了出来，写他因失去杨玉环而闷闷不乐，甚至不跟随唐玄宗去长生殿祭祀。这在唐诗中是少见的。

华清宫九龙汤

登骊山阁留诗[1]

吴 雍

山头羯鼓奏霓裳[2],断送君王入醉乡[3]。
凭阁无言念兴废,孤烟犹起泰陵傍[4]。

注:
① 骊山阁:此指羯鼓楼。
② 羯鼓:一种源于羯族的打击乐器,其声清越,盛行于唐开元、天宝年间,深受唐玄宗的喜爱。骊山上建有专门的羯鼓楼。
③ "断送"句:指唐玄宗陶醉在美妙的乐曲中。
④ 泰陵:唐玄宗的陵墓,位于陕西蒲城县东北15公里的金粟山。

【诵读导语】

宋代文人和唐人不一样,写起诗来多缺乏激情。他们写华清宫的诗,多数都是以比较轻柔的笔调抒发一种淡淡的思古幽情。吴雍在宋英宗和宋神宗时期先后在平凉和关中做官。他游览华清宫遗址时,思绪飞驰到渭河北边遥远的泰陵。通过泰陵"孤烟",引出一缕人世盛衰更替的情丝。虽不激越,却也思绪绵渺,令人遐想不已。

泰陵神道石刻

读《长恨辞》[1]

李 觏

蜀道如天夜雨淫[2],乱铃声里倍沾襟[3]。
当时更有军中死,自是君王不动心[4]。

注:
① 长恨辞:即《长恨歌》。
② 雨淫:雨下得太多。
③ "乱铃"句:化用《长恨歌》中的"夜雨闻铃肠断声"。

【诵读导语】

李觏是北宋前期著名现实派诗人。《长恨歌》中有"行宫见月伤心色,夜雨闻铃肠断声",写唐玄宗因怀念杨贵妃而下泪。对此,人们总是抱以同情。而李觏却从另一角度立意,"当时更有军中死,自是君王不动心"!这无疑是批评唐玄宗只为自己着想。他的这种写法,启发了清朝的袁枚。袁枚在《马嵬四首》中就说:"石壕村里夫妻别,泪比长生殿上多。"和李觏一样,袁枚也是对民众抱以同情心理。

骊山三绝句[1]

苏 轼

功成惟欲善持盈[2],可叹前王恃太平[3]。
辛苦骊山山下土,阿房才废又华清。

几变雕墙几变灰[4],举烽指鹿事悠哉[5]。
上皇不念前车戒[6],却怨骊山是祸胎。

海中方士觅三山[7],万古明知去不还。
咫尺秦陵是商鉴[8],朝元何必苦跻攀[9]。

【诵读导语】

苏轼的这三首诗以议论为主,评判古代帝王的是非功过。这是宋人常用的手法。在写骊山的时候,他把秦始皇和唐玄宗相提并论。既写他们的功绩,又慨叹他们的覆亡。之所以如此,是因为他们不吸取历史上的前车之鉴。而"却怨骊山是祸胎"一句,是作者对在他之前写过骊山的诗人说的。怨的主体,既不是秦始皇,也不是唐玄宗,而是那些写骊山的人。

注:

① 这三首诗作于宋英宗治平元年(1064)。苏轼离任凤翔府签判前,曾游览临潼华清宫遗址。
② 惟欲:就应该。持盈:守护已经取得的成就。
③ 前王:指秦始皇、唐玄宗。
④ "几变"句:意谓皇宫变成废墟的事,在历史上发生过多次。
⑤ 举烽:指周幽王为博褒姒一笑,在骊山点烽火戏弄诸侯的故事。指鹿:指秦二世时赵高为篡权而"指鹿为马"的故事。
⑥ 上皇:指唐玄宗。
⑦ "海中"句:指白居易《长恨歌》中写的方士在海上三神山寻觅杨贵妃。三山:蓬莱、瀛洲、方丈。
⑧ "咫尺"句:骊山华清宫的东边不远处即秦始皇陵。咫尺:距离极近。商鉴:即前朝灭亡的教训。
⑨ 朝元:即朝元阁,在骊山高处的西绣岭第三峰峰顶。又名老君庙,天宝七载(748),唐玄宗朝拜老子于此,曾改名降圣阁。

秦始皇陵兵马俑

思佳客·题太真出浴图

高观国

写出梨花雨后晴①,凝脂洗尽见天真②。
春从翠髻堆边见,娇自红绡脱处生③。
天宝梦,马嵬尘④,断魂无复到华清。
恰如伫立东风里⑤,犹听霓裳羯鼓声。

注:
① "写出"句:此句隐括白居易《长恨歌》中"玉容寂寞泪阑干,梨花一枝带春雨"诗意。情,谐情。
② 凝脂:娇嫩洁白的肌肤。天真:天然容颜。
③ "娇自"句:谓脱去红绡衣衫后越发娇艳。
④ 马嵬尘:指马嵬事变,贵妃殒命。
⑤ 伫立:长时间地站立。

【诵读导语】

这是出现在南宋后期词人笔下的一首写"贵妃出浴"的作品,取材于白居易《长恨歌》中"春寒赐浴华清池,温泉水滑洗凝脂。侍儿扶起娇无力,始是新承恩泽时。"至于"太真出浴图"出自何人之手,现在已经无从考究。不过,在中国古代"四大美人图"中,"西施浣纱""昭君出塞""貂蝉拜月"的主人公都是穿衣服的,唯独"贵妃出浴"是半裸的。这也难怪能引发南宋后期词人的兴趣,因为当时整个社会已经陷入了醉生梦死的泥沼。

马嵬事变,贵妃殒命

风流子·骊山词

谢枋得

三郎年少客[1]，风流梦，绣岭记瑶环[2]。想娇汗生春，海棠睡暖[3]。笑波凝媚[4]，荔子浆寒。奈春好，曲江人不见，偃月事无端[5]。羯鼓三声，打开蜀道，霓裳一曲，舞破潼关。

马嵬西去路，恁牵愁不断，泪满青山。空有香囊遗恨[6]，锦袜传看[7]，钿盒偷传。叹玉笛声沉，楼头月下[8]，金钗信杳，天上人间。几度秋风渭水，落叶长安[9]。

【诵读导语】

谢枋得是由南宋入元朝的遗民诗人。所以，他的这首骊山词所表达的情感就比较复杂：既有对开元天宝盛世的眷怀与向往，也有对唐玄宗沉溺声色、导致安史之乱爆发的所作所为表示遗憾。这两种感情交织在一起，使得这首词在情感上抑扬顿挫，令人叹惋不已。尤其是词的下篇，作者化用了白居易《长恨歌》中马嵬事变、蜀中望月、马嵬祭奠以及方士寻觅太真等情节，感情极其沉痛。令人伤神。而结尾的"秋风渭水，落叶长安"更是对盛世不再所发出的哀怨。确切地说，作者也是借大唐王朝的衰落叹息南宋王朝的灭亡。

注：

① 三郎：即唐玄宗。唐玄宗兄弟五人，他排行老三。

② 瑶环：泛指女子，特指杨贵妃，因其小字玉环。

③ 海棠睡暖：杨贵妃与唐玄宗彻夜狂欢，因醉酒，晨未起。唐玄宗欲召其共进早餐。高力士回报说：贵妃未醒。玄宗说：直是海棠睡未足。

④ 笑波凝媚：化用白居易《长恨歌》"回眸一笑百媚生"句意。

⑤ "曲江"二句：曲江：即张九龄。偃月：指奸臣李林甫把持朝政，排挤忠良。《新唐书·李林甫传》载：李林甫家建有一堂，形似偃月，号"月堂"，李林甫常常在此策划阴谋，陷害大臣。

⑥ "空有"句：传说唐玄宗从四川回到长安后，曾派人去马嵬改葬杨贵妃。掘开坟墓，贵妃昔日所佩香囊犹在尸骨上。使者带回兴庆宫，唐玄宗看到香囊后，无限伤感。

⑦ "锦袜"句：传说杨贵妃死后，马嵬驿的一位乡间老妇捡到了杨贵妃的一只锦袜。人若想看锦袜，须出百钱方可。老妇因此获钱无数。

⑧ "叹玉笛"两句：据说唐玄宗由成都回到长安后，住在兴庆宫。夜阑，登勤政楼，倚栏望月，有侍者名红桃者歌贵妃所作《凉州词》，唐玄宗以玉笛伴奏，歌罢，泪如雨下。

⑨ "几度"二句：化用贾岛《忆江上吴处士》中"秋风吹渭水，落叶满长安"诗句，写唐玄宗思念杨贵妃。

温泉怀古

杨一清

华清浴罢已斜阳，胡孽终成祸有唐①。
人世几回惊代谢，泉声何自管兴亡？
霓裳舞绝川原静，绣岭云深草树荒②。
过客登临归去晚，月华山色共苍凉。

注：
① 胡孽：指安禄山。
② 绣岭：代指骊山。

【诵读导语】

杨一清是明朝中期人。弘治、嘉靖时曾在陕西任职，他遍览长安古迹，写了不少咏史怀古的作品。这首《温泉怀古》从安禄山乱唐入笔，抒发"人世代谢"的感慨，从华清宫遗址的破落中透露出一股苍凉之气。唐人张继在他的《华清宫》一诗中说："只今惟有温泉水，呜咽声中感慨多。"杨一清也许读过这首诗，但他不认同张的感慨，所以说"人世几回惊代谢，泉声何自管兴亡"！

华清宫全景

九成宫[1]

李 甘

中原无鹿海无波[2]，凤辇鸾旗出幸多[3]。
今日故宫归寂寞，太平功业在山河[4]。

【诵读导语】

李甘是唐穆宗长庆年间进士。中唐时期的几个皇帝都有恢复李唐皇业的愿望，尤其是德宗、宪宗都可以称得上是有作为的皇帝。唐穆宗则不然。他以荒淫无度著称，年仅三十岁就因服药中毒而死。作者之所以说"太平功业在山河"，也只能说是一种美好的愿望罢了。

注：

① 九成宫：在今宝鸡市麟游县。原为隋文帝时的仁寿宫。贞观五年，经重新扩建，改名九成宫，作为唐太宗避暑的行宫。
② "中原"句：中原逐鹿，指争夺天下。无鹿可争即天下太平。
③ 凤辇鸾旗：指皇帝的车驾和仪仗队。
④ "今日"二句：根据文献记载，唐玄宗开元中期以后，李唐皇帝再也没有去过九成宫。所以作者说九成宫归于寂寞。而末句则说唐太宗开创的功业一直延续了很长时间，寄托了作者对太平盛世的追怀。

九成宫遗址

过九成宫

吴 融

凤辇东归二百年,九成宫殿半荒阡①。
魏公碑字封苍藓②,文帝泉声落野田③。
碧草断沾仙掌露,绿杨犹忆御炉烟。
升平旧事无人说,万叠青山阻一川④。

【诵读导语】

吴融是唐末昭宗时人。他所生活的时代,唐王朝已经处于风雨飘摇的境地。所以,出现在作者笔下的九成宫也是荒凉破败的。尤其是"升平旧事无人说"一句,写出了晚唐时代人们已经对恢复盛唐宏业不再抱任何幻想。

注:

① "凤辇"二句:凤辇东归:指唐太宗最后一次离开九成宫。荒阡:荒地。阡:田间小路。南北称阡,东西称陌。九成宫的衰落是在唐玄宗开元以后。

② 魏公碑:指魏徵撰写的《九成宫醴泉铭》碑,由欧阳询书写,记唐太宗发现醴泉一事。

③ 文帝泉:贞观六年,唐太宗在游览九成宫时,看见一块地方向外渗水,就用一根木棍把湿土拨开,遂有一汪泉水汩汩流出。于是命魏徵撰文,欧阳询书丹,刻石立于九成宫。这就是《九成宫醴泉铭》碑的来历。文帝,唐太宗谥号的简称。

④ "万叠"句:九成宫坐落在麟游县天台山中。故曰万叠青山。川,指九成宫旁边的漆水河。

九成宫遗址内的唐井

玉华宫[1]

杜甫

溪回松风长，苍鼠窜古瓦。
不知何王殿，遗构绝壁下[2]。
阴房鬼火青，坏道哀湍泻。
万籁真笙竽，秋色正潇洒。
美人为黄土，况乃粉黛假。
当时侍金舆，故物独石马。
忧来藉草坐，浩歌泪盈把。
冉冉征途间[3]，谁是长年者？

玉华宫肃成殿遗址

玉华宫遗址

【诵读导语】

唐诗中，写玉华宫的诗很少。一是它远离京城长安，诗人一般很少经过；二是这里没有发生过像华清宫那样的历史巨变，所以不大引人注目。唐肃宗至德二年秋，杜甫因给打了败仗的房琯说情，遭到肃宗冷遇，就请假去鄜州探家，正好路过玉华宫，这才写了这首诗。由于作者心情不佳，因而他笔下的玉华宫也是一片凄暗，荒凉。他明明知道玉华宫是唐太宗的行宫，却说"不知何王殿，遗构绝壁下"。几个月后，郭子仪收复了长安。他从鄜州赴长安，途径昭陵时写了《重经昭陵》诗。这时，他像换了个人似的。赞美唐太宗"圣图天广大，宗祀日光辉"。足以见出杜诗与时局之密切关系。

注：

① 玉华宫：在今铜川市北玉华山凤凰谷，南距铜川市区四十余公里。初名仁智宫，为唐高祖李渊避暑的行宫。贞观后期，唐太宗又加以扩建，构成"十殿五门"的格局，并更名为玉华宫。唐高宗登基，赐玄奘法师在此译经。玄奘法师把当年的肃成殿更名肃成院，并居此译经。

② "遗构"：存留下来的建筑。玉华宫的宫殿多建在河谷中。东、西均为悬崖峭壁。

③ 冉冉：漫长。征途：即作者称其去鄜州探家的旅途。

秋日翠微宫[1]

唐太宗

秋日凝翠岭,凉吹肃离宫。
荷疏一盖缺,树冷半帷空。
侧阵移鸿影,圆花钉菊丛。
挹怀俗尘外,高眺白云中。

【诵读导语】

在唐代的四大行宫中,只有翠微宫坐落在终南山绝顶。由于地势高峻,在此放眼北望,长安城历历在目。这四座行宫都是在唐太宗时修建或扩建的。然而,在四大行宫中,唐太宗流传下来的诗只有在翠微宫写的这一首。作者通过对疏荷、鸿雁、菊花等的描写,显示了翠微宫清爽高旷的秋色,呈现出清疏淡远的特点。这在唐太宗的诗中是不多见的。

注:

[1] 翠微宫:翠微宫位于长安城南五十里太和峪。其前身为高祖武德八年所建的太和宫。贞观十年废。贞观二十一年四月唐太宗为避暑而重建。并改名翠微宫。因其四面环山,故在四大行宫中最为险峻。唐太宗在诏书中说:"近因群下之志,南营翠微。本绝丹青之工,才假林泉之势,峰居临乎蚊睫,山迳险乎焦原。"其正门北开,名云霞门。朝殿名翠微殿,寝殿名含风殿。殿西有太子别宫。建成后进士张昌龄上《翠微宫颂》,深得唐太宗赏识。贞观二十三年四月,唐太宗病逝于此。其遗址即今西安市长安区滦镇街办黄峪寺村。

翠微宫遗址

翠微寺有感[1]

刘禹锡

吾王昔游幸[2],离宫云际开。
朱旗迎夏早,凉轩避暑来。
汤饼赐都尉[3],寒冰颁上才[4]。
龙髯不可望[5],玉座生尘埃。

【诵读导语】

翠微宫在唐玄宗天宝初年就已经废为佛寺。有游人曾题诗说:"翠微寺本翠微宫,楼阁亭台数十重。天子不来僧又去,樵夫时倒一株松。"这应该是宋人写的。因为,李白、孟浩然、温庭筠等人都游览过翠微寺,并且都有诗传世。而且,贾岛的堂弟无可上人也曾长期在翠微寺修行。要说僧人也离开了,那只能是北宋中期以后的事了。因为宋初曾把翠微寺更名为永庆寺。刘禹锡的这首诗和他的其他怀古诗不同,以写翠微寺秋景为主。不像他的《金陵怀古》等诗,以史为鉴,警示后人。

注:

[1] 翠微寺:唐玄宗天宝时期,翠微宫已废为佛寺。所以杜甫在《重游何氏五首》中说:"云薄翠微寺,天清皇子陂。"

[2] 吾王:指唐太宗。据文献记载,唐太宗曾三次驾临翠微宫避暑。

[3] 汤饼:唐时宫廷中流行的一种消暑食物。

[4] 颁:原指分发,此指赏赐。

[5] 龙髯:意谓唐太宗已经仙逝。传说黄帝铸鼎于荆山。鼎成,有龙垂胡髯下迎黄帝。黄帝骑龙背上升天。群臣有抓龙髯者,欲与黄帝同去。结果龙髯脱落。黄帝挂于龙髯之弓亦掉落地面。臣下便抱弓与龙髯仰天痛哭。

翠微宫遗址出土的凤纹瓦当(残)

砌在梯田坎中的翠微宫石条

形胜篇

陕西，北有沟壑纵横的黄土高原，南有横贯关中的巍巍秦岭。而太白山、终南山、西岳华山以其雄奇壮美的自然景象受到历代文人墨客的讴歌。这些作品中，诗人把山水形胜和帝都王气联系在一起，如杜甫的"西望瑶池降王母，东来紫气满函关"，给自然山水蒙上了一层天人合一的神秘色彩。由于帝都的特殊关系，陕西的山水形胜具有了雄踞天下的气概，就像王维在咏终南山诗中所说的："太乙近天都，连山到海隅。"李白登上太白山主峰时，竟然可以和天上的神仙交谈，等等。自然山水在他们的笔下富有无限的灵性，彰显了帝都文化的浑厚与恢弘。这是其他地域无法企及的。而以山水形胜为载体所形成的山水文化，在陕西这块文化沃土上，既有道家的任运自然，又有儒家文人雅士的潇洒。在这一点上，华山和楼观台已经不仅仅是道家的洞天福地，更是诗人获取精神自由的广阔天地。对于那些想躲避尘嚣的人来说，长安的山水形胜成为他们天然的精神家园，客观的自然与理性的自然在他们的诗作中达到了完美的统一。

　　陕西的山水形胜又是一个历史的存在。这也是历代文人所关注的的话题。就像明代王九思所说的："王州自古诧秦中，表里山河百二雄。云际尚疑秦复道，翠微深闭汉离宫。"所以，诵读千古帝王都，不能不对吟诵陕西山水形胜的诗歌名篇稍作浏览。

终南山

王 维

太乙近天都①,连山到海隅。
白云回望合,青霭入看无。
分野中峰变②,阴晴众壑殊。
欲投人处宿,隔水问樵夫。

【诵读导语】

在唐人咏终南山的诗中,王维的这首诗虽然算不上是千古绝唱,但也是后无来者的上乘之作。他曾长期生活在终南山的辋川别业中,所以对终南山的体认就超越了其他文人士子。这首诗写终南胜景,尺幅千里,变化多端,宛如一幅浓淡相间的水墨画,体现了盛唐气象的雄浑阔大。

注:
① 太乙:终南山的别称。天都:天宫。
② 分野:古人把天上的二十八宿和大地上的地域相对应。终南山的中峰正好划分了不同的天象区域。

终南山

终南望馀雪

祖 咏

终南阴岭秀①，积雪浮云端。
林表明霁色②，城中增暮寒。

注：
① 阴岭：山的北面。
② 霁：雨雪后天放晴。

【诵读导语】

这首诗是祖咏在长安参加进士考试时的应试诗作。按规定，应该写成六韵十二句。他只写了这四句就搁笔了。监考考官问他：为什么不写了？他说：意已尽矣。试题让写终南山的馀雪。一般人肯定会极力刻画残雪画面。而祖咏则用三四两句作衬托，写遥望雪后南山，霁色已开，而城中犹有寒意。比起陶渊明的"倾耳无希声，在目皓已洁"、王维的"洒空深巷静，积素广庭闲"等诗句，此诗尤其显出作者诗心之灵动。后两句还用了流水对，一般人不会察觉。所以，殷璠说祖咏的诗"气虽不高，调颇凌俗"。

终南雪景（国画）

望终南山寄紫阁隐者[1]

李 白

出门见南山，引领意无限。
秀色难为名，苍翠日在眼。
有时白云起，天际自舒卷。
心中与之然，托兴每不浅。
何当造幽人[2]，灭迹栖绝巘[3]。

【诵读导语】

长安城南的终南山是唐代隐士们非常向往的人间佳境。不过，这些人多是用隐居的经历来抬高自己的声望，为步入仕途作铺垫。这就是司马承祯讽刺卢藏用时所说的终南捷径。李白也是如此。他曾经在家乡江油的戴天山、太华山隐居学道。入长安后，也曾隐居在楼观台附近。不过他不是真正的隐居，而是做了唐玄宗妹妹玉真公主的近邻，想以此作为晋身的阶梯。所以，他在诗的结尾所说的"何当造幽人，灭迹栖绝巘"，仅仅是一种人格宣言，而不是真的要远离红尘，去当隐士。

注：
① 紫阁：即紫阁峰，在今陕西户县东南、终南山北麓。
② 造：拜访。幽人，即隐逸之人。
③ 灭迹：离开尘世，即隐居。绝巘：指紫阁峰。巘，山。

紫阁山

题秦岭

欧阳詹

南下斯须隔帝乡①,北行一步掩南方②。
悠悠烟景两边意③,蜀客秦人各断肠④。

注:
① 斯须:很快,马上。隔帝乡:告别了长安。
② 掩:离开。
③ 两边意:即南下和北行人的感情。
④ "蜀客"句:蜀客,即客居蜀地。秦人,指生活在帝京的人。欧阳詹是泉州人,入京后,仕途失意。所以,对他来说客居蜀地或是留居长安,都是让人伤心的事。

【诵读导语】

这首诗并没有着笔于描写秦岭的自然景观,而是从行人的角度写南下和北行时各不相同的感受。北行入帝乡,南行人断肠。秦岭不仅成了秦文化与巴蜀文化的分水岭,更是官场人得意与失意的分界线。就唐朝来说,官场上的人都是重京官而轻外任。就像有人说的那样:天子脚下好升官。所以,唐人对离京外任往往有一种失落感。

游终南山

孟 郊

南山塞天地[①]，日月石上生[②]。
高峰夜留景[③]，深谷昼未明。
山中人自正，路险心亦平。
长风驱松柏，声拂万壑清。
到此悔读书，朝朝近浮名。

注：
① 塞天地：充塞于天地之间。
② 生：升起。
③ "高峰"句：作者自注："太白峰西，黄昏后见余日。"景，阳光。

【诵读导语】

在唐人描写终南山的诗中，只有孟郊的这首《游终南山》可以和王维的《终南山》诗相媲美。他们都写了终南山胜境，但王维侧重于寥廓与幽深，孟郊则写其险峻。王诗移步换形，引人入胜，孟诗则给人以厚重的压抑感。尤其是结尾一联，犯了文人入山即想出世的通病，但是不必当真。谁都知道孟郊汲汲于仕途，直到四十六岁才考中进士。

南山塞天地

望终南

窦 牟

日爱南山好,时逢夏景残①。
白云兼似雪,清昼乍生寒。
九陌峰如坠②,千门翠可团。
欲知形胜尽,都在紫宸看③。

【诵读导语】

别的人写终南山多是身临其境,而窦牟的这首诗却从"望"字落笔,写他在长安城中的大明宫里遥望终南山。虽然是静态的观察,但从景物的变化中透出动态之美。

注:
① 时:时常,经常。
② "九陌"句:意谓苍翠的山峰仿佛悬挂在京城上空。九陌:指京城大道。
③ "都在"句:意谓只有在大明宫才能把终南胜境一览无余。

终南山

张 乔

带雪复衔春①,横天占半秦。
势奇看不定,景变写难真②。
洞远皆通岳,川多更有神③。
白云幽绝处,自古属樵人④。

【诵读导语】

张乔是唐末人。他在长安参加进士考试时,题目是《月中桂》。他的答卷中有"根非生下土,叶不坠秋风"一联,深受主考官李频的赏识。他虽然中了进士,仕途却充满坎坷。所以,他在这首诗的结尾说:"白云幽绝处,自古属樵人。"这和他后来退出官场、归隐九华山有关。

注:
① 衔:含。
② "景变"句:写终南山随着阴晴变化而呈现出的万千气象。写:画。
③ 川:河流。
④ 樵人:指隐士。

秦 岭

汪元量

峻岭登临最上层,飞埃漠漠草棱棱。
百年世路多翻覆,千古河山几废兴。
红树青烟秦祖陇①,黄茅白苇汉家陵②。
因思马上昌黎伯③,回首云横泪湿膺。

注:
① 秦祖陇:秦国起于古陇地(今陕西陇县与甘肃清水一带),故云。
② 黄茅白苇:连片的黄色茅草和白色芦苇花。
③ 昌黎伯:即韩愈。其被贬为潮州刺史、经蓝关时,有"云横秦岭家何在,雪拥蓝关马不前"诗句。

【诵读导语】

公元 1276 年,元兵攻入临安(今杭州),俘虏了宋恭帝及汪元量等人,押至元大都。宋亡后,宋恭帝觉得南归无望,提出出家为僧。元世祖就让汪元量等人送其到甘州(今甘肃张掖)的一座佛寺出家。返回时,汪元量曾在关中游览。作为先朝的遗民,汪元量对故国充满了怀恋。所以,诗中的"百年世路多翻覆,千古河山几废兴",实际上是写南宋王朝百年以来所经历的沧桑巨变,饱含着对宋王朝灭亡的悲叹。不过,他把这种情感置于秦岭,从而增添了诗的历史厚重感。

秦岭

终南篇十首（选一）

王九思

王州自古诧秦中①，表里山河百二雄。
云际尚疑秦复道②，翠微深闭汉离宫③。

【诵读导语】

　　王九思是鄠县人，弘治九年（1496）进士，官至吏部郎中。明武宗杀宦官刘瑾后，把王九思也列为刘瑾一党，贬为寿州（今安徽寿县）同知。其后不久，他便辞官回乡。与先期被贬回乡的状元康海（陕西武功人）诗酒唱和。他是明"前七子"之一。他的《终南篇十首》借吟咏终南形胜，慨叹尘世废兴。其中一首说"龙盘虎踞奠秦关，万古青苍杳霭间。一线行空紫阁谷，三峰对鄠白云山"。写终南形胜与华岳三峰遥相对峙，颇有盛唐遗响。这和"前七子"鼓吹的"文必秦汉，诗必盛唐"的美学主张有关。

注：
① 诧：惊异。
② 云际：天边。此句意谓人在终南山上，遥望渭北，可以隐隐约约地想见阿房宫蜿蜒百里的复道。
③ 翠微：即翠微宫。在今西安市长安区黄峪寺村。汉离宫：汉代皇帝的行宫。这里以汉代唐。

阿房宫（国画）

登太白峰

李 白

西上太白峰,夕阳穷登攀[1]。
太白与我语[2],为我开天关[3]。
愿乘泠风去[4],直出浮云间。
举手可近月,前行若无山。
一别武功去[5],何时复见还。

【诵读导语】

李白在楼观台附近隐居时曾西游太白山。他游太白山,实际上带有寻仙访道的意思。不过,李白在这类诗中,常常反客为主。就像他在诗中写的那样,太白金星看见他来了,立刻替他打开天门,迎接他,从而使他升天近月。所谓的"别武功",实际上就是想离开尘世。

注:
① 穷登攀:一直登上太白山顶。
② 太白:指天上的太白星。
③ 天关:天门。
④ 泠风:轻风。语出《庄子 逍遥游》。
⑤ 武功:太白山在武功正南。俗谚说:"武功太白,去天三百。"

太白山

黄河如丝天际来（图中右为山西，左为陕西）

西岳云台歌送丹丘子

李 白

西岳峥嵘何壮哉,黄河如丝天际来。
黄河万里触山动,盘涡毂转秦地雷。
荣光休气纷五彩①,千年一清圣人在②。
巨灵咆哮擘两山③,洪波喷箭射东海。
三峰却立如欲摧④,翠崖丹谷高掌开。
白帝金精运元气,石作莲花云作台。
云台阁道连窈冥⑤,中有不死丹丘生⑥。
明星玉女备洒扫,麻姑搔背指爪轻。
我皇手把天地户,丹丘谈天与天语。
九重出入生光辉⑦,东求蓬莱复西归⑧。
玉浆倘惠故人饮,骑二茅龙上天飞⑨。

【诵读导语】

李白痴迷于道家,除了时代的原因,也和他想步入仕途有着密切关系。元丹丘是开元天宝时期著名的道士,曾修道于嵩山,后入长安,为长安大昭成观威仪。他和唐玄宗的妹妹玉真公主关系密切。玉真公主在华山有道观。所以,李白的这首诗,与其说是写元丹丘道行高尚,还不如说是想通过元丹丘引荐自己结识玉真公主,从而达到晋身仕阶的目的。不过,我们从另一个角度看,道家的神话幻想使得这首诗显得气势磅礴。在咏华山诗中是不多见的。

注:
① 荣光休气:五彩祥云。
② "千年"句:《拾遗记》云:黄河千年一清,至圣之君以为大瑞。诗中赞美唐玄宗是至圣之君。
③ "巨灵"句:《初学记》卷五:华山与河东首阳山相对。黄河流于山间,屈曲不畅。河神巨灵奋力分开二山,黄河即畅通无阻。故华山东峰有巨灵手印。
④ 三峰却立:即三峰退后。却,后退。此句说巨灵推开阻挡黄河的华山和首阳山后,华山就形成了东峰、南峰、西峰,均险峻无比。
⑤ "云台"句:阁道:登山的栈道。窈冥:原指幽暗,此指茫茫天宇。
⑥ 丹丘生:即元丹丘,河南颍阳人。著名道士,和唐玄宗的妹妹玉真公主交往密切。
⑦ 九重出入:元丹丘和唐玄宗的妹妹玉真公主为道友,而且关系非常密切。所以元丹丘也经常出入皇帝禁宫。
⑧ "东求"句:天宝元年,元丹丘陪同玉真公主朝谒谯郡真源宫。
⑨ 茅龙:《列仙传》载:呼子先乃汉中卜师。一日,令酒媪收拾行装,云有神仙召见。须臾,有人持二茅狗(用茅草扎的狗),子先与酒媪各骑其一,飞腾而起,乃龙也。李白用此典故,暗喻元丹丘和玉真公主关系密切。

行经华阴

崔 颢

岧峣太华俯咸京①，天外三峰削不成②。
武帝祠前云欲散③，仙人掌上雨初晴。
河山北枕秦关险④，驿树西连汉畤平⑤。
借问路旁名利客，无如此处学长生⑥。

注：

① "岧峣：高峻。俯咸京：俯瞰长安城。
② 三峰：即芙蓉、玉女、明星三峰。削不成：意谓华山之险乃鬼斧神工，非人力所造。
③ 武帝祠：传说汉武帝游华山，观仙人掌后，立巨灵祠以祀。
④ "河山"句：华山东有潼关、东北有黄河天险。故云。
⑤ 汉畤：关中有五畤。秦文公建鄜畤祀白帝，宣公建密畤祀青帝，灵公建上畤祀黄帝，建下畤祀炎帝，汉高祖建北畤祀黑帝。据《水经注》，五畤在今陕西凤翔境内。
⑥ 无如：不如。

【诵读导语】

崔颢生活在开元天宝时期。他以一首《黄鹤楼》诗让李白五体投地，发出"眼前有景道不得，崔颢题诗在上头"的叹息，转而去写不远处的鹦鹉洲。后来，李白游到金陵，写了一首《凤凰台》，也有模仿《黄鹤楼》之嫌。他的这首《行经华阴》和《黄鹤楼》的章法一样，前六句紧扣华山落笔，气势雄浑。被称为"盛唐平正之作"。尾联却陡然一转，劝告那些为追求名利而奔走于道路的人入华山而求长生。其实，诗情由高扬转入低沉，这是崔颢诗的特点。比如《黄鹤楼》结尾："日暮乡关何处是，烟波江上使人愁"；《题潼关楼》结尾："向晚登临处，风烟万里愁"，就是明显的例子。仿佛只有这样，才有抑扬顿挫之感。

华山（华山网）

望 岳

杜 甫

西岳崚嶒竦处尊，诸峰罗立似儿孙。
安得仙人九节杖①，拄到玉女洗头盆②。
车厢入谷无归路，箭栝通天有一门③。
稍待秋风凉冷后，高寻白帝问真源。

注：
① 九节杖：仙人所持手杖。
② 玉女洗头盆：华山玉女祠前有五个石臼。传说是玉女洗头时所用。
③ "车厢：即车厢谷。箭栝：指通天门的一线天。

【诵读导语】

杜甫有三首《望岳》诗。第一首是年轻时望东岳泰山；第二首就是这首望西岳华山；第三首是晚年漂泊到湖南时望南岳衡山。三首望岳，有一个共同特点：都是写"望"，而不是"登"。但也有不同。写泰山的那首，留下了千古名句："会当凌绝顶，一览众山小。"表现了年轻的杜甫勇于攀登的气概。第二首是他被贬出长安、到华州任司功参军时写的。这时，他才46岁。可是他已经失去了攀登的勇气。不过他还是想借助仙人的九节杖，登上华山，到玉女洗头盆去看看神仙留下的遗迹。这就应了古人所说的：言为心声。心情不好，是写不出欢快的诗的。

华山东峰（华山网）

古 意

韩 愈

太华峰头玉井莲[1], 开花十丈藕如船。
冷比雪霜甘比蜜, 一片入口沉疴痊[2]。
我欲求之不惮远, 青壁无路难夤缘[3]。
安得长梯上摘实, 下种七泽根株连[4]。

【诵读导语】

关于韩愈因下不了华山而大哭的事,出自韩愈的同代人李肇的《国史补》:"韩愈好奇,与客登华山绝峰。度不可返,乃作遗书,发狂恸哭。华阴令百计取之,乃下。"有人从维护韩愈的威望出发,认为李肇的记载有损韩愈的形象。他们认为,韩愈作为"文起八代之衰"的文化巨人,不可能因下不了山而"发狂恸哭"。其实,根本就没有很好地读过韩愈的诗集。因为韩愈自己在《答张彻》一诗中就叙述了自己登华山的经历:"悔狂已咋指,垂诫仍镌铭。"从韩愈的诗句可以看出:韩愈因为下不了华山而后悔,甚至几乎发狂,还在石头上题字、刻铭,提醒后人。这就是现在华山上的遗迹"韩退之投书处"。

注:

[1] 太华:即华山。玉井莲,传说华山有莲池,其中生有莲藕,奇大无比。
[2] 沉疴:久治不愈的病。
[3] 夤缘:攀附。
[4] 七泽:泛指人间。司马相如云:楚有七泽,尝见其一……曰云梦。

华山天池(华山网)

华 顶

李 绅

欲向仙峰炼九丹[①]，独瞻华顶礼仙坛。
石标琪树凌空碧[②]，水挂银河映月寒。
天外鹤声随绛节[③]，洞中云气隐琅玕。
浮生未有从师地，空诵仙经想羽翰[④]。

【诵读导语】

传说华山上有仙家的炼丹炉。李绅的这首诗便以此为题，写其对仙丹的向往。但在写的过程中，却给华山蒙上了一层仙道色彩。李绅和白居易是同时代人，那个时代，社会上盛行神仙丹药之风。白居易虽然也崇尚道家长生之说，但却心存疑虑："中天或有长生药，下界应无不死人。"李绅在这首诗的结尾所说的"浮生未有从师地，空诵仙经想羽翰"，和白居易的迷惘是一致的。

注：
① 九丹：即九还丹，道家认为服之可以成仙的金丹。
② 琪树：仙境中的玉树。
③ 绛节：使者持作凭证的红色符节，代指传说中上帝或仙君的一种仪仗。
④ 仙经：即《南华经》。唐玄宗天宝元年下诏把庄子称为"南华真人"，所著《庄子》称《南华真经》。
羽翰：翅膀。此处指羽化成仙。

华山云海（华山网）

咏仙掌

刘　象

万古亭亭倚碧霄①，不成擎亦不成招②。
何如掬取莲池水③，洒向人间救旱苗。

【诵读导语】

　　河神巨灵奋力推开华山和河东的首阳山，从而使黄河奔腾东去。这和"五丁开山"、打通秦蜀交通一样，都是人在无力抗拒自然力的时候，寄希望于神仙。而刘象却对巨灵推山发出质疑：既然如此，那么就请巨灵掬一捧华岳顶上莲池的神水，洒向人间，缓解天下大旱。这种质疑，正反映了诗人关注民生的情怀。刘象是唐昭宗时人。唐亡，入五代。由于当时唐王朝对社会民生已无回天之力，所以，作者面对天下大旱，也只能祈求于传说中的华岳仙掌。

注：
① 亭亭：耸立。
② 不成擎：不能擎天；不成招：不能招抚（百姓）。
③ 莲池：传说华山顶峰有池，因其生有十丈莲而得名莲池。

华岳仙掌（华山网）

游华岳归道中望仙掌

晁补之

深岩踏遍寻归路,仙掌依然在碧虚①。
无限游人重驻马②,岂惟狂客倒骑驴③。
挂图天汉朝霞上④,落影秦关夕照余。
千古全生才一士,可怜登览尽丘墟⑤。

注:
① 碧虚:青天。
② 驻马:勒马驻足。
③ 狂客倒骑驴:狂客,指八仙之一的张果老。此句意谓回头望华岳仙掌的不是只有倒骑驴的张果老。
④ 挂图天汉:意谓仙掌高耸入云。
⑤ "千古"二句:意谓千古以来,华山仅仅出了一个陈抟。该诗原有作者自注:"希夷祠堂在观中。"陈抟,字图南,号扶摇子,宋太宗赐号希夷先生。亳州真源(今安徽亳州)人。唐末宋初,长期隐居华山中,世称陈抟老祖。

【诵读导语】

宋人对仙道的追求不亚于唐人。但在养性、长生方面却远远超过了唐人。在宋人咏仙掌的诗中,晁补之可谓别出心裁。一般人都是吟咏巨灵劈山之功,而他却为华岳只出了一位陈抟老祖而感到遗憾。不仅如此,就连陈抟老祖留下的希夷祠、希夷洞也成了荒丘,这更让作者唏嘘不已。

希夷祠

念奴娇

钦叔、钦用避兵太华绝顶，以书见招，因为赋此。①

元好问

云间太华，笑苍然尘世，真成何物②？玉井莲开花十丈，独立苍龙绝壁③。九点齐州，一杯沧海④，半落天山雪⑤。中原逐鹿，定知谁是雄杰⑥。

我梦黄鹤移书，洪崖招隐⑦，逸兴尊中发。箭笴天门飞不到⑧，落日旌旗明灭。华屋生存，丘山零落，几换青青发⑨！人间休问，浩歌且醉明月。

【诵读导语】

元好问是金朝的官员。元灭金，他隐居不仕，潜心著述。这首词，从用韵可以看出作者是步苏轼《念奴娇·赤壁怀古》原韵。虽然不如苏词豪放，但在写华山的词中，仍不失为一首气韵高亢的佳作。

注：

① 金哀宗正大八年（1231）二月，凤翔陷落。元好问的两位朋友钦叔、钦用避兵华山，写信邀词人至华山一游。他便填了这首词作答。
② "云间"三句：写华山阅尽人间沧桑。
③ "玉井"句：用韩愈《古意》诗意。苍龙绝壁，即苍龙岭。
④ "九点"二句：化用李贺《梦天》诗："遥望齐州九点烟，一泓海水杯中泻。"言从华岳俯瞰天下，非常渺小。齐州，中州，亦即中国。沧海，大海。
⑤ "半落"句：意谓从华山顶看到天山的雪从华山半山腰落下，极言华山之高峻。
⑥ "中原"二句：意谓夺取了天下，就一定是英雄豪杰吗？。
⑦ "我梦"二句：用仙鸟黄鹤、仙人洪崖比拟钦叔、钦用写信邀他上华山之事。洪崖，上古时的仙人，居于洪崖，世称洪崖先生。
⑧ 箭笴天门：华山上极为险要的一处风景。登华山时，从金锁关登莲花峰要经天门，距离很长，所以说箭飞不到。笴：指箭。
⑨ "华屋"三句：指人世兴亡换代，世事难测，催人早生白发。

杪秋登太华山绝顶四首（选一）①

李攀龙

太华高临万里看，中原秋色更漫漫。
振衣瀑布青云湿，倚剑明星白日寒。
东走峰阴摇砥柱②，西来紫气属长安。
自怜彩笔惊人在，咫尺天门谒帝难③。

注：
① 杪秋：秋末。杪：末梢，末端。
② 峰阴：指东峰的北面。砥柱：山名，在河南三门峡东北黄河急流中。
③ "自怜"二句：意谓自己才华出众，但天门近在咫尺，却难谒天帝。自怜：自叹。彩笔：杜甫《秋兴八首》之八："彩笔昔曾干气象。"

【诵读导语】

李攀龙是明代"后七子"的代表人物。作为复古派，李攀龙对汉文唐诗情有独钟。所以，他的这首诗模拟盛唐诗风，视野开阔，但也表现出不离唐人窠臼的弊端。比如"东走峰阴摇砥柱，西来紫气属长安"一联，就是模拟杜甫《秋兴八首》之五"西望瑶池降王母，东来紫气满函关"，而气势终究不如杜诗宏阔。

华岳秋色（国画）

苍龙岭[1]

袁宏道

瑟瑟秋涛谷底鸣，扶摇风里一毛轻[2]。
半生始得惊人事[3]，撒手苍龙岭上行。

注：
① 苍龙岭：在华山北峰，两旁深谷万丈，极为陡峭。
② 扶摇：自下而上的暴风。
③ "半生"句：意谓自己大半辈子了，才做了这样一件让人吃惊的事。所谓"惊人事"，指结尾一句"撒手苍龙岭上行"。

【诵读导语】

袁宏道是明朝后期"公安派"创始人。其生活的时代与李攀龙相当。他反对李攀龙等人的复古主张，强调诗歌创作应该独抒性灵，所以被称为性灵派。这首诗所透露出的"性灵"，就是自己一改大半辈子谨慎行事的作风，在苍龙岭上"撒手"而行。

苍龙岭（华山网）

长安八景·华岳仙掌

朱集义

玉屑金茎承露盘,武皇曾铸旧长安[1]。
何如此地求仙诀[2],眼底烟云指上看[3]。

注:
[1] "玉屑"二句:意谓汉武帝为了追求长生,听信方士之言,在建章宫里铸造了一尊铜人,手举玉盘,承接天露,和玉屑而饮。
[2] 何如:哪儿像。此地,指华岳仙掌。
[3] "眼底"句:意谓仙掌极其高峻,远望烟云缭绕。

【诵读导语】

《华岳仙掌》是《长安八景》的第一景。作者朱集义,康熙时人,曾官河东盐使。能诗善画。康熙十九年(1680)游览关中,并以诗配画的形式由东向西创作了"长安八景":华岳仙掌、骊山晚照、灞柳风雪、曲江流饮、雁塔晨钟、咸阳古渡、草堂烟雾、太白积雪。"长安八景"由此定型。其诗画被勒石为碑,现存西安碑林博物馆。每一首诗前都有小序。此首诗的小序云:"太华山在华阴,为西岳。岳有掌曰巨灵,遥望之如五指参差出壁上也。注目仰观,其景逼真。"

华岳仙掌图(碑刻 碑林博物馆藏)

长安八景·骊山晚照

朱集义

幽王遗恨没荒台[①],翠柏苍松绣作堆。
入暮晴霞红一片,尚疑烽火自西来[②]。

【诵读导语】

诗前小序云:"骊山在城东,居宸位。岩壑胜概,宛然在望。爰及薄暮,夕阳遥映,极目远眺,真佳景也。"朱集义把骊山晚照作为关中一景,并不是他独出心裁。早在唐朝末年,诗人吴融就有一首《雪后过昭应》,结尾一联说:"灞川南北真图画,更待残阳一望看。"所以,在唐朝末年,骊山晚照已经成为京东一景。

注:
① "幽王"句:意谓周幽王为博褒姒一笑,在骊山举烽火而调戏诸侯。最终导致亡国。没:湮没。荒台:指骊山烽火台。
② "尚疑"句:周幽王是被西边的犬戎所灭,故云。

骊山晚照图(碑刻 碑林博物馆藏)

长安八景·灞柳风雪

朱集义

古桥石路半倾欹[1]，柳色青青近扫眉[2]。
浅水平沙深客恨，轻盈飞絮欲题诗[3]。

【诵读导语】

诗前小序云："灞水者，本滋水也。穆公因夸霸功，故改今名。傍多柳树。每至春杪，柳絮迎风，直与冬雪无异耳。"柳絮飘飞，宛如漫天风雪。这是春末夏初常见景象。诗歌中的伤春之情多源于此。这首诗的第三句也说，"浅水平沙深客恨"。其实，这也不是朱集义心生奇想。韩愈在《晚春》诗中就说过："杨花榆荚无才思，惟解漫天作雪飞。"

注：
[1] 倾欹：倾斜。
[2] "柳色"句：意谓柳叶像女子淡淡的蛾眉。
[3] "轻盈"句：唐昭宗时，有个宰相名叫郑綮，有一次，朋友聚会，请他作诗。他说："我的诗思在灞桥风雪中驴背上。"此句化用郑綮故事，意谓看见柳絮飘飞，就想提笔赋诗。

灞柳风雪图（碑刻 碑林博物馆藏）

长安八景·曲江流饮

朱集义

坐对迥波醉复醒①,杏花春宴过兰亭②。
如何但说山阴事③,风度曾经数九龄④。

注:

① 迥波:远处的曲江池水。
② 杏花春宴:唐时,进士考试放榜后,新科进士在曲江边的"杏园"举行庆祝宴会。过兰亭:超过王羲之等人的兰亭雅集。
③ 但说:只说,只称道。山阴事:指王羲之等人聚会于会稽山阴修禊一事。
④ "风度"句:此句怀念开元盛世。张九龄是开元名相,惟以文史自娱,风流蕴藉,著称当时。

【诵读导语】

诗前小序云:"城东南十里许,有汉曲江池。其水曲折似嘉陵江。迨至李唐,泛杯流饮,诚一时盛事。"唐时,每逢春暖花开之时,文人雅士常常结伴游于城南曲江。有时,他们把羽觞(酒杯)放到水上,让其随水漂流,停于某人面前,即得饮酒。谓之曲江流饮。盛唐时期尤盛行。此一习俗源于东晋时期王羲之等人在会稽山阴修禊一事。

曲江流饮图(碑刻 碑林博物馆藏)

长安八景·雁塔晨钟

朱集义

噌吰初破晓来霜[1],落月迟迟满大荒,枕上一声残梦醒,千秋胜迹总苍茫[2]。

注：
[1] 噌吰：形容钟声。初破：东方刚露出一缕朝霞。
[2] 千秋胜迹：小雁塔建于唐初，故称千秋胜迹。

【诵读导语】

诗前小序云："城南荐福寺有浮屠耸于霄汉间者，俗呼为小雁塔是也。爰有古钟，寺僧晓叩，则清音远震。"荐福寺，全称大荐福寺，在唐长安城开化坊。中宗李显为太子时居住于此。高宗死后，睿宗为给高宗献福，于此建大献福寺，武则天天授元年改名荐福寺。并以飞白书题写荐福寺额。中宗时，又在寺院南面的塔院建十五级佛塔，称小雁塔。塔院有钟楼、鼓楼。晨敲钟，暮击鼓。此即雁塔晨钟之来历。

小雁塔钟楼

长安八景·咸阳古渡

朱集义

长天一色渡中流①,如雪芦花载满舟。
江上丈人何处去②,烟波依旧汉时秋③。

【诵读导语】

诗前小序云:"咸阳,秦之故都。其城南滞渭水。巨波洪浪,冲激多年,而隍不啮。秦人称为古渡云。" 这首诗把王勃的《滕王阁序》中的"秋水共长天一色"和刘禹锡的《西塞山怀古》诗中的"故垒萧萧芦荻秋"融为一体,描写了咸阳古渡的秋景。而诗中的"江上丈人",实际上是指渭滨隐士。

注:
① 长天一色:化用唐诗人王勃《滕王阁序》中"秋水共长天一色"句意。
② 江上丈人:江即渭河,丈人是对年长者的尊称。
③ 汉:泛指周秦汉唐。

咸阳古渡(日)足立喜六摄

长安八景·草堂烟雾

朱集义

烟雾空蒙叠嶂生,草堂龙象未分明[①]。
钟声缥缈云端出,跨鹤人来玉女迎[②]。

注:
① 龙象:佛家认为:水行,龙的力量最大;陆行,象的力量最大。故把勇猛有力的罗汉称为龙象。
② 跨鹤人:指在终南山驾鹤升仙的萧史和弄玉。因仙游寺和草堂寺相距不远,故用此典故。

【诵读导语】

诗前小序说:"城西南有圭峰,下为逍遥园故址。昔鸠摩罗什译经于此。今谓之草堂寺。山岚水气,郁为烟雾。"序中所说的逍遥园,是后秦姚兴的庄园。鸠摩罗什由西域入长安,姚兴让其在此园译经。鸠摩罗什曾在园内构制草堂,作为传经布道之所。故后人称此寺为草堂寺。它是中国最早的佛教寺院之一。

草堂寺烟雾井

长安八景·太白积雪

朱集义

白玉山头玉屑寒①，松风飘拂上琅玕②。
云深何处高僧卧，五月披裘此地看③。

注：
① 玉屑：比喻雪。
② 琅玕：似玉之石。《山海经》记载：昆仑山上有琅玕树。诗中指落满白雪的松树。
③ "五月"句：意谓盛夏时节，在五陵道上远看太白山，竟然寒气袭人，不由得使人想穿皮大衣。

【诵读导语】

诗前小序云："去城西三百里，有山曰太白。盛夏积雪，凛若冰巘。五陵道上，引领遥望，有玉龙遥卧天门之象。"从这段文字可以看出，作者是在"五陵道上"即在渭北游览西汉五陵（长陵、安陵、阳陵、茂陵、平陵）时遥望太白山的。四句诗中，只有第一句是写遥望所见的景象。接下来的三句，作者把太白山描绘成一片冰清玉洁的世外仙境。遗憾的是，他把和道教有密切关系的太白山说成是云深隐高僧的佛家名山。

太白积雪图（碑刻 碑林博物馆藏）

田园篇

田园诗是中国农耕文化的艺术再现。中国第一首田园诗产生于先秦时的古豳地，这就是《诗经·豳风·七月》。古豳国在现今的长武、彬县、旬邑一带。后来，周先民南迁，关中渭河流域成为他们生息繁衍之地。关中也就成为华夏农业文明的发祥地。其后的田园诗也就以渭河两岸的关中农村为描写重点。

随着社会的发展，田园诗的审美取向也发生了根本的变化：田园生活的主角不再是"日出而作，日入而息"的农民，取而代之的是具有明显隐逸色彩的"田父"！而促成这一变化的是著名隐逸诗人陶渊明。故此他被誉为田园诗派的开山祖师，并且直接影响了王维、孟浩然、储光羲、韦应物等唐代诗人。尤其是王维，他在田园诗中是以一个旁观者的身份出现的。正因为如此，他在读者面前展示的是感受型的田园风光，和谐与静谧成了他的田园诗的主流格调。而突破田园诗的和谐与宁静的，是白居易。他开始在田园诗中反映农民的疾苦。他的这一创举一直影响到晚唐的杜荀鹤及南宋的范成大等人。

渭川田家

王 维

斜阳照墟落,穷巷牛羊归①。
野老念牧童,倚杖候荆扉②。
雉雊麦苗秀③,蚕眠桑叶稀。
田夫荷锄至,相见语依依。
即此羡闲逸,怅然吟式微④。

注:
① 穷巷:巷子的尽头。
② 荆扉:用荆条编的门。
③ 雉雊:野鸡鸣叫。秀:孕穗。
④ "即此"二句:意谓看到眼前的田园景象,就使人产生回归乡野的念头。

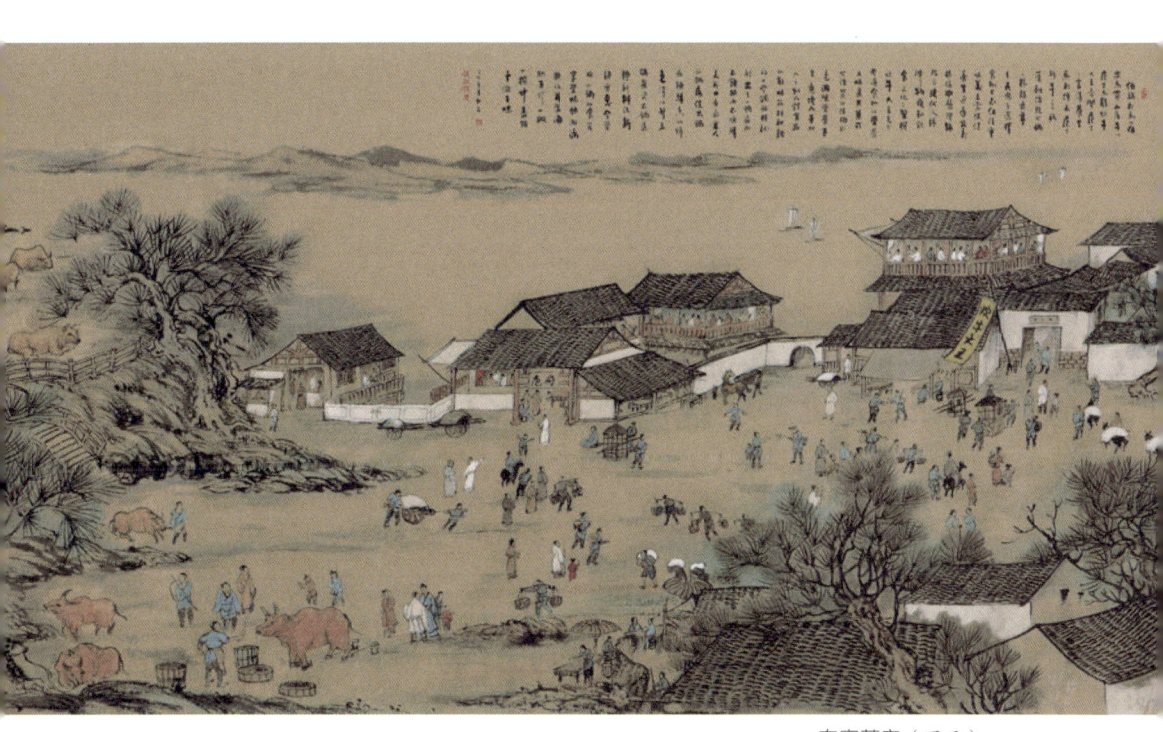

【诵读导语】

王维是著名的山水田园诗人。这首诗写渭河边上的农村生活。在他的笔下,田园生活以及田园风光呈现出恬静、和谐的特点。天然本色、毫无尘杂,可与陶渊明的《归田园居》相媲美。

农家草房(国画)

田园乐（之三）

王 维

采菱渡头风急，策杖林西日斜①。
杏树坛边渔父②，桃花源里人家。

注：
① 策杖：拄着拐杖。
② 杏树坛，坛名，在山东曲阜孔庙圣殿前，为孔子讲学遗址。《庄子 渔父》："孔子游乎缁帷之林，休坐乎杏坛之上，……弦歌鼓琴。奏曲未半，有渔父者，下船而来，须眉交白……左手据膝，右手持颐以听。"作者用此典表明此地人皆超然脱俗。

【诵读导语】

在古代诗歌中，六言诗比较少，用六言诗的形式写田园诗则更少。王维比较喜欢这种形式，写了七首六言的田园乐，这是其中的第三首。诗中活动着两个人，一个是拄着拐杖散步作者，另一个人是桃花源里的渔父，即隐士。从写田园风光的角度看，非常淳真质朴，充满了悠闲野趣。

渔父

太白东溪张老舍即事寄舍弟侄等

岑 参

渭上秋雨过，北风何骚骚。
天晴诸山出，太白峰最高。
主人东溪老，两耳生长毫。
远近知百岁，子孙皆二毛[1]。
中庭井阑上，一架猕猴桃。
石泉饭香粳[2]，酒瓮开新槽。
爱兹田中趣，始悟世上劳。
我行有胜事，书此寄尔曹[3]。

注：
[1] 二毛：指两鬓斑白。
[2] "石泉"句：意谓用泉水煮香米饭。
[3] 尔曹：你们。

【诵读导语】

诗题中的太白东溪当靠近周至县。张老是一位百岁老人。这首诗着重描写了这位乡间老人的生活环境。尤其值得注意的有两点：一是这位老者庭院中有一架猕猴桃。这是唐诗中唯一一首写农民家栽种猕猴桃的诗。由此可见，秦岭北麓的周至、户县一带栽种猕猴桃已经有一千多年的历史。二是"东溪"一带的农民种植水稻。杜甫在《秋兴八首》中写到渼陂湖时说过："香稻啄余鹦鹉粒"。作者所说的"爱兹田中趣，始悟世上劳"，是唐代诗人田园诗的常用方式：借抒写对田园生活的羡慕显示自己人格的纯洁。

乡野猕猴桃棚架

晚到周至耆老家[①]

卢 纶

老翁曾旧识，相引出柴门。
苦话别时事，因寻溪上村。
数年何处客[②]，近日几家存[③]？
冒雨看禾黍，逢人忆子孙[④]。
乱藤穿井口，流水到篱根。
惆怅不堪住，空山月又昏。

【诵读导语】

我们把盛唐时王维的几首田园诗和卢纶的这首诗做个比较，就能看出：王维不过是在美化田园生活，而卢纶则是以写实的笔法描写了安史之乱给广大农村造成的深重灾难。因统治阶级内部争权夺利而使社会陷入大动乱，农民却要承受由此造成的灾难。这正是安史之乱以后民生凋敝的主要原因。

注：
① 这首诗写京城长安一带安史之乱以后的荒凉破败景象。耆：旧称60岁以上的老人。
② "数年"句：这是老人问作者。
③ "近日"句：这是作者问老人。
④ "逢人"句：意谓子孙都死于安史之乱。所以，老人才会冒雨到田间去查看庄稼是不是被淹了。

土房（张护志 摄）

晚次新丰北野老家书事呈赠韩质明府①

卢 纶

机鸣春响日暾暾②,鸡犬相和汉古村③。
数派清泉黄菊盛④,一林寒露紫梨繁。
衰翁正席矜新社⑤,稚子齐襟读古论。
共说年来但无事,不知何者是君恩。

注:
① 新丰:在骊山东。刘邦定都长安后,其父不愿离开老家丰邑。刘邦就依照老家原样建了一个村子,取名新丰。其父才迁移此村。
② "机鸣"句:机:织布机。春:春粟。日暾暾:日初出时温暖明亮貌。
③ 汉古村:指新丰。
④ 派:水的分支。
⑤ 矜新社:喜迎社日。社:原指土地神,此指社日。

【诵读导语】

新丰在京城长安近郊。村里的老百姓竟然不知道皇帝对其子民的恩惠体现在什么地方。和《晚到周至耆老家》不同,这首诗不仅没写农村萧条,反而写了"机鸣"、"春响",给人以宁静自给的印象,而这些却被"不知何者是君恩"一句否定了。可见,那劳作都是"为他人作嫁衣裳"。

望仙坪(张护志 摄)

农家望晴

雍裕之

尝闻秦地西风雨,为问西风早晚回①?
白发老农如鹤立,麦场高处望云开。

注:
① "尝闻"二句:当时民间流传着"长安自古西风雨"的谚语。早晚回:意谓雨何时能停。

【诵读导语】

这首诗以一条长安民间谚语为主题,写老百姓盼望天气放晴。表现了作者对农民的同情心。因为收回来的麦子堆在场上,因长期下雨而无法打碾。诗中那位"白发老农"抬头看天的形象宛在眼前。

老农

观刈麦[1]

白居易

田家少闲月，五月人倍忙。
夜来南风起，小麦覆垅黄[2]。
妇姑荷箪食[3]，童稚携壶浆。
相随饷田去[4]，丁壮在南冈。
足蒸暑土气[5]，背灼炎天光。
力尽不知热，但惜夏日长。
复有贫妇人，抱子在其傍。
右手秉遗穗[6]，左臂悬敝筐。
听其相顾言，闻者为悲伤。
家田输税尽，拾此充饥肠。
今我何功德，曾不事农桑[7]。
吏禄三百石，岁晏有馀粮[8]。
念此私自愧，尽日不能忘。

【诵读导语】

这是白居易在周至担任县尉时写的一首田园诗。清新、恬静、淳真、质朴只是田园生活的一个方面，而且多多少少还带有隐逸色彩。白居易也有这一类田园诗。但是，唐代诗人中，在田园诗中写农民丧失土地后的悲惨生活，恐怕是白居易的创举。他之所以写农民的痛苦，用他的话来说，就是"惟歌生民病，愿得天子知"。这也是他"新乐府诗"创作的动因。

注：
① 刈：割。
② 覆垅黄：小麦黄熟时遮盖住了田埂。
③ 妇姑：泛指妇女。荷：担。箪：古代盛饭的圆形竹器。
④ 饷田：给在田里劳动的人送饭。
⑤ "足蒸"句：意谓脚踩炙热的土地。
⑥ 秉：拿。遗穗：掉在地上的麦穗。
⑦ 曾不：从来不。
⑧ 岁晏：岁末。

麦子

杜陵叟[1]

白居易

杜陵叟,杜陵居,岁种薄田一顷余。
三月无雨旱风起,麦苗不秀多黄死[2]。
九月降霜秋早寒,禾穗未熟皆青干。
长吏明知不申破[3],急敛暴征求考课[4]。
典桑卖地纳官租,明年衣食将何如?
剥我身上帛,夺我口中粟。
虐人害物即豺狼,何必钩爪锯牙食人肉[5]?
不知何人奏皇帝,帝心恻隐知人弊[6]。
白麻纸上书德音,京畿尽放今年税[7]。
昨日里胥方到门,手持尺牒牓乡村[8]。
十家租税九家毕,虚受吾君蠲免恩[9]。

【诵读导语】

唐代实行官员政绩考核制度后,引发了不少负面效应。有些官员为了使自己能在年底考核时取得好的等级,弄虚作假,欺下瞒上。就像这首诗所写的那样,明明夏、秋两季都没有收获,官员却向上级隐瞒灾情,继续向农民征收赋税,致使农民"典桑卖田纳官租"。后来,有人向朝廷反映了实际情况,朝廷决定免除京畿的租税。可是,等到传达到乡村时,已经是"十家租税九家毕"。白居易敢于揭露地方官员弄虚作假,这在当时是很少见的。

注:

[1] 杜陵:在今西安市东南的少陵原上。
[2] 秀:谷类孕穗。
[3] 长吏:长官。不申破:即向上级隐瞒灾情。
[4] 考课:唐代实行的官员政绩考察制度。
[5] "虐人"二句:意谓贪官污吏就是凶残的豺狼,不一定要有钩一样尖锐的爪子、锯一样锋利的牙齿才算豺狼。
[6] 何人:即作者本人。元和四年,作者曾有奏章请求减放江淮等州县百姓租税。恻隐:怜悯,同情。知人弊:知道百姓穷困。
[7] "白麻纸"二句:唐代中书省所用公文纸分黄白二种。重要的诏书,如任命将相、豁免、征讨等用白麻纸,一般的诏令则使用黄麻纸。德音:指皇帝颁布的减免赋税的"好消息"。京畿:国都所在地及其行政官署所直接管辖的地区。放:免除。
[8] 里胥:即里正,乡村的小吏。尺牒:指免税的公文、告示。牓:张贴。
[9] 蠲:免除。

长安秋夜

章孝标

田家无五行[①]，水旱卜蛙声[②]。
牛犊乘春放，儿童候暖耕。
池塘烟未起，桑柘雨初晴。
岁晚香醪熟[③]，村村自送迎。

注：
① "田家"句：意谓农民不懂金木水火土相克相生。
② 卜蛙声：从青蛙的叫声判断旱涝。
③ "岁晚"句：意谓去年秋末冬初酿制的酒到春天已经熟了。醪，即乡间的浊酒。

【诵读导语】

这是一首描写农民生活的田园诗。作者以春景描写为主，表现了农民在春天的农事活动。境界清淳，语言浅显。遗憾的是，从元代的方回到清朝的纪晓岚，都没读懂"岁晚香醪熟"一句。方回在他的《瀛奎律髓》中，把这首诗收录在"秋"诗类，显然错了；纪晓岚则说"岁晚"字或讹，也是别出心裁的臆说。

田家春景

商山麻涧

杜 牧

云光岚彩四面合①,柔柔垂柳十余家。
雉飞鹿过芳草远,牛巷鸡埘春日斜。
秀眉老父对樽酒②,蒨袖女儿簪野花。
征车自念尘土计③,惆怅溪边书细沙。

注:
① 岚彩:山间氤氲之气。
② 秀眉:年老之人往往有一二眉毛特长,谓之寿眉,亦称秀眉。
③ 尘土计:尘俗之计,即留恋官场。

【诵读导语】

麻涧是进入商山后的第一座驿站。因其地居民多在涧水边沤麻,故名。今转写为麻街。唐代诗人凡去江汉湖湘,必经此地。杜牧一生曾多次行经麻涧。与其他诗人不同,这首诗摆脱了宦游的忧伤,着笔于田园景色的描绘。所谓"惆怅",皆因自己汲汲于仕宦之途,故有惭愧之色。有人甚至说:读了此诗,反而觉得陶渊明的《桃花源记》有些繁琐。似有过誉之嫌。

商山麻涧

畲田词五首（选一）①

王禹偁

北山种了种南山，相助力耕岂有偏②。
愿得人间皆似我，也应四海少荒田。

注：
① 畲田：烧荒种田。
② 偏：私心。

【诵读导语】

王禹偁生活在北宋太宗、真宗时期。太宗淳化二年（991）他被贬为商州团练副使。这是个有职无权的"散官"。故此，他常常到乡野散心。当他看到当地农民在极其艰苦的自然环境中互相帮助、努力耕作时，写了五首畲田词，赞美当地淳朴的民风民俗。之所以说是"词"，就是能唱。就像他在第一首说的，"耳听田歌手莫闲"。这种田歌，直到20世纪60年代初的农事活动中还时有耳闻。

商山早春

塞鸿秋·田家

康　海

行藏数尺黄花径①，生涯几树甜仁杏。勋庸一首沧浪咏②，风流半曲天仙令③。丰歉总由天，苦乐谁非命。蝇头微利何须挣④。

注：
① 行藏：原指出世或入世。此指日常生活。
② "勋庸"句：意谓自己从来不把功名利禄放在心上。勋：功勋。庸：平庸。沧浪咏：即屈原在《渔父》中所写的："沧浪之水清兮，可以濯我缨。沧浪之水浊兮，可以濯我足"。
③ 天仙令：曲牌名。此句意谓自己闲暇时可以填词作曲，让优伶演唱。
④ 挣：苦苦追求。苏轼有词云："蜗角虚名，蝇头微利。"这里化用其意。

【诵读导语】

康海是陕西武功人，明孝宗弘治十五年状元。入朝任翰林院修撰。宦官刘瑾是兴平人，康海和他有过一面之交。正德五年(1510)，在杨一清等人的策划下，给刘瑾扣上了"图谋反叛"的罪名，明武宗杀了刘瑾。康海受到牵连，被削职为民，遣归乡里。时年36岁。受此打击，康海即放浪形骸，吟诗作曲，成为前七子的领军人物之一。他家道殷实，蓄养优伶，经常和亲家王九思诗酒往还。这首小令虽说是写田家，实际上是写他自己回乡后的人生取向。

山水松竹

折桂令·田家

康 海

正春风布谷声喧，雪霁东皋[1]，润足西田。稚子鞭牛，老妻牵索，犁断寒烟。福分小蔓菁软饭[2]，意思甜杯水心便[3]。丰稔随天[4]，勤苦当先，禾黍秋郊，金玉华轩。

【诵读导语】

前面那首"田家"主要抒写自己的人生态度。这一首写自己躬耕田亩的农事活动，很富有乡野风味。"稚子鞭牛，老妻牵索，犁断寒烟"，如诗如画。看起来很洒脱，实际上他也很苦闷。比如他在《秋兴八首》中就说："薏苡明珠终辨否？英雄回首付苍天。"还是希望老天开眼，能给自己洗去冤屈。连当时的陕西提学副使朱应登都替他鸣冤："病辍图书缘枉告"。说明他当时确实是被冤枉的。正因为如此，杨一清后来在陕西任职时，从来没有登过康海和王九思的家门。

注：
① 东皋：水边的向阳高地。也泛指田园、原野。
② 蔓菁：蔬菜名，即"芜菁"，俗称"大头菜"，一年生或二年生草本植物，块根肉质。关中农村常用它煮稠粥。
③ 便：安适。
④ 丰稔：丰收。随天：听凭上天安排。

花鸟画

普天乐·游化羊谷赠樵夫[①]

王九思

问樵夫，来何暮？青山昨夜，细雨模糊。趁晓晴，寻前路。渺渺烟村归来处。步斜阳，稚子提壶，村醪自沽[②]，茅檐醉舞，土炕谁扶？

注：
① 化羊谷：陕西户县东南的一条山谷。传说为北宋状元杨砺读书处。
② 醪：浊酒。沽：买。

【诵读导语】

王九思被罢官后，几乎游遍了终南山北麓的山谷名胜，留下了许多纪游诗。这首诗是他赠给一位樵夫的。诗从询问开始，以询问结束。先写昨夜细雨，再写今日山间烟雾迷茫，樵夫晚归。到家后，喝着稚子沽来的"村醪"，以至于醉后翩翩起舞，连炕都上不去，而需要人扶。写樵夫形象，活灵活现。

终南沟（张护志 摄）

科举篇

从唐代开始，科举是文人士子步入仕途的必由之路。唐代科举考试分为三类：进士、明经、制科。进士，属"常科"，每年举行一次；明经，有三经、五经之分，主要考察举子掌握经典的水平，它比考进士要相对容易些。所以，当时流行一个说法：三十老明经，五十少进士。意思是：三十岁明经及第，算是年纪老了；五十岁中进士，算是年轻的。制科是由皇帝下诏举行的考试，不定期举行，目的是搜求有才学而沉沦乡野草泽之士。

唐代，京城长安是天下文人士子心目中的圣地。在通过"乡试"（各州府举行的选拔考试）之后，他们来到长安，参加"省试"（礼部主持的考试）。每年进士的录取名额大约二十人左右，而且年龄都比较偏大。白居易说自己："慈恩塔下题名处，十七人中最少年。"他27岁考中进士，算是比较年轻的了。而且那一年全国只录取了17人。可见要考中进士，难度很大。孟郊46岁才进士及第，于是就有了"春风得意马蹄疾，一日看尽长安花"的疯狂举动。

及第者，心花怒放；落第者，牢骚满腹。唐人发牢骚的诗，多和科场失意有关，次才是官运蹉跎。也正由于他们发牢骚，才可以看到唐代诗人以天下为己任的积极向上的进取精神。

"投献"、"干谒"诗，是举子们考试前的自我推荐。在这类诗中，他们极力展示自己志向与才华。杜甫的"自谓颇挺出，立登要路津。致君尧舜上，再使风俗淳"，李白的"愿为辅弼，使寰区大定，海县清一"等，都出自他们的投献、干谒诗文。

岁暮归南山

孟浩然

北阙休上书,南山归敝庐。
不才明主弃,多病故人疏①。
白发催年老,青阳逼岁除②。
永怀愁不寐,松月夜窗虚。

注:
① "不才"二句:《唐诗纪事》载:张说荐浩然,明皇召之,令诵所作。浩然乃诵"北阙休上书"。明皇闻听"不才明主弃,多病故人疏",不悦,曰:"卿不求朕,岂朕弃卿?何不云'气蒸云梦泽,波撼岳阳城。'"于是疏之。
② 青阳:指春天。

【诵读导语】

孟浩然是和王维并称的山水田园诗人,他40岁以前一直隐居在襄阳的鹿门山。后来,耐不住寂寞,赴长安参加进士考试,未中第。离开长安时,他写了这首诗发牢骚。"不才明主弃,多病故人疏"一联,被明代的钟惺评为有"山人草野气"!意思是他不该在皇上面前说这种话。冯舒却认为这是孟浩然的"一生失意之诗,千古得意之作"。纪晓岚不同意冯的评价,认为这首诗"怨怒太甚,不及老杜'官应老病休'句之温厚"。

山径春行图

送丘为落第归江东

王 维

怜君不得意,况复柳条春[①]。
为客黄金尽,还家白发新。
五湖三亩宅,万里一归人。
知尔不能荐,羞为献纳臣[②]。

【诵读导语】

丘为是浙江嘉兴人,累举进士不第。将南归,王维以此诗相送。送一个没考中进士的人,大体上多是以安慰、鼓励为主。王维却写丘为的困难处境,这岂不是让失意者更其伤心?诗的结尾又写自己身为"献纳臣"而不能推荐丘为。这也是无关痛痒的废话。不过,我们从这首诗可以看出唐人求仕的艰难。所谓"三十老明经,五十少进士",说明求仕的岁月很漫长。好在丘为于天宝二年登第。后以左散骑常侍致仕,卒年96岁,为唐代最长寿的诗人。

注:
① 柳条春:柳条开始发芽。这是唐代进士考试放榜时间。
② 献纳臣:张九龄执政时,把王维由济州司仓参军调入长安,任右拾遗,故云自己是献纳臣。

初授官题高冠草堂①

岑 参

三十始一命②，宦情多欲阑③。
自怜无旧业，不敢耻微官④。
涧水吞樵路，山花醉药栏。
只缘五斗米⑤，辜负一渔竿。

【诵读导语】

岑参是湖北江陵人。三十岁考中进士，已经算是"少年得志"了！他却认为给自己授的官太小了。唐代给进士初授官职多是县尉、拾遗、校书郎等低级职务。他心里很不高兴。可是，因为自己没有雄厚的家底，也就不得不屈就了。唐代诗人有个毛病：没有步入仕途前，想方设法要晋身仕列；一旦有个一官半职，就开始斯文起来，向往在田园山水中做个逍遥的隐士。岑参也不例外。

注：

① 高冠：即今陕西省西安市长安区沣峪口西边的高冠峪。岑参在此有草堂。

② 三十：岑参天宝三载考中进士时已经30岁了。

③ "宦情"句：自己已经没有当官的心思了。阑：尽头。

④ 耻微官：把做小官看作是耻辱。岑参中第后，授右内率府兵曹参军。级别是从八品下，堪称微官。

⑤ 五斗米：陶渊明说他不愿为五斗米的俸禄向乡里小儿折腰。岑参反其意，说自己因为没有旧业，所以不得不为了微薄的俸禄而放弃隐居生活。

高冠峪

长安落第

钱 起

花繁柳暗九门深①,对饮悲歌泪满襟。
数日莺花皆落羽②,一回春至一伤心。

注:
① 九门:古时天子之居有九门。九门深:意谓入朝做官对自己来说是非常遥远的事。
② 莺花:指春意正浓。

【诵读导语】

虽然同是"落第",但各人的感受千差万别。钱起的这首落第诗,写自己的人生失意和春回大地、欣欣向荣的自然景象形成强烈的反差。从"一回春至一伤心"一句看,钱起写这首诗前,已经有过"落第"的痛苦,所以他才这样说。

落第长安

常 建

家园好在尚留秦,耻作明时失路人①。
恐逢故里莺花笑,且向长安度一春②。

注:
① 明时:社会清明。失路人:指没进入仕途的人。
② "且向"句:意谓自己还得留在长安。

【诵读导语】

常建是开元十五年进士。此前,他也有过落第的经历。不过,他不怨天尤人,而是以自责的口气写自己落第的苦恼:一是生逢太平盛世,自己却无所事事;二是想回家,又怕遭乡人讥笑。所谓"且向长安度一春",只是一种无可奈何的选择。

落第归乡留别长安主人①

豆卢复

客里愁多不记春②,闻莺始叹柳条新。
年年下第东归去,羞见长安旧主人③。

【诵读导语】

唐人虽然比较潇洒,可也有抹不开面子的时候。豆卢复在长安应试时得到一位朋友的资助,甚至住在朋友家里。多次落第的遭遇使他愧对这位长安主人。所以,当他"下第东归"时,因羞于见人,不好当面话别,只能留下这首诗表示歉意。

注:
① 留别:不好当面话别,而留诗告别。
② 客里:客居长安。
③ 长安主人:指他在长安结识的朋友。

及第后赠试官①

高拯

公子求贤未识真②,欲将毛遂比常伦③。
当时不及三千客④,今日何如十九人⑤?

【诵读导语】

一般的士子,在进士及第后往往都要感谢试官。但是,这首诗的作者在诗中却流露出对主考官的不满情绪。他以毛遂自比,认为主试官不识人才。这在唐诗中是极为少见的。因为此前两年,试官还是薛邕,而高拯都落榜了。透过这首诗,可以看出当时进士考试还是有不公正的事情发生。

注:
① 据《唐诗纪事》记载,大历十三年试官为薛邕。
② 公子:即平原君。战国四公子之一。以善于招贤纳士著称。
③ "欲将"句:毛遂:战国时赵国平原君的门客。秦攻赵。毛遂自荐随平原君赴楚求援。因楚王犹豫不决,毛遂"按剑劫楚王",迫使其与赵"合纵",共同抗击秦国。平原君称赞其"三寸不烂之舌,强于百万之师。"常伦:普通人。在自荐之前,平原君并没有重视过毛遂。故云。
④ 三千客:据说平原君门下的食客有三千多人,而毛遂一文不名。
⑤ 十九人:大历十三年共录取二十名进士。此句意谓让主考官把他和那十九个人比一下。根据此句,高拯应该是这一年的"状元"。

登科后①

孟 郊

昔日龌龊不足夸②,今朝放荡思无涯③。
春风得意马蹄疾④,一日看尽长安花。

【诵读导语】

孟郊考中进士时已经46岁了,算是比较"高龄"的进士。一个经历了多次挫折的学子考中进士以后其喜悦之情是难以言表。可是,孟郊却用"春风得意"四个字写尽其喜悦之情。尤其是"一日看尽长安花",更是把他"放荡"的行为写得活灵活现。在唐人留下来的"中第"诗中,写喜悦之情的,还没有人能超越孟郊的这首诗。

注:
① 此诗作于孟郊46岁那年进士及第后。这首诗因为给后人留下了"春风得意"与"走马看花"两个成语而为人们所熟知。
② 龌龊:指处境不佳。夸:说。
③ 放荡:自由自在,无所拘束。
④ "春风"句:中了进士的人已经具备了做官的资格,所以,朝廷会给他们提供"官厩"里的马,供其代步。马蹄疾:即扬鞭催马疾驰。

策马图

落第后归终南别业

卢 纶

久为名所误，春尽始归山①。
落羽羞言命，逢人强破颜②。
交疏贫病里，身老是非间③。
不及东溪月④，渔翁夜往还。

注：
① "春尽"句：意谓春天放榜以后，自己没考中，这才回到终南山里的别业。
② 强破颜：勉强装出笑容。
③ "身老"句：卢纶与元载、王缙交往密切。此二人在大历年间在政坛上先后败落，卢纶也受到牵连。故云。
④ 不及：不如。东溪：在终南山高冠峪附近。

【诵读导语】

卢纶在"大历十才子"中诗歌成就是比较高的。可是，他的仕途上很不顺利。这倒不是他才学粗浅，而是他在官场斗争中站错了队。他和大历宰相元载、王缙等人关系密切。但是，他不仅没有因此而被提携，反而因这些人的倒台而受到牵连。所以，他才在诗中说"落羽羞言命"、"身老是非间"！

终南山（国画）

闺意献张水部

朱庆馀

洞房昨夜停红烛①,待晓堂前拜舅姑②。
妆罢低声问夫婿,画眉深浅入时无③?

注:
① 停:摆放。
② 拜舅姑:拜见公公婆婆。
③ 入时无:是不是和时下流行的一样?

华清出浴图

【诵读导语】

唐代文人在进士考试前常常要向社会名流投献自己的诗文,希望得到赏识,并推荐给主考官。《唐诗纪事》卷四十六记载:朱庆馀曾给张籍投献过自己的诗文,并打探考试成绩。可能是未见音信,他就写了这首诗探听虚实。诗中,他把自己比做一位刚过门的新媳妇,把主考官比做公婆,把推荐他的张籍比做新郎,把自己的诗文比做画好的眉毛。她问夫婿:自己的眉毛画的是不是很时髦?用今天的话说,就是询问自己的诗文是不是符合时代要求?张籍没有正面回答,而是也给他回了一首诗:"越女新妆出镜心,自知明艳更沉吟。齐纨未足时人贵,一曲菱歌敌万金。"朱庆馀是越州人,那里是出美女的地方。所以,张籍说:你本来就长得漂亮,只是不够自信!实话告诉你:时人不一定喜欢华丽的外表,反倒是天然纯真的东西更让人喜欢。两人一问一答,都很含蓄。

宣上人远寄和礼部王侍郎放榜后诗因而继和

刘禹锡

礼闱新榜动长安[1],九陌人人走马看[2]。
一日声名遍天下,满城桃李属春官[3]。
自吟白雪诠词赋[4],指示青云借羽翰[5]。
借问至公谁印可[6],支郎天眼定中观[7]。

【诵读导语】

礼部放榜后,主考官礼部侍郎王起写了一首诗,宣上人和了一首,而且把自己的和诗寄给刘禹锡。刘禹锡就写了这首诗。从诗中可以看出:每当礼部放榜时,整个长安城都为之轰动。而王起又被人认为是办事至公的官员。所以,刘禹锡的和诗从一个侧面反映了他对公正无偏私的礼部侍郎王起的敬重。

注:
[1] 礼闱:指主持进士考试的礼部。新榜:中进士者名单。
[2] 九陌:京城。
[3] 桃李:指新科进士。春官:武则天曾改六部名称,礼部称春官。按照当时的习惯,每年的新科进士都是主考官的门生(学生)。故云"满城桃李属春官"。
[4] "自吟"句:此句赞美王侍郎的诗。
[5] "指示"句:意谓王侍郎的诗给新科进士指出了青云之路。羽翰:原指笔,这里借指诗。
[6] 至公:毫无偏私。印可:即认可。
[7] 支郎:三国僧人支谦人称支郎。后世用以称和尚,即诗题中的宣上人。天眼:睿智的目光。

桃花图

及第后谢座主[1]

周匡物

一从东越入西秦[2],十度闻莺不见春[3]。
试向昆山投瓦砾[4],便容灵沼濯埃尘[5]。
悲欢暗负风云力[6],感激潜生草木身[7]。
中夜自将形影语,古来吞炭是何人[8]。

【诵读导语】

我们常常看到古时某人"屡试不第"。但像周匡物这样考了十次都没考中的学子确实不多见。好在他第11次考中了。所以,"十度闻莺不见春"确实是痛心疾首的肺腑之言。为此,他特别感谢考官让他摆脱了"草木之身"而平步青云。

注:

① 座主:唐时进士称主试官为座主。此指元和十一年主试官王播。
② 东越:指闽东或浙东地区。
③ "十度"句:意谓自己考了十年都没有考中。
④ 昆山:昆仑山的简称。此处借指皇都。瓦砾:对自己文章的谦称。
⑤ "便容"句:意谓自己沐浴皇恩,洗去凡俗之尘。灵沼:喻指帝王的恩泽。
⑥ "悲欢"句:意谓自己今日能考中进士,都是仰仗座主暗中提拔。
⑦ "感激"句:意谓自己本来出身微贱,能有今日,非常感激座主。
⑧ "中夜"二句:意谓半夜里,自己对着自己的影子自言自语:我现在确实换了一个人!吞炭:战国时,豫让为报智伯之仇,恐人识之,乃漆身为厉,灭须去眉,自刑以变其容。为乞人而往乞。其妻不识,曰:状貌不似吾夫,其音何类吾夫之甚也!又吞炭为哑,变其音。诗人用此典故,意谓从今以后自己就像换了一个人似的。

深堂琴趣图

下第寓居崇圣寺感事[1]

许 浑

怀玉泣京华[2],旧山归路赊。
静依禅客院[3],幽学野人家。
林晚鸟争树,园春蝶护花。
东门有闲地,谁种邵平瓜[4]?

注:
[1] 崇圣寺:在唐长安崇德坊西南隅,其遗址在今西安城南西何家村一带。
[2] 怀玉:意谓自己怀才而不被重用(指落第)。
[3] 禅客院:即崇圣寺。
[4] 邵平:秦人,封东陵侯。秦亡,隐居(汉)长安城东门外种瓜。其瓜味美,人称东陵瓜,或邵平瓜。今西安城东北有邵平店,或与此有关。

【诵读导语】

在唐人的下第诗中,许浑的这首诗着实令人感伤。其一,他赴长安应试,住在寺院中。这说明他家境贫寒,无力构筑别业。其二,落第后,他心灰意冷。虽然产生了归隐田园的念头,但毕竟没有付诸行动。后人云:"浑诗千首湿。"意思是他的诗一是爱写水(或雨),二是他爱哭。这首诗的起句就写自己"泣玉京",已经点出泪水。结尾,他还在犹豫要不要学邵平?不过,诗的中间两联写崇圣寺的自然环境,倒有闹中取静的闲情逸致。

山行图

及第后寄长安故人

杜 牧

东都发榜未花开①,三十三人走马回②。
秦地少年多酿酒,已将春色入关来③。

【诵读导语】

杜牧于唐文宗大和二年进士及第。这一年实行东都（洛阳）放榜,西都（长安）过堂。所谓"过堂",即新科进士随座主到长安宫城礼部大堂拜见宰相,通报自己姓名。杜牧当时年仅26岁,可谓少年得志。所以,这首及第诗充满了喜悦之情。而这种喜悦之情都落在结尾一句：他们33位新科进士把春天带到了长安。

注：
① 东都：洛阳。未花开：即早春时节。
② 走马回：骑马赶回长安。
③ 将：带着。关：潼关。

山水工笔画

赠终南兰若僧[1]

杜 牧

家在城南杜曲旁,两枝仙桂一时芳[2]。
休公都不知名姓,始觉禅门意味长。

【诵读导语】

杜牧进士及第后,和几个同年相约游终南山。行至一寺庙,与寺僧休公攀谈。休公问其姓名、籍贯。杜牧就以此诗作答。在诗中,他以自己是新科进士而极其自负,甚至以休公不知其姓名而感到吃惊:我不仅进士及第,而且又在"制科"中登科,两次折桂,轰动京城,您老竟然不知道我是谁?恐怕他觉得这话说得有点过头,于是赶紧一转折:佛门真是大有深意啊!

注:
① 这首诗是杜牧中进士后,和同年游终南山时作。
② 仙桂:中进士称折桂。两枝仙桂,即两次折桂。一时:同时。

终南山中

及第后宴曲江[1]

刘 沧

及第新春选胜游,杏园初宴曲江头。
紫毫粉壁题仙籍[2],柳色箫声拂御楼。
霁景露光明远岸[3],晚空山翠坠芳洲[4]。
归时不省花间醉,绮陌香车似水流[5]。

【诵读导语】

曲江杏园是新科进士炫耀自己的最好场所。皇帝赐宴以后,新科进士还要到大雁塔题名,以示荣耀。从这首诗的描写看,当时进士是把名字题写在"粉壁",即白墙上。这里的"粉壁"应该是塔的内壁。不是人们想象的那样题写在大雁塔的砖上。雁塔题名的肇始者是唐代宗大历九年的进士张莒。他在杏园参加完宴会后,到大雁塔游览时,把同年进士之名题于塔壁。后相沿成习。

注:

① 宴曲江:皇帝在杏园赐宴。杏园在曲江西畔。
② 题仙籍:指在大雁塔题名。刘沧是唐宣宗大中八年进士。
③ 霁景:雨后的阳光。
④ "晚空"句:写青翠的终南山倒映在曲江湖水中。
⑤ "归时"二句:唐时,每年新科进士宴会曲江时,长安城中的豪贵之家也趁机让待字闺中的姑娘坐着车子到曲江游览,目的是选婿。所以,诗中的"花间醉",一语双关,既指曲江池畔的百花齐放,也指如花的美女。

曲江一隅

下第后上永崇高侍郎[①]

高 蟾

天上碧桃和露种,日边红杏倚云栽。
芙蓉生在秋江上[②],不向东风怨未开[③]。

【诵读导语】

唐文宗在大和元年下诏,每年进士考试时,对"勋臣"、"节将"子弟要务加奖引,致使进士考试中大开徇私舞弊之风。高蟾出身寒微,自然受到伤害。所以,他下第之后,就给高璩侍郎上了这首诗,表达自己的不满。他在诗中把那些高官显宦子弟比作春天的桃花、杏花;而把自己比作开在秋江上的荷花,虽然高洁,却生不逢时。他甚至把表达不满的诗写在礼部大门外的墙上:"冰柱数条搘白日,天门几扇锁明时。阳春发处无根蒂,凭仗东风次第吹。"把那些豪门子弟比作挂在屋檐上的冰柱,太阳一出,就纷纷坠落。

注:

① 永崇:即长安城永崇坊。高侍郎,据《旧唐书》,高蟾未进士及第前,冠以"侍郎"官衔的高姓官员只有高璩,在懿宗咸通四年、五年先后任兵部侍郎和中书侍郎。故高侍郎疑即此人。
② 芙蓉:即荷花,亦称莲花。
③ "不向"句:东风,即春风。桃花、杏花都是被春风催开的,而荷花则开在夏末秋初。作者自比荷花,意谓自己生不逢时。

秋荷图

不第后赋菊

黄 巢

待到秋来九月八,我花开后百花杀①。
冲天香阵透长安,满城尽带黄金甲。

注:

① "我花"句:新科进士放榜时,正是百花齐放的春天。诗的题目是"赋菊",所以,这句说:等到菊花开放的时候,那些春花早都凋谢得无影无踪。作者把自己比做傲霜雪的菊花。

【诵读导语】

黄巢另有一首《题菊花》:"飒飒西风满院栽,蕊寒香冷蝶难来。他年我若为青帝,报与桃花一处开。"把两首诗联系起来,可以看出这位山东学子不是一个循规蹈矩的人。他的个性就像敢于傲霜雪的菊花。同时,他又有改天换地的大无畏精神。一旦自己能成为主宰春天的青帝,就要让菊花在春天开放。几十年后,号称"冲天大将军"的黄巢确实攻入长安,成了大齐皇帝。遗憾的是很快就失败了。

菊花

绝 句

无名氏

传闻天子访沉沦①,万里怀书西入秦。
早知不用无媒客②,恨别江南杨柳春。

注:
① 沉沦:即埋没于乡野的人才。
② 无媒客:没人引荐的人。

【诵读导语】

这首诗的作者佚名,但他却给我们留下了一个科场轶事。唐时,除了进士、明经这种常科考试外,还有制科。所谓制科,即不定期举行的一种考试。由皇帝下诏,寻访那些隐居于乡野的饱学之士。其条件是必须由地方官或社会名流推荐。这首诗的作者远在江南,听说皇帝下诏"访沉沦",便匆匆离家,赶赴长安。结果因没人推荐而无法参加制举考试。于是发牢骚说:长安之行白白耽误了他游赏江南春景。

行旅图(国画)

发榜诗

无名氏

乞儿还有大通年①,三十三人碗杖全②。
薛庶准前骑瘦马,范鄩依旧盖番毡③。

注:
① 乞儿:史载:唐文宗太和八年发榜,新科进士多是形如乞丐的贫士。有人作此诗嘲之。
② "三十"句:这些新科进士们像乞丐一样,都带着讨饭用的碗、杖。
③ "薛庶"二句:薛庶、范鄩,均为当时进士及第者。此二句意谓这些贫士们虽然中了进士,可是他们的境遇并没有多大变化。薛庶依旧骑的是瘦马;范鄩仍然盖的是破毡。

【诵读导语】

唐代的科举考试发展到晚唐,已经矛盾重重。新科进士不能得到一官半职是常有的事情。就像温庭筠在诗文中所说:"今日爱才非昔日","欲将书剑学从军"。社会动乱,知识分子只好另谋出路。而这首诗虽未表达不满,但进士及第并不能彻底改变穷书生的命运则是实实在在的事。

骑马图

酬贈篇

人是社会群体中的一员。人与人之间的关系曾被孟子称为"五伦"（或五常），即"父子有亲、君臣有义、夫妇有别、长幼有序、朋友有信"。尤其是唐代，陕西作为帝京之地，酬赠、送别成为人们日常生活中经常会遇到的事情。灞桥折柳凝固成赠别与友情的文化符号。酬赠、送别诗也就成为维系人与人之间的亲密关系的纽带。在唐代诗歌中，这是最为突出的题材。以唐代著名诗人为例，几乎没人不写这一类诗。而且这类诗在有些作家的作品中占了相当大的数量，比如钱起、郎士元、白居易等。尤其是白居易，他的成名作就是那首《赋得古原草送别》。高仲武《中兴间气集》还记载：朝廷官员离京外任时，如果没有钱起、郎士元作诗饯行，那是很没有面子的事情。这一方面说明钱起、郎士元的送别诗写得好，另一方面说明唐人很注重友朋之情。

　　正因为如此，酬赠、送别以及怀人等题材的诗几乎成为古人情感生活的重要内容。也正是在这一类作品中，人们可以体味出他们复杂的情感世界：有的细腻，有的狂放，有的豪迈，有的低沉，有的缠绵悱恻，有的清奇磊落，有的娓娓而谈，有的一泻千里。诗人情感世界之美，造就了诗的美。酬赠、送别诗成为维系人伦的纽带。唐诗的名篇中，这类诗居于突出地位。王勃的《送杜少府之任蜀川》、李白的《黄鹤楼送孟浩然之广陵》、高适的《别董大》、王维的《送元二使安西》等，都是人们耳熟能详的传世佳作。

送杜少府之任蜀川[1]

王　勃

城阙辅三秦[2]，风烟望五津[3]。
与君离别意，同是宦游人[4]。
海内存知己[5]，天涯若比邻。
无为在歧路[6]，儿女共沾襟。

【诵读导语】

唐诗中，送别诗占有相当大的分量。王勃的这首诗，开启了唐人送别诗的新时代，成为初唐送别诗的压卷之作。在整个诗坛还沉浸在模仿六朝旖旎绮丽诗风的时候，这首诗一改无病呻吟的旧习，全诗虽有叹息，却不见愁语，一气贯注，宛若行云流水。"海内存知己，天涯若比邻"一联，成为传诵友情的千古名联。

注：
[1] 少府：唐人把县尉称为少府。蜀川，即蜀地。
[2] "城阙"句：意谓三秦大地护卫着京城。
[3] 五津：津：渡口。五津，蜀地五个著名的渡口，此处泛指蜀川一带。
[4] 宦游：唐人把离开故乡，在外做官称为宦游。
[5] 海内：古人认为华夏大地四周被大海包围。所以，海内指天下。
[6] 无为：不要。歧路：岔路口。

京江送别图卷（局部）

送元二使安西

王 维

渭城朝雨浥轻尘①,客舍青青柳色新。
劝君更尽一杯酒,西出阳关无故人②。

注:
① 渭城:即咸阳。浥:沾湿。
② 阳关:在今甘肃敦煌市西。

【诵读导语】

王维的这首送别诗被后人誉为"古今第一"。从送别诗的角度看,作者先写雨浥轻尘、柳色青青,点名分别在春天。后两句被称为是语浅情深,千古绝调!殊不知王维是从南朝沈约的"勿言一樽酒,明日难重持"变化而来。而在体贴人情上比沈约更为曲折。明朝的胡应麟用"数声风笛离亭晚,君向潇湘我向秦""日暮酒醒人已远,满天风雨下西楼"两联唐人名联和王维的"劝君更尽一杯酒,西出阳关无故人"相比较,认为所举的那两联诗虽能令人一唱三叹,毕竟气韵衰飒,而王诗却千载如新。此诗在当时流传很广,以至于坊间以三叠歌之,称为《阳关三叠》,亦称《渭城曲》。刘禹锡有"更与殷勤唱渭城",白居易也有"听唱阳关第四声",可见其诗流布之广。

阳关遗址

送秘书晁监还日本国[1]

王 维

积水不可极[2],安知沧海东。
九州何处远,万里若乘空。
向国惟看日[3],归帆但信风[4]。
鳌身映天黑,鱼眼射波红。
乡树扶桑外[5],主人孤岛中。
别离方异域,音信若为通?

【诵读导语】

在中日文化交流史上,晁衡很有名气。他19岁入唐,于唐代宗大历五年终老长安。在唐代诗坛上,他和王维、李白、储光羲等人关系很密切。当李白听说晁衡所乘坐的船倾覆后,以为他葬身大海,就作了《哭晁卿衡》一诗:"日本晁卿辞帝都,征帆一片绕蓬壶。明月不归沉碧海,白云愁色满苍梧。"王维的这首诗是在长安为晁衡饯行时写的。诗前有序,称赞晁衡:"金简玉字,传道经于绝域之人;方鼎彝尊,致分器于异姓之国。"对其传播中华文化的功绩予以高度评价。

注:
① 晁监:原名阿倍仲麻吕,日本人。开元五年随日本使团赴长安。因企慕中国文化,遂留居长安,取汉名晁衡。天宝中,官至秘书省监。天宝十二载返国途中,遇大风,舟覆。遇救后,又返回长安。一生历经玄宗、肃宗、代宗三朝,官至左散骑常侍、安南都护。
② 积水:指茫茫大海。不可极:望不到尽头。
③ "向国"句:意谓船向着太阳升起的地方行驶。
④ 信风:即东北风。
⑤ 扶桑:海上的神木。传说太阳从扶桑上升起。也用以称呼日本。

阿倍仲麻吕纪念碑

灞陵行送别

李 白

送君灞陵亭,灞水流浩浩。
上有无花之古树,下有伤心之春草。
我向秦人问路歧,云是王粲南登之古道①。
古道连绵走西京,紫阙落日浮云生②。
正当今夕断肠处,黄鹂愁绝不忍听。

注:
① "云是"句:意谓人们告诉他,这是王粲离开长安赴荆州避乱时走的那条路。
② 紫阙:指皇宫。

【诵读导语】

所谓的灞陵送别,其实都是在灞桥送别。而且这种习惯一直贯穿于整个唐代诗坛。晚唐的雍陶在简州任刺史时,在城外一座桥边与朋友话别,忽然看见桥头上写着三个字:"情尽桥"。他就问当地人为什么起这个名字?那人说:送人到此为止!雍陶很不以为然,提笔在桥柱子上写道:"从来只有情难尽,何事名为情尽桥。自此改名为折柳,任他离恨一条条!"而所谓的"折柳",就是在长安城东灞桥边折柳送别。不过,李白的这首送别诗更多的是写自己的困苦。这就难怪乾隆皇帝都要说李白是"伤心人别有怀抱"!

灞桥(日)足立喜六,1907年摄

送郑十八虔贬台州司户①

杜 甫

郑公樗散鬓成丝②,酒后常称老画师。
万里伤心严谴日③,百年垂死中兴时④。
仓皇已就长途往⑤,邂逅无端出饯迟。
便与先生成永诀,九重泉路尽交期⑥。

【诵读导语】

安史之乱爆发的第三年十月,唐军就收复了长安、洛阳。唐肃宗回到长安后,对那些受伪职的官员进行处理。郑虔是一位很有才华的人。他的诗、书、画被唐玄宗誉为"三绝"。但他在唐玄宗朝仅仅是个广文馆博士。因受伪职,被贬为台州司户参军。杜甫当时在朝廷任左拾遗。他和郑虔的私交很好,按理说应该去给郑虔送行。但他没有这样做。其原因是:当时,因房琯事件,唐肃宗对杜甫已经开始疏远。杜甫也不想给不同政见者授以口实。于是就写了这首诗,表达自己的歉疚。

注:

① 安史之乱中,郑虔在长安陷落后,被俘虏到洛阳,受伪职。洛阳收复,又被唐军押回长安,本该严惩,但念其在洛阳时曾给唐军秘密传递过情报,遂被贬为台州司户参军。
② 樗散:松散无用的材料。樗:椿树。鬓成丝:两鬓斑白。
③ "万里"句:此句有几层意思:一是给郑虔的处分太严厉了,二是贬地很遥远,三是自己为此很伤心。
④ 百年垂死:意谓郑虔已经到了垂暮之年。中兴时:指唐王朝又收复了长安、国家处于中兴的最好时机。
⑤ "仓皇"句:意谓郑虔匆匆忙忙地上路了。
⑥ "便与"二句:意谓此一别便成永别!要想重逢,除非在九泉之下。

杜甫

奉赠韦左丞丈二十二韵[1]

杜 甫

纨袴不饿死，儒冠多误身。
丈人试静听，贱子请具陈[2]。
甫昔少年日，早充观国宾[3]。
读书破万卷，下笔如有神。
赋料扬雄敌，诗看子建亲[4]。
李邕求识面，王翰愿卜邻[5]。
自谓颇挺出，立登要路津。
致君尧舜上，再使风俗淳。
此意竟萧条，行歌非隐沦。
骑驴十三载，旅食京华春。
朝叩富儿门，暮随肥马尘。
残杯与冷炙，到处潜悲辛。
主上顷见征，欻然欲求伸[6]。
青冥却垂翅，蹭蹬无纵鳞。
甚愧丈人厚，甚知丈人真。
每于百僚上，猥诵佳句新[7]。
窃效贡公喜[8]，难甘原宪贫。
焉能心怏怏，只是走踆踆。
今欲东入海，即将西去秦。
尚怜终南山，回首清渭滨。
常拟报一饭[9]，况怀辞大臣。
白鸥没浩荡，万里谁能驯？

【诵读导语】

唐人在考进士前，常常要给社会名流或达官贵人投献自己的诗文，称为行卷。目的是希望这些人能向主考官推荐自己。杜甫在唐玄宗天宝初年入长安后，也是奔走于豪贵之门，就像他在这首诗中说的："朝叩富儿门，暮随肥马尘。残杯与冷炙，到处潜悲辛！"而杜甫在这首诗中则显得很自信、自负！尤其是"致君尧舜"、"再淳风俗"成为人们谈论杜甫人生理想时常常引用的名句。

注：
① 韦左丞丈：即尚书省左丞韦济。丈：对长辈的尊称。
② 贱子：作者谦称。
③ 观国宾：开元中，唐玄宗幸洛阳。杜甫作为地方推荐的学子代表参加了欢迎仪式。
④ "读书"四句：写自己饱读诗书、才华出众。扬雄：西汉人，以大赋驰名文坛。子建：即曹植，建安七子之一。
⑤ 李邕，开元文坛宿老。据《新唐书》本传，李邕很赏识少年杜甫，曾亲自去见他。王翰，当时的社会名流。卜邻，愿意作邻居。
⑥ 主上：指唐玄宗。征：征召。欻然：忽然。
⑦ "每于"二句：意谓韦济经常在同僚面前吟诵自己的佳作，连自己都感到自惭形秽。
⑧ 贡公喜：《汉书 王吉传》：王吉和贡禹是挚友。王吉升迁了，贡禹很高兴。言外之意是说：有韦济这样的惜才者，自己不会沉沦不遇。
⑨ 报一饭：用韩信富贵后报答漂母一饭之恩的典故，意谓自己不会忘记别人的好处。

浐水东店送唐子归嵩阳[1]

岑 参

野店临官路,重城压御堤[2]。
山开灞水北,雨过杜陵西[3]。
归梦秋能作,乡书醉懒题。
桥回忽不见[4],征马尚闻嘶。

注:
① 嵩阳:即嵩山。
② 重城:指长安城。御堤:即浐河堤。浐水由南向北沿长安城东流入灞河。
③ 山:终南山。灞水:发源于蓝田山,未出山时名清河,或蓝水。出山后向北流经霸陵,故名灞水。杜陵:汉宣帝葬于古杜伯国,故名杜陵。在唐长安城东南。杜陵南有一陵略小于杜陵,为许皇后墓,故名少陵。
④ 桥:此指浐水桥。

【诵读导语】

唐人送东行的朋友,一般是在灞桥分手。写浐水送别的并不多。岑参的这首浐水送别诗很特殊。一是写浐水周围风光,野店、重城、南山、灞水、杜陵秋雨,宛然如画。而将惜别之情融入景中。虽不提嵩阳,但"归梦""乡书"已从暗中点出。

浐河

寄李儋元锡[1]

韦应物

去年花里逢君别，今日花开又一年。
世事茫茫难自料，春愁黯黯独成眠。
身多疾病思田里[2]，邑有流亡愧俸钱。
闻道欲来相问讯，西楼望月几回圆？

注：
[1] 李儋：韦应物的朋友，当时在长安。
[2] 思田里：即思念故乡。

【诵读导语】

韦应物是京兆（今西安）人，曾任户县和栎阳（今属临潼）县令。这首诗的写作时间是唐代宗大历末年，韦应物任栎阳县令。由于当时内忧外患频仍，大量农民流离失所。作者也觉得地方官不好当，加之身体有病，就产生了回归乡野的念头。这就是他在诗中说所的："身多疾病思田里，邑有流亡愧俸钱。"时间不长，他就辞官回乡，住在长安西郊的沣河边上。作为一个地方官，他无力改变农民流离失所的现状，而自己还拿国家的俸禄，内心感到很惭愧。这种有良心的官员，在当时确实是难能可贵的。

亭台月夜

送宫人入道归山

于 鹄

十五吹箫入汉宫[1]，看修水殿种芙蓉。
自伤白发辞金屋[2]，许戴黄冠向玉峰[3]。
解语老猿开晓户，学飞雏鹤落高松。
定知别后宫中伴，应听缑山半夜钟[4]。

注：
① 汉宫：代指唐宫。
② 金屋：指皇帝后宫。
③ 黄冠：道士。玉峰：指修道之地。
④ 缑山：在今河南偃师南，为道教圣地。传说王子晋在此乘鹤升仙。

【诵读导语】

被送的宫人是一位乐伎。由于白发萧然，所以自己请求离开后宫、入山修道。由"自伤白发"，到"许戴黄冠"，这位乐伎可以说获得了解脱。至于"老猿解语"、"雏鹤学飞"，都是作者的想象之词，但却和道教有着密切关系。为了不使对方伤心，作者甚至想象依旧还在后宫的伙伴很向往入道者的归宿。全诗情调低沉，反映了作者对宫人不幸遭遇的深切同情。但是，王安石在选唐诗时，未收录这首诗，而选是了项斯的《送宫人入道》："愿随仙女董双成，王母前头结伴行。初戴玉冠多误拜，欲辞金殿别称名。将敲碧落新斋磬，却进昭阳旧赐筝。日暮焚香绕坛上，步虚犹作按歌声。"这首诗全着眼于"入道"，而忘记了其"宫人"身份。所以，不仅看不出被送者的苦难身世，反而把入道写得极其美好。看来，王安石还是欣赏这种逢场作戏式的诗的。

山中道观

长安逢故人

郎士元

数年音信断，不意在长安①。
马上相逢久，人中欲认难②。
一官今懒道，双鬓竟羞看。
莫问生涯事，只应持钓竿。

【诵读导语】

安史之乱以后，文人大量逃亡，在一个时期内，长安已经不是人文荟萃之地。尤其是一些亲朋故旧甚至对面不相识！就像李益《喜见外弟又言别》中所说的："问姓惊初见，称名忆旧容！"司空曙的《云阳馆与韩绅宿别》中的"乍见翻疑梦，相悲各问年"，都是写历经丧乱后倏尔相逢、惊喜如梦之情。而郎士元的这首诗对自己宦途冷清的抱怨之情很明显，这也是大历十才子的通病。

注：
① "不意"句：意谓没想到能在长安遇见了老朋友。不意：没有料到。
② "人中"句：意谓如果走在大街上，恐怕互不相识。

送夏侯校书归华阴别墅①

卢纶

山前白鹤村，竹雪覆柴门。
候客定为黍②，务农因燎原③。
乳冰悬暗井④，莲石照晴轩⑤。
赁酒邻里睦，曝禾场圃喧。
依然望君去，余性亦何昏。

【诵读导语】

这是一首很别致的送别诗。十句诗，有八句是写夏侯审华阴别墅的自然环境以及夏侯回家以后的农事活动。虽是想象，却有身临其境之感，俨然一幅田园风俗画，而且在结尾还流露出羡慕之情。

注：
① 夏侯校书：即夏侯审，时任校书郎。
② 黍：黄米。
③ "务农"句：写烧荒种地。
④ 乳冰：即钟乳石。暗井：从崖缝中渗出的泉水。
⑤ "莲石"句：透过窗户能望见华山。

赠华州郑大夫[1]

王 建

此官出入凤池头[2]，通化门前第一州[3]。
少华山云当驿起[4]，小敷溪水入城流。
空闲地内人初满，词讼牌前草渐稠[5]。
报状拆开知足雨，敕书宣过喜无因。
自来不说双旌贵[6]，恐替长教百姓愁[7]。
公退晚凉无一事，步行携客上南楼。

【诵读导语】

郑大夫是王建的朋友郑权，他以谏议大夫的头衔出任华州刺史。王建去看望他，看到在郑的治理下，华州一派祥和景象。虽然不乏溢美之词，却也说明郑谏议确实是一位深得黎民拥戴的官吏。正因为如此，老百姓就希望郑权不要离开华州。

注：
① 华州：治所在今渭南华阴市。
② 凤池：唐人对中书省的另一称呼。其属员中有谏议大夫四人。
③ 通化门：长安城东边三座城门中最北一门。第一州：华州是紧临长安的一个州，故云第一州。
④ 当：正对着。
⑤ "词讼"句：意谓打官司的人很少。从侧面说明地方政治清明、民风淳朴。
⑥ 双旌：唐代节度使领刺史者出行时的仪仗，称为双旌。郑权曾以山南东道节度使领襄州刺史，后又以镇国节度使领华州刺史。
⑦ "恐替"句：意谓老百姓因担心他被调离华州而发愁，藉以说明郑权深得民心。

少华山

寄贾岛

王 建

尽日吟诗坐忍饥,万人中觅似君稀。
僮眠冷榻朝犹卧,驴放秋田夜不归。
傍暖旋收新落叶①,觉寒犹著旧生衣②。
曲江池畔时时到,为爱鸬鹚雨后飞。

【诵读导语】

贾岛是唐代出了名的苦寒诗人。苏轼把他和孟郊并称为"郊寒岛瘦",不仅是形容他俩的诗风以寒素著称,而且也包含着他俩在物质生活上的穷愁潦倒。王建的这首诗用了六句写贾岛之穷:饿着肚子吟诗;没钱买草料,就把乘骑的驴子放到秋后的田野里,让驴子自行觅食;实在冷得不行,就扫些落叶点着取暖;天冷了也无力添置冬衣,等等。所有这些,并不是作者的夸张,而是写实。正因为如此,贾岛的笔下从未有温柔富贵的境界,而是诸如"鸟宿池边树,僧敲月下门""秋风生渭水,落叶满长安"一类凄冷的诗境。

注:
① "傍暖":意谓用落叶烧火取暖。旋,旋即,随时。
② 生衣:夏天穿的绢制的衣服。

毛驴(黄胄画)

送新罗使[1]

张　籍

万里为朝使，离家今几年。
应知旧行路，却上远归船。
夜泊避蛟窟[2]，朝炊求岛泉。
悠悠到乡国，还望海西天[3]。

【诵读导语】

唐人诗歌中，有不少赠送新罗、日本等域外使者、学者、僧人的作品。张籍的这首诗是送别新罗王朝使者的。从历史记载看，新罗文化受中国儒家文化的影响很深，以至于其朝廷官员的品阶设置和唐王朝完全一致。由此也可以看出长安文化对周边国家的深刻影响。

注：
① 新罗：唐时，朝鲜半岛有新罗、百济、高句丽三国。
② 蛟窟：蛟螭海怪之窟。
③ 海西天：指唐朝。

韩国首尔景福宫勤政殿（石柱为官员上朝时的站位标志）

寄贾岛二首（选一）

姚 合

漫向城中住①，儿童不识钱。
瓮头寒绝酒②，灶额冷无烟。
狂发吟如哭，愁来坐似禅③。
新诗有几首，旋被世人传④。

注：
① 漫：徒然。
② 瓮头：又称瓮头春，初熟之酒。
③ 坐似禅：似坐禅。此句意谓贾岛因愁穷而独坐陋室，就像僧人坐禅一样。
④ 旋：很快。

【诵读导语】

贾岛的穷困常被同代诗人写入诗中。贾岛原为僧人，在韩愈的鼓动下，还俗，成了家，住在长安城内延寿坊（今西北工业大学一带）。因为穷，他的孩子连钱都不认识，酒坛子经常是空的。所以，姚合说他：你没钱，就别住在城里！而贾岛则认为："旅托避华馆，荒楼遂愚慵。"意思是：我住的房子不华丽，而且很破旧，这很适合我这个愚笨、懒惰人的身份。

赠郭驸马二首①（选一）

李 端

青春都尉最风流，二十功成便拜侯。
金距斗鸡过上苑②，玉鞭骑马出长楸。
熏香荀令偏怜少③，傅粉何郎不解愁④。
日暮吹箫杨柳陌，路人遥指凤凰楼。

注：
① 郭驸马：即郭暧，郭子仪的第六个儿子，娶代宗女儿升平公主，官驸马都尉。
② 金距：斗鸡时，给鸡爪套上金子做的钩子。
③ 荀令：即荀彧。《襄阳记》：荀令君至人家，坐处常三日香。怜：爱。
④ 傅粉何郎：指美男子。何郎：指魏国人何晏，面白皙，人以为施粉。不解：不知道。

【诵读导语】

郭暧是唐代宗最钟爱的女婿，也是最奢华的皇亲。郭暧尚主，十才子登门道贺。郭暧说："诗先成者，赏！"李端首献所作，有警句"熏香荀令偏怜少，傅粉何郎不解愁"，立赏缣百匹。钱起以为"宿构"，说："李校书诚有才，请以起姓为韵。"李端应声吟道："方塘似镜草芊芊，初月如钩未上弦。新开金埒看调马，旧赐铜山许铸钱。杨柳入楼吹玉笛，芙蓉出水妒花钿。今朝都尉如相顾，愿脱长裾学少年。"郭暧听罢，说："此愈工也！"钱起等人不得不叹服。

赠李龟年①

李 端

青春事汉主②,白首入秦城③。
遍识才人字④,多知旧曲名。
风流随故事⑤,语笑合新声。
独有垂杨树,偏伤日暮情。

【诵读导语】

李龟年、李鹤年兄弟是开元天宝时期著名的歌唱家。唐玄宗当年在兴庆宫赏牡丹时,让李白写诗助兴。李白写了《清平调》三首。诗成,传命让李龟年演唱。安史之乱爆发后,李龟年流落到湖湘一带。大历五年,杜甫在赴潭州途中曾经遇见过李龟年,并写了《江南逢李龟年》:"岐王宅里寻常见,崔九堂前几度闻。正是江南好风景,落花时节又逢君。"安史之乱平定后,李龟年又回到长安。本诗虽然是写给李龟年的,但作者感慨的是时移世变、当年风流不再的尘世沧桑。

注:
① 李龟年:开元天宝时期著名的歌唱家。
② 青春:即年轻时。汉主:指唐玄宗。
③ 秦城:即长安城。安史之乱爆发后,李龟年逃出长安,流落到湖南一带。返回时,已经满头白发。
④ 才人:指当时管理梨园弟子的女官。字:名字。
⑤ "风流"句:意谓李龟年的风流已经成为历史。

韩熙载夜宴图(局部)

新除水曹郎答白舍人见贺[1]

张 籍

年过五十到南宫[2],章句无名荷至公[3]。
黄纸开呈相府后[4],朱衣引入谢班中[5]。
诸曹纵许为仙侣[6],群吏多嫌是老翁。
最幸紫薇郎见爱[7],独称官与古人同[8]。

【诵读导语】

张籍一生命运坎坷。56岁时才授予水部员外郎,白居易写诗祝贺:"老何殁后吟声绝,虽有郎官不爱诗。无复篇章传道路,空留风月在曹司。长嗟博士官犹屈,亦恐骚人道渐衰。今日闻君除水部,喜于身得省郎时。"这首贺诗有两层意思,一是称赞张籍的诗有类南朝的何逊,在诗坛上很有名气;二是为张籍仕途偃蹇叫屈。结尾表示祝贺:水部员外郎虽然官不大,好在是属于尚书省管辖的官员。张籍的回赠诗除了对白居易表示感谢外,看不出丝毫的喜悦。尤其是"群吏多嫌是老翁"一句,饱含着太多的人生酸楚。

注:
① 唐穆宗长庆二年(822),张籍迁水部员外郎,白居易写诗祝贺,张籍以此诗回赠。白舍人:白居易当时任中书舍人。
② 年过五十:张籍这年已经56岁。南宫:尚书省的别称,六部归其管辖。水部郎中属工部,其办公地点在太极宫南,故称南宫。其遗址在今西大街西安市公安局一带。
③ 荷至公:承蒙长官厚爱。
④ 黄纸:给张籍提职的公文是用黄纸写的。
⑤ 谢班:授官后要入朝面谢皇帝。
⑥ 仙侣:同僚。
⑦ 紫薇郎:指白居易。其任职的中书省,也称紫薇省,其官员亦称紫薇郎。
⑧ "独称"句:意谓只有白居易说自己的官职和何逊相同。因为南朝的何逊也做过水部郎中,杜甫曾说"能诗何水部"。

停琴啜茗图

赋得古原草送别

白居易

离离原上草①，一岁一枯②。
野火烧不尽，春风吹又生。
远芳侵古道③，晴翠接荒城。
又送王孙去，萋萋满别情④。

注：
① 离离：形容野草很多、很茂盛。
② 一岁：一年。枯：干枯。荣：生长茂盛。
③ 芳：即野草。侵：铺满。
④ 萋萋：与"凄凄"谐音。草很茂盛。

【诵读导语】

这首诗是白居易16岁时在长安参加科举考试时的试卷。按规定，凡是试题，题目前都要加"赋得"二字。白居易曾以诗文投谒顾况。顾况看了行卷上的名字，说："长安米价很贵，你要居住在这里，恐怕不容易。"等他读了卷首《赋得古原草送别》，赞叹不已，改口说："你能写出这样的好诗，住在长安没问题。"当然，所谓好诗，实际上是指诗中的"野火烧不尽，春风吹又生"。白居易因此而誉满京城。有人说白居易的这一联是化用了刘长卿的"春入烧痕青"句意，或者说远师孟浩然的"林花扫还落，径草踏还生"。其实唐诗中借鉴与创新的事情很多，没有必要坐实谁抄袭了谁。不过，后来有个叫刘商的人，模仿这一联，写了"几回离别折欲尽，一夜春风吹又生"，写折柳赠别，新意迭出。

山中草木

欲与元八卜邻先有是赠[1]

白居易

平生心迹最相亲，欲隐墙东不为身[2]。
明月好同三径夜[3]，绿杨宜作两家春。
每因暂出犹思伴，岂得安居不择邻。
何独终身数相见[4]，子孙长作隔墙人。

注：

[1] 元八：即元宗简，诗人的挚友。元和九年，二人同在朝供职。元宗简在升平坊（今大雁塔北后村一带）购一处私宅，白居易很想与其为邻，遂写诗先行致意。

[2] 墙东：指隐士居住的地方。语出《后汉书·逸民传》。

[3] 三径：西汉时，蒋诩隐于杜陵，园中有三径，唯羊仲、求仲与之游。后以三径喻隐居之地。

[4] 何独：不仅仅是为了。数，屡次，多次，经常。

【诵读导语】

白居易到长安后，几乎是居无定所。他先后在永崇坊（今西安李家村一带）、长乐坊（今西安交通大学南门附近）、宣平坊（今西安鲁家村东、太乙路一带）、昭国坊（今陕西历史博物馆东、原西安地质学院一带）、新昌坊（今西安铁路新村一带）居住。他给元宗简写这首诗的时候，在朝廷任太子左赞善大夫（正五品上），住在宣平坊。但他最终没有与元宗简为邻，而是搬到昭国坊。究其原因，估计是升平坊临近曲江池，房价比较高。所以，他选择了相对偏僻的昭国坊。这首诗流露出浓厚的"中隐"（隐于市）思想，这和其当时任职的太子左赞善大夫只是个闲职有关系。

月明清幽

送王十八归山寄题仙游寺①

白居易

曾于太白峰前住,数到仙游寺里来。
黑水澄时潭底出②,白云破处洞门开。
林间暖酒烧红叶,石上题诗扫绿苔③。
惆怅旧游无复到,菊花时节羡君回。

注:
① 王十八:即王质夫。
② 黑水:即仙游寺附近的黑河水。
③ "石上"句:意谓要在石头上题诗,先得把石上的绿苔扫干净。

【诵读导语】

王质夫是四川梓潼人,早年在青城山学道,后来入长安,在太白山和楼观台修道。白居易在周至担任县尉时,王质夫就在楼观台。住在周至县城的陈鸿邀请白居易和王质夫同游仙游寺,也就是在这次聚会中,王质夫提议让白居易把唐玄宗和杨贵妃的故事用诗歌的形式写出来。于是白居易就创作了《长恨歌》。一年多以后,白居易调回京城,先任翰林学士,旋调任左拾遗。王质夫也经常到长安看望白居易。从诗中可以看出,白居易虽然离开了周至,但对仙游寺一带的山山水水依旧很留恋。

仙游寺塔(《西安历史地图集》)

暮春浐水送别

韩琮

绿暗红稀出凤城①，暮云楼阁古今情。
行人莫听宫前水②，流尽年光是此声③。

注：
① 凤城：借指长安城。
② 宫：即大明宫。宫前水：浐水离大明宫比较近，所以说浐水是宫前水。
③ 年光：时光，岁月。

【诵读导语】

唐人送别多在灞桥，而这首诗则是在浐水边送别。作者韩琮虽然历经顺宗、宪宗、穆宗、敬宗、文宗、武宗、宣宗、懿宗八朝，但是官运并不亨通。大抵心中有怨气，所以，在诗中才说出"行人莫听宫前水，流尽年光是此声"这样的话。作为送别诗，从字面上看不出作者对被送者有任何留恋之情。所以，是一首借送别而"自伤"之作，其伤怀则源于见秦宫汉殿相继覆亡而产生的"古今情"。正所谓人物有尽，流水无穷。

到鄠简王敬夫①

何景明

杜曲花无数，城南柳更重。
去天惟尺五②，隔岁一相逢。
雨过春陂水③，云开紫阁峰。
好陪王学士，杯酒日从容。

注：
① 王敬夫：即王九思，陕西户县人。正德五年，受刘瑾一案牵连，回归故里。何景明则恰恰相反，在刘瑾擅权时，称病回到故乡河南信阳。刘瑾败，何景明复出，复任中书舍人。不久，调任陕西提学副使。这首诗以诗代信，所以说"简"。简，即写信。
② "去天"句：唐时长安城南的韦氏、杜氏多在朝廷担任高级官员，或贵为皇亲。民间有"城南韦杜，去天五尺"的说法。天：即天子。何景明在诗中则借以说明户县离西京很近。
③ 陂：指渼陂。王九思在渼陂湖边筑有别墅清虚堂。

【诵读导语】

王九思在政治上被杨一清等人划归刘（瑾）党。而何景明则因不满刘瑾而辞去中书舍人职务。刘瑾倒台后，何景明复出。当他到陕西任提学副使时，按常理，王九思与何景明在派系上是对立的。可是，何景明曾先后两次到户县去拜访王九思。由此可见，说王九思是"刘党"，那是冤枉了他，也可看出何景明为人还是很正派的。而且，作为"前七子"的中坚人物，何景明与王九思在文学思想上都是推崇汉唐文化的。

隐逸篇

隐逸是中国特有的一种文化现象。传说中的巢父、许由被视为隐逸的鼻祖，而实有其人的最早隐士应该是伯夷和叔齐。

　　在中国古代文化史上，隐逸是道家产生的思想基础。后来，儒家也推崇"重德修身"的处世方式，就像孔子说的："道不行，吾将乘桴浮于海。"于是就有了儒隐与道隐的区别。以老子和庄子为代表的道隐表现出"任随大化"与"适性"的精神追求。这是"崇道"者的隐逸诗的突出特点。儒隐可分为三类：以隐求仕、由仕退隐以及亦官亦隐。而"入仕"是其终极目的。以唐代为例，孟浩然和李白是以隐求仕的典型代表；王维和白居易是亦官亦隐的典型。唐代的"制科"就是专门为那些隐居乡野的有识之士开设的，但应考条件是：必须有地方官或社会名流推荐。比如李白，他之所以于天宝初年入长安，就是由唐玄宗的著名"道友"吴筠推荐的。尽管他们声称要摆脱"浮名"的羁绊而归隐山水林泉，但一直受到名缰利锁的牵制。就像杜牧所写的："人道青山归去好，青山曾有几人归？"所以，这类隐逸诗在漠视功名利禄的背后隐藏着失意的苦闷和烦躁。有些隐士为了能尽早获取社会知名度，常常隐居在京畿之地。长安城南的终南山就成为隐士们首选的风水宝地。唐睿宗景云初，著名道士司马承祯欲返回天台山，尚书右丞卢藏用想挽留司马承祯，就指着终南山说："此中大有嘉处！"司马承祯知道卢藏用当年曾隐居终南山，后来被武则天召进长安，授予左拾遗，就和他开玩笑说："以仆视之，仕宦之捷径耳。"这就是"终南捷径"典故的由来。尤其是盛唐和中唐时期，文人隐居终南山竟然形成一股风气，从而在唐诗中形成了以王维等人为代表的隐逸诗派。他们的隐逸虽然带有一定的功利色彩，但他们的这类题材的诗反映了人与自然山水的和谐与共鸣，是唐诗百花园里一枝绚丽的奇葩。

蓝田山庄[1]

宋之问

宦游非吏隐[2],心事好幽偏[3]。
考室先依地,为农且用天[4]。
辋川朝伐木,蓝水暮浇田。
独与秦山老[5],相欢春酒前。

【诵读导语】

宋之问因谄事武则天的宠臣张易之、张昌宗而成为武则天后期一位比较得势的御用文人。武氏还政于中宗后,他又依附太平公主。睿宗即位,将他远贬钦州(今属广西)。不久,又赐死。这首诗是他得势时的得意之作。蓝田山庄是他做官之余休闲娱乐的山庄。他虽然说自己在蓝田山庄并非是"吏隐",其实,这是冠冕堂皇的托词。"吏隐"是唐代文人、尤其是官员们所追求的一种生活方式。它导致了官僚阶层的慵懒风气。而官员们却把它当做高尚的风雅之举。所以,西起太白山、东到骊山的终南山北麓就成为唐代达官贵人及文人士子们首选的隐逸之地。

注:
[1] 蓝田山庄:宋之问在蓝田辋川的庄园。
[2] 宦游:作官。吏隐,即亦官亦隐。
[3] 幽偏:幽静。
[4] "考室"二句:意谓选择住处的时候,一定要选自然环境优美的地方。至于农田的收获,那就得靠天了。
[5] 秦山:即辋川一带的终南山。

辋川王维手植银杏树

春日与裴迪过新昌里访吕逸人不遇[1]

王 维

桃园一向绝风尘,柳市南头访隐沦。
到门不敢题凡鸟[2],看竹何须问主人?
城外青山如屋里[3],东家流水入西邻。
闭户著书多岁月,种松皆老作龙鳞。

注:

① 新昌里:在长安城东南,即今西安市雁塔区铁炉庙、王家庄一带。其南即延兴门。逸人:即隐士。
② 题凡鸟:《世说新语》:吕安和嵇康友善。安登门拜访嵇康。康不在家,其兄嵇喜出门迎接。吕安不入,提笔在门上写一"鳯"字,遂离去。"鳯"字由"凡""鸟"二字构成。吕安意在讽刺嵇喜是凡俗之辈。王维用此典故,意谓自己不敢随便在门上留言。
③ "城外"句:因新昌坊在长安东南角,紧邻长安东城墙。所以,坐在屋里就能看见远处的终南山。

【诵读导语】

裴迪是王维的诗友,隐于武功。诗中的吕逸人是一位隐居于闹市、闭户著书的隐士。从隐逸的分类上说,算是"中隐"。隐于山林乡野的属于"小隐"。王维则是一位名副其实的"大隐"。他在诗中说"到门不敢题凡鸟",多多少少带有他这位"大隐"对"中隐"的尊重这层意思。

山居秋暝[1]

王 维

空山新雨后，天气晚来秋[2]。
明月松间照，清泉石上流。
竹喧归浣女，莲动下渔舟。
随意春芳歇[3]，王孙自可留[4]。

注：
[1] 山居：指辋川别业。原为宋之问山庄。王维从宋之问后人手中购买过来，作为自己的游憩之所。暝：黄昏。
[2] 晚来秋：黄昏时就带有凉意。
[3] 随意：任随。春芳：即百花。歇：凋谢。
[4] 王孙：作者自称。

【诵读导语】

在唐代诗人中，王维是亦官亦隐的典型代表。他的隐逸诗以清新淡雅为特色，很少浓墨重彩之作。苏轼说："味摩诘之诗，诗中有画；观摩诘之画，画中有诗。"意在说明王维善于景物描写。故读其诗，仿佛置身于画图之中。就像这首诗，作者在写其"山居"的幽静时，采用动静相生的映衬技巧。"明月松间照，清泉石上流"，写静谧而无尘杂。又用"竹喧归浣女，莲动下渔舟"作反衬，以动衬静。写尽其山居秋景之雅趣。

辋川图（局部）

田园乐（之五）

王 维

山下孤烟远村①，天边独树高原②。
一瓢颜回陋巷③，五柳先生对门④。

【诵读导语】

《田园乐》是一组六言诗。这组诗以蓝田辋川为背景，抒写山野隐逸情趣。在田园山水里，不仅没有都市中"出入千门万户，经过北里南邻"的喧嚣，而且还多了几分桃花源中的静谧与懒散："花落家僮未扫，莺啼山客犹眠。"而这首诗运用平远山水技法，勾画出一幅清新旷远的田园风情画。

注：
① 山下：即玉山脚下。
② 高原：此指白鹿原。
③ "一瓢"句：孔子称赞弟子颜回"一箪食、一瓢饮，在陋巷，人不堪其忧，回也不改其乐"。后世用以指安贫乐道者。
④ 五柳先生：即晋朝的陶渊明。因其门前有五棵柳树，故自称五柳先生。

辋川文杏馆遗址

高冠谷口招郑鄂

岑 参

谷口来相访，空斋不见君①。
涧花然暮雨②，潭树暖春云③。
门径稀人迹，檐峰下鹿群。
衣裳与枕席，山霭碧氛氲。

【诵读导语】

在拜访隐士的诗中，贾岛的《题李凝幽居》被誉为脍炙人口的佳作。究其原因，不外乎"鸟宿池边树，僧敲月下门"一联写幽居之境旷绝古今。但从氛围讲，毕竟缺少生韵。这和贾岛喜欢幽僻有关。岑参的这首诗，也是拜访隐士的。但是，从氛围上却给人以风流嫣润的美感，无丝毫衰杀之气。在炼字上，"然"字、"暖"字为全诗增色不少。

注：
① 斋：闲居之屋。
②"涧花"句：意谓飞瀑像幕布一样，飘落的水珠溅到花上。然：同"燃"，比喻花开得像火一样红。
③ 潭：即高冠瀑布下的高冠潭。

高冠峪口

还高冠潭口留别舍弟

岑 参

昨日山有信①,只今耕种时②。
遥传杜陵叟,怪我还山迟。
独向潭上酌,无人林下棋。
东溪忆汝处,闲卧对鸂鶒。

注:
① 山有信:即山上有人捎信。
② "只今"句:意谓现在正是春耕时节。

【诵读导语】

从题目看,这是一首留别诗,其实是在写隐居于高冠潭的杜陵叟。岑参之所以要和他的弟弟告别,是因为杜陵叟从高冠捎信,要他马上回去。因为岑参不在高冠,杜陵叟感到寂寞。这一点,可以从"独向潭上酌"四句看出。这四句是杜陵叟信中的内容。意思是:你不回来,我只好一个人在潭边喝酒,也没有人陪我下棋。想你的时候,只能躺在河边,看着水中的鸂鶒发呆!有人把这四句理解为岑参还山后思念弟弟,那是不恰当的。

高冠潭

蓝上茅茨期王维补阙[1]

储光羲

山中人不见[2],云去夕阳过。
浅濑寒鱼少,丛兰秋蝶多。
老年疏世事,幽性乐天和[3]。
酒熟思才子,溪头望玉舸[4]。

【诵读导语】

储光羲是盛唐时期比较有名的隐逸诗人。开元末,因仕途不得意,曾隐居于蓝田山中,距王维的辋川别业不远。这首诗以写自己的闲淡之趣为主,兼写期盼王维赴约之意。对于一个宦途偃蹇的人来说,能在诗中表现出如此恬淡的情怀,实属不易。这就难怪明代的钟惺说储光羲"骨相老奇"。

注:
① 蓝上:蓝水边。茅茨:茅屋。期:约定。补阙:开元二十九年,王维任左补阙。
② 山中人:指王维。
③ 天和:天地之气。亦即自然之气。
④ 玉舸:船的美称。王维从长安回辋川时经常乘船沿灞河而上。

蓝上茅茨

崔氏东山草堂[1]

杜 甫

爱汝玉山草堂静[2],高秋爽气相鲜新。
有时自发钟磬响,落日更见渔樵人。
盘剥白鸦谷口栗[3],饭煮青泥坊底芹[4]。
何为西庄王给事[5],柴门空闭锁松筠。

【诵读导语】

唐肃宗乾元元年(758)杜甫被贬为华州司功参军后,曾于重阳节前到蓝田,在崔兴宗草堂滞留多日。作为一个遭贬谪的人,他在这首诗中没有发牢骚,而是表现出少有的恬淡。他之所以在首句说"爱汝玉山草堂静",是因为自己刚刚摆脱了朝廷中派系斗争的喧嚣。但在华州却遭到一些势利小人的欺负,他不好明说,只好指桑骂槐:"巢边野雀群欺燕,花底山蜂远趁人。"但到了崔氏草堂,乡野的高秋爽气冲淡了胸中的烦闷,甚至劝告近在西山的王维不要闭门不出。

注:
① 崔氏:即王维的妻弟崔兴宗。
② 玉山:在蓝田,因出玉石,故名。因其在蓝田县东南,故又称东山。
③ 白鸦谷:在蓝田县东南,盛产栗子。
④ 青泥坊:在蓝田县城南。
⑤ 王给事:即王维。他于唐肃宗乾元元年拜给事中。其辋川别业距崔氏东山草堂不远。

访隐图

和卢常侍寄华山郑隐者

张　籍

独住三峰下①，年深学炼丹②。
一间松叶屋，数片石花冠。
酒待山中饮，琴将洞口弹。
开门移远竹，剪草出幽兰。
荒壁通泉架③，晴崖晒药坛。
寄知骑省客④，长向白云闲。

注：
① 三峰：华山有三峰，南峰"落雁"、东峰"朝阳"、西峰"莲花"，三峰鼎峙，直上千仞，人称"天外三峰"。
② 年深：年代很久。
③ "荒壁"句：意谓从山崖上引来泉水。
④ 骑省：唐中书、门下两省皆有散骑常侍，故称之为骑省。

【诵读导语】

诗中的卢常侍，即姓卢的散骑常侍。他写了一首《寄华山郑隐者》的诗，张籍看见了，就写了这首唱和诗。从诗的内容看，这位郑隐者是一位热衷于炼丹的隐士。这和华山作为道家福地有直接关系。因此，为了沽名钓誉而隐居的文士多是走终南捷径，很少隐居于华山。诗的结尾两句是作者对卢常侍说的话："希望你能摆脱名缰利锁，到山水云间净化一下自己的心灵！"

山水扇面

寄紫阁隐者

张 籍

紫阁气沉沉①,先生住处深。
有人时得见,无路可相寻。
夜鹿伴茅屋,秋猿守栗林。
唯应采灵药,更不别营心②。

注:
① 紫阁:指紫阁峰,终南山山峰名,在今陕西户县东南。
② 别营心:考虑别的事情。

【诵读导语】

古人隐逸的原因:一是避世,二是避人,三是避祸。为此,就有了道隐与身隐的区别。张籍笔下的紫阁隐者,不仅藏形,而且隐迹。因此,人们很难见到他。偶尔去寻访,不是看见他养的鹿,就是看见他驯养的看果园的猴子。比张籍稍晚的贾岛有一首《寻隐者不遇》:"松下问童子,言师采药去。只在此山中,云深不知处。"其行迹和张籍笔下的紫阁隐者颇为相似。

紫阁峰远眺

寻隐者韦九山人于东溪草堂[①]

朱湾

寻得仙源访隐沦[②],渐到深处渐无尘。
初行竹里惟通马,直到花间始见人。
四面云山谁做主?数家烟火自为邻。
路旁樵客何须问,朝市如今不是秦[③]。

【诵读导语】

这是一首纯粹写隐士的诗。作者把韦九山人的东溪草堂比做远离尘世的桃花源。朱湾其人,史料上语焉不详,只知道他生活在唐肃宗、唐代宗时期。后来,隐居于宣州(今安徽宣城)。不过,他在长安时还是想有所作为。这就是他在这首诗的结尾对韦九山人说的:现在已经不是秦末那个乱世了,山人可以出而仕矣!读结尾这一句,使人想起韩愈在《送董邵南游河北序》的结尾对董邵南说的话:"你到燕市上去看看,还有没有高渐离那样的'屠狗者'。如果有的话,劝他们都出来效忠朝廷。"韩愈担心董邵南投靠藩镇,所以,委婉地提醒他。朱湾劝韦九山人出仕则没有这层意思。

注:
① 东溪:在高冠峪东边。
② 隐沦:即隐士。
③ 朝市:即社会。不是秦:即现在是太平世界。陶渊明《桃花源记》中说,武陵人进入桃花源后,问村中居民是何处人氏,村民说:"先世避秦时乱,率妻子邑人来此绝境,不复出焉。遂与外人间隔。"

桃花源图轴

题四皓庙[1]

白居易

卧逃秦乱起安刘,舒卷如云得自由[2]。
若有精灵应笑我,不成一事谪江州[3]。

【诵读导语】

商山四皓是继殷周之交的伯夷、叔齐之后因其所事之君灭亡而归隐的著名隐士。所不同的是,商山四皓最终迫于强权的压力,又出山充当了宫廷斗争的工具。白居易没有看到这一点,而是觉得四皓"卧逃秦乱""起安刘氏",行藏任我,来去自由。而他自己却身不由己,成了朝廷内部斗争的牺牲品。

注:

[1] 四皓庙:在今商洛市丹凤县。

[2] "卧逃"二句:秦朝灭亡后,东园公、绮里季、夏黄公、甪里先生相约逃进商山隐居。因四人须发尽白,故称商山四皓。此即"卧逃秦乱"。汉王朝建立后,刘邦屡次征聘,不至。后来,汉高祖刘邦想废除太子刘盈,另立赵王刘如意。吕后采纳张良建议,让太子卑辞安车,请求四人出山与之游。刘邦闻知,觉得太子羽翼已成,就打消了废除刘盈的念头。此即"起安刘"。说"舒卷如云得自由",言四皓行藏出处,非常自由。

[3] 谪江州:唐宪宗元和十年六月,宰相武元衡在上朝途中遇刺身亡。白居易首先上书,请求缉拿凶手。因其非谏官,被认为是越职言事,贬为江州(今江西九江)司马。

商山四皓

怀紫阁山

杜 牧

学他趋世少深机，紫阁青霄半掩扉。
山路远怀王子晋①，诗家长忆谢玄晖②。
百年不肯疏荣辱③，双鬓终应老是非④。
人道青山归去好，青山曾有几人归？

注：
① 王子晋：周灵王的太子。喜欢吹笙，常游于伊洛之间。浮丘生引其上嵩山，乘鹤至缑氏山头，谢众人，遂升仙而去。
② 谢元晖：南朝诗人谢朓，字玄晖，以山水诗著称于世，其俊逸的风格颇受李白推重。
③ 疏荣辱：即远离官场。
④ "双鬓"句：意谓一辈子都处在是非之地。

【诵读导语】

杜牧是晚唐诗人中少有的风流才子。在激烈的牛李党争中，他左右逢源。为了全身远祸，他不愿意在朝廷为官，多次请求外任。但他对故乡长安却是一往情深。这首怀念紫阁山的诗，反映了诗人企慕隐逸的情怀。他也意识到自己"不肯疏荣辱"，"终老是非间"的做法不妥当，但真的要离开官场、回归山林，对他来说，还是不现实的。所以，他说"人道青山归去好，青山曾有几人归"，这其中就包含着他自己。他对紫阁隐者的赞美也仅仅是附和了当时推崇隐逸的社会风尚而已。

紫阁山（张护志 摄）

辋川烟雨

沈国华

右丞已去白云留①,时有高人续胜游。
花洗红妆新雨过,树连轻霭晓烟浮。
川原掩映山阴道,洲渚萦回巫峡流②。
松竹人家鸡犬寂,一声金磬落林丘③。

【诵读导语】

据《唐朝名画录》记载,王维画《辋川图》,山谷郁盘,云水飞动,意出尘外,怪生笔端。据说北宋的秦观卧病不起,有个朋友给他拿来《辋川图》,对他说:"阅此可以愈疾。"秦观很高兴。阅图之际,仿佛与王摩诘入辋川,数日疾愈。沈国华的这首诗旨在赞美辋川恍如世外桃源。

注:

① 右丞:即王维。唐肃宗乾元二年秋,王维任尚书省右丞。

② "川原"二句:写辋川的山水之美。山阴道,《世说新语》载东晋王献之语:"山阴道上行,山川自相映发,使人应接不暇。"洲渚,水中的小块陆地。巫峡流,巫峡位于今重庆境内,以滩多流急而著称。作者借以形容辋川山水宛如巫峡风光。

③ 磬:佛寺中使用的一种钵状物,用铜或铁铸成,既可作诵经时的打击乐器,亦可敲响集合寺众。

烟雨图(张护志摄)

遗迹篇

陕西作为帝王之都，文化胜迹之多、文化积淀之深厚是其他任何地方都无法企及的。可以说：陕西有一条能完整展示中华民族上下五千年文明史的遗迹链。正因为如此，无数文人、学者对陕西的文化遗迹趋之若鹜，就连一向闭门著书立说的江南才子袁枚都说："传说关中多胜迹，男儿须到古长安。"而两任陕西巡抚毕沅为此专门编纂了三十卷的《关中胜迹图志》。透过这部著作，可以看到：周秦汉唐的文化胜迹遍布陕西，而每一处文化遗迹都有着不同的文化蕴涵。

　　历代文人墨客游览陕西胜迹时留下了数以万计的诗歌。在这块文化沃土上，他们"指点江山，激扬文字"，虽然也有"粪土当年万户侯"的篇章出现，但更多的是杂采史事，咏史抒怀，借历代王朝的盛衰兴替，借古鉴今。那种纯粹抒发思古幽情的作品则不多见。

　　在诗歌史上，唐代文人对文化胜迹的吟诵促成了咏史诗的繁荣，最终发展成可与边塞诗、山水田园诗鼎足而立、成为文人间接反映现实、总结历史教训的独特艺术形式。面对错综复杂的历史人物或历史事件，他们精于剪裁，缩龙成寸，融议论与抒怀为一体，成为古代诗歌宝库中一颗璀璨夺目的明珠。

　　陕西的文化胜迹更是文人墨客关注的对象。诵读这类诗，可以明显地感受到：古今的时空差距因受到作者所处时代的文化精神的冲击而缩小，以至于达到了今古融通的艺术境界，同时也可以感受到丰厚的长安文化对后世的启迪与影响。

茂 陵[1]

李商隐

汉家天马出蒲梢[2]，苜蓿榴花遍近郊[3]。
内苑只知含凤嘴[4]，属车无复插鸡翘[5]。
玉桃偷得怜方朔[6]，金屋修成贮阿娇[7]。
谁料苏卿老归国[8]，茂陵松柏雨萧萧。

【诵读导语】

从字面上看，这首诗是写汉武帝的。作者既夸赞其以武功稳定西域，开拓丝绸之路，又讥讽其耽于游乐、畋猎、声色。从咏史诗的角度讲，这也符合实际。但是，李商隐的咏史诗的历史取向绝不停留于字面，而是另有所指。比如，诗中的汉武帝隐指唐武宗。武宗在抵御回鹘上确有功绩，但他却迷信方士，服食金丹，以至于中毒而死，年仅33岁。李商隐对此感到惋惜，所以，借苏武归汉影射自己对先帝的追怀。

注：

① 茂陵：汉武帝陵墓。在陕西兴平市。
② 蒲梢：骏马名。此句意谓汉家的天马是大宛出的千里马蒲梢的后代。《史记》："（武帝）后伐大宛得千里马，马名蒲梢。作天马之歌。"
③ 苜蓿、榴花：均为张骞出使西域时从西域引进种植。榴花：此指石榴。近郊：指长安一带。
④ 凤嘴：用凤凰的喙和麒麟的角制成的胶，名曰续弦胶。可以续接弓箭的断弦。含凤嘴：用口濡胶。此代指游猎。
⑤ 属车：帝王出行时的侍从车。秦汉以来，皇帝大驾属车八十一乘，法驾属车三十六乘，分左中右三列行进。鸡翘：即鸾旗，帝王仪仗之一。"无复插鸡翘"是指武帝常常微服出游。
⑥ 玉桃：王母的仙桃。方朔：东方朔，字曼倩，平原厌次（今山东惠民）人。武帝时为太中大夫，性格诙谐滑稽，很受武帝的喜爱。传说他曾经三次偷来王母的仙桃，献给汉武帝。怜：爱。
⑦ 阿娇：汉武帝陈皇后的小名。《汉武故事》：胶东王（汉武帝小时候封胶东王）数岁，长公主（即汉武帝的姑姑）将其抱置膝上问曰："儿欲得妇否？"曰："欲得。"指女："阿娇好否？"笑曰："好，若得阿娇作妇，当以金屋贮之。"金屋藏娇典故即出自这个故事。
⑧ 苏卿：苏武，字子卿。武帝天汉元年（前100），使匈奴，被扣19年，回到长安时，见到的只是武帝的陵墓。其上松柏苍翠，风雨潇潇。

茂 陵

过茂陵

汪广洋

落日茂陵衰草寒,马嘶尘起北风酸①。
可怜此地埋仙骨,不见金茎捧露盘②。

注:
① "落日"二句:化用李贺《金桐仙人辞汉歌》"茂陵刘郎秋风客,夜闻马嘶晓无迹。魏官牵车指千里,东关酸风射眸子"句意。意谓汉武帝魂归建章宫,查看他当年树立的铜人。天亮时,一切都归于宁静。
② 金茎捧露盘:汉武帝为了追求长生,听信方士之言,铸造一十余丈高的铜人,立在建章宫。铜人手臂上举,手掌托一盘,承接天露,供其服食玉屑用。三国时,魏明帝于青龙五年(237)下诏:将此铜人移往洛阳。由于太重,行至长安城东北高地时将其遗弃。后人遂称此地为铜人原。

【诵读导语】

汪广洋是江苏高邮人,元末进士。朱元璋起兵时,曾任元帅府令史。明朝初年,任陕西参政。官至右丞相。后因受胡惟庸案牵连,于贬广东途中被明太祖朱元璋赐死。对于关中这块文化沃土,汪广洋是很熟悉的。所以,他的这首《过茂陵》诗兼及汉唐文史。之所以写得很衰飒,这和元、明更替时关中经受大的动乱有关。

霍去病墓石雕

隋宫二首（选一）

李商隐

紫泉宫殿锁烟霞[1]，欲取芜城作帝家[2]。
玉玺不缘归日角，锦帆应是到天涯[3]。
于今腐草无萤火[4]，终古垂杨有暮鸦[5]。
地下若逢陈后主，岂宜重问后庭花[6]。

注：
[1] 紫泉宫殿：代指隋大兴城的宫殿。
[2] 芜城：即江都。
[3] "玉玺"二句：意谓要不是天下归了李渊，隋炀帝肯定会游到天涯海角。玉玺：帝王的印信。不缘：不是因为。日角：额骨隆起，其状如日。被誉为有帝王之相。此指李渊。
[4] 于今：直到现在。腐草：大业末年，隋炀帝常驻洛阳景华宫，为添夜游之趣，下诏征求萤火虫。每出游，放之，光照山谷。据说萤火虫生于腐草，因当年搜求殆尽，致萤火绝迹。
[5] "终古"句：写运河两岸衰飒冷清。隋炀帝开运河，两岸植杨柳，名曰隋堤。终古：久远。
[6] "地下"二句：据说隋炀帝尝讥讽陈后主荒淫误国，而他自己却重蹈逸乐之覆辙。所以作者反唇相讥：若在九泉之下遇见陈后主，你是否还讥讽其沉溺声色？后庭花：即《玉树后庭花》。陈后主最欣赏此曲，后世则称其为亡国之音。

【诵读导语】

李商隐的咏史诗可谓篇篇警绝。这首诗更是被诗论家誉为咏史怀古的压卷之作。一座隋宫遗址，引发了作者对隋炀帝荒淫亡国的无限感慨。从诗的立意看，每一联的上下句都是相辅相成。写尽隋炀帝骄奢淫逸，自取灭亡。晚于李商隐的刘沧在《经炀帝行宫》中有一联说："香销南国美人尽，怨入东风芳草多。"与此诗的"于今腐草无萤火，终古垂杨有暮鸦"颇为相近。

避暑宫图

过马嵬二首（选一）

李 益

金甲银旌尽已回，苍茫罗袖隔风埃[1]。
浓香犹自随鸾辂[2]，恨魄无由离马嵬。
南内真人悲帐殿[3]，东溟方士问蓬莱[4]。
唯留坡畔弯环月，时送残晖入夜台[5]。

注：
[1] "金甲"二句：意谓唐玄宗已经回到长安，但和杨贵妃却是生死相隔。金甲银旌：指唐玄宗的仪仗队。罗袖：代指杨贵妃。
[2] 鸾辂：皇帝的车子。
[3] 南内：兴庆宫。真人：指唐玄宗。
[4] "东溟"句：言方士到海外仙山寻找杨贵妃。
[5] 夜台：坟墓。

【诵读导语】

在唐代诗人中，李益是第一个对唐玄宗和杨贵妃表示同情的诗人。杨贵妃是受到杨国忠的牵连而被赐死的，但她确实是代唐玄宗受过。所以，白居易《长恨歌》中"君王掩面救不得，回看血泪相和流"的描写，也可能是受了李益的"恨魄无由离马嵬"诗句的影响。

马嵬驿（张护志 摄）

过马嵬

李 益

汉将如云不直言，寇来翻罪绮罗恩①。
托君休洗莲花血，留记千年妾泪痕②。

注：
① 绮罗恩：对杨贵妃的宠爱。
② 妾：杨贵妃自称。

【诵读导语】

这首诗是作者代替杨贵妃写的，其立意是为杨贵妃叫屈。鲁迅有一篇《女人未必多说谎》的杂文，其中就谈到杨贵妃："关于杨妃，禄山之乱以后的文人就都撒着大谎，玄宗逍遥事外，倒说是许多坏事情都由她（指杨妃）……女人替自己和男人伏罪，真是太长远了。"在另一篇文章中，他直言不讳地说自己"不相信杨妃乱唐的那些古老话"。读了鲁迅的这两段话，再回过头来读李益的这首诗，也许更能增添我们对杨贵妃的几分同情。

马嵬坡

张 祜

旌旗不整奈君何①，南去人稀北去多②。
尘土已残香粉艳，荔枝犹到马嵬坡③。

注：
①"旌旗"句：写马嵬事变。奈君何：意谓唐玄宗一点办法都没有。
②"南去"句：意谓跟着唐玄宗去成都的人很稀少，而跟着太子去灵武的人特别多。
③ 荔枝：杨贵妃喜欢吃荔枝，唐玄宗便让南方进贡。连同上句，意谓杨贵妃刚被赐死，荔枝也被送到马嵬坡。

【诵读导语】

张祜是中唐诗坛上的著名诗人。其诗善咏天宝遗事，而且多以绝句的形式出现。其诗如同其人一样不护细行，但却婉绝可思。即如这首《马嵬坡》，作者似乎是以旁观者的口气评说马嵬事变，其实不然。就像结尾一句，看似平淡，实际上用贡荔枝这件事极大地讽刺唐玄宗晚年因耽于女色而导致天下大乱。

马嵬二首（选一）

李商隐

海外徒闻更九州，他生未卜此生休①。
空闻虎旅传宵柝，无复鸡人报晓筹②。
此日六军同驻马，当时七夕笑牵牛③。
如何四纪为天子，不及卢家有莫愁④？

【诵读导语】

唐人咏马嵬事变的诗不下百首，但能和李商隐的这首诗相媲美的极少。这首诗的特别之处在于作者用一正一反的对比方法，纵横开阖，逐层逆叙，而且有讽有叹，错综复杂，堪称一代绝作。相对而言，作者在第一首仅仅是简要地叙述了马嵬事变的始终：冀马燕犀动地来，自埋红粉自成灰。君王若道能倾国，玉辇何由过马嵬？而且对唐玄宗舍弃杨贵妃也是多有微词。而这一首诗则是通过"对比"揭示了唐玄宗先"盛"后"衰"的人生轨迹。

注：

① "海外"二句：意谓白白听说海外还有九州。这是针对白居易《长恨歌》中的杨贵妃升仙后住在海上仙山而言的。他生：来生。未卜：还不知道怎样。休：彻底结束。

② 虎旅：指唐玄宗的禁卫军。宵柝：夜间报更的刁斗。无复：再也没有。鸡人：皇宫中不得畜养公鸡，司晨之事由人承担，谓之鸡人。

③ "此日"二句：六军驻马，指马嵬事变。当时：当年唐玄宗和杨贵妃七夕之夜曾在华清宫长生殿盟誓：愿生生世世结为夫妻。

④ 四纪：古人以12年为一纪。唐玄宗实际在位45年。这里举其成数。不及：不如。谓唐玄宗还不如普通人家的夫妻能够常相厮守。

明皇幸蜀图

马嵬

徐夤

二百年来事远闻，从龙谁解尽如云①？
张均兄弟皆何在②？却是杨妃死报君。

注：
① 从龙：《易·乾》："云从龙，风从虎。圣人作而万物睹。"古人认为龙为君象，所以称跟随帝王创业者为从龙。此句则是说跟随唐玄宗的人并不像史书上所说的像云从龙那样。实际上就是张祜所说的"南去人稀北去多"。
② 张均兄弟：即开元时期著名宰相张说的两个儿子张均、张垍。张均在天宝末年官至兵部侍郎、刑部尚书等。安史之乱中被俘至洛阳，受伪职中书令。张垍，尚唐玄宗女儿宁亲公主，拜驸马都尉。安史之乱中被俘至洛阳，受伪职宰相。后死于乱军中。

【诵读导语】

晚唐诗人咏史诗喜欢翻案。徐夤的这首诗，已经摆脱了归咎于杨妃的窠臼，认为杨妃之死是为报君恩。而且用张均兄弟做陪衬，说明那些在太平岁月深得皇帝赏识的近臣竟然不如一个弱女子。作者之所以这样写，其落脚点不在于赞颂杨妃，而是讽刺那些权臣、近臣在国难当头时的卑劣行径。

马嵬

高有邻

事去君王不奈何①，荒坟三尺马嵬坡。
归来枉为香囊泣②，不道生灵泪更多③。

注：
① 不奈何：无可奈何。
② 归来：指唐玄宗从蜀地回到长安。香囊泣：传说唐玄宗回长安后，改葬杨贵妃。挖开坟墓后，杨贵妃随身佩带的香囊还很完整。高力士带回长安，交给唐玄宗。玄宗睹物思人，泣下沾襟。
③ 生灵：老百姓。

【诵读导语】

高有邻是金朝中期人，官至工部尚书。这首诗，前三句都是写唐玄宗的哀伤，第四句却突然一个转折，批评唐玄宗：你根本不知道世上老百姓遭受的苦难比你更惨重，他们的泪水比你更多！把老百姓的苦难同唐玄宗的泪水相比，高有邻是第一个。

马嵬坡

汪元量

霓裳惊破出宫门[①],马上香罗拭泪痕。
到此竟为山下鬼,不堪鼙鼓似招魂[②]。

注:
① "霓裳"句:化用白居易《长恨歌》中"渔阳鼙鼓动地来,惊破霓裳羽衣曲"。
② "不堪"句:意谓鼙鼓声似乎是在为杨贵妃招魂,让人听了,倍感伤心。

【诵读导语】

汪元量是南宋遗民诗人,其诗词中的感伤哀怨情调甚至超越了唐末诗人。更何况他游览关中胜迹是在护送南宋恭宗去张掖佛寺出家的归途中。所以,诗中的"不堪鼙鼓似招魂"一句,与其说是为杨贵妃之死而哀伤,还不如说是为南宋的灭亡而悲叹。

马嵬坡(张护志 摄)

南吕·四块玉·马嵬坡

马致远

睡海棠①，春将晚，恨不得明皇掌中看②。霓裳便是中原患。不因这玉环，引起那禄山③，怎知蜀道难？

【诵读导语】

马致远是元曲四大家之一。他的散曲中有不少咏史抒怀之作。散曲的特点在于语言上比词更通俗、更接近民间口语。而在抒情上常常带有揶揄、讥刺的口吻。这首曲子就讽刺唐玄宗：要不是安禄山叛乱，你怎么能知道蜀道之难，难于上青天！

注：
① 睡海棠：比喻杨贵妃的睡态娇媚。
② 掌中看：每天捧在手上。
③ "不因"二句：意谓唐玄宗自得到杨玉环后，日日笙歌宴饮，不问朝政，才导致了安史之乱。

栈道遗址

马嵬怀古二首（选一）

王士禛

巴山夜雨却归秦，金粟堆边草不春①。
一种倾城好颜色，茂陵终傍李夫人②。

【诵读导语】

题目是《马嵬怀古》，但却没有一句涉及到马嵬驿的。首句写唐玄宗由成都返回长安。接着则是写唐玄宗在忧郁中离开人世、魂归金粟山。作者不直接点破唐玄宗的悲惨结局，而用了"草不春"加以描写，具有一种难以名状的情韵。三四两句把唐玄宗和汉武帝做了一个对比：汉武帝宠爱的李夫人和唐玄宗宠爱的杨贵妃都是倾国倾城的美女，而李夫人却能陪葬茂陵。至于杨贵妃的结局，作者并没有写。但人们都知道：杨贵妃不仅被唐玄宗赐死，而且被匆匆忙忙地埋于马嵬驿道旁。不过，作者并有写这些，只是说"茂陵终傍李夫人"。其余的，让读者自己去想象。这大概就是王士禛提倡的"神韵"吧！

注：
① 金粟：唐玄宗葬于渭南市蒲城县金粟山。其陵曰泰陵。
② 一种：同样的，一样的。倾城：即倾国倾城。李夫人：汉武帝宠爱的妃子。其陵墓在茂陵西北，名英陵。

泰陵

马嵬四首（选一）

袁 枚

莫唱当年长恨歌，人间亦自有银河[1]。
石壕村里夫妻别[2]，泪比长生殿上多[3]！

注：
[1] "人间"句：喻夫妻不得团圆。银河：用牛郎和织女故事。作者认为，《长恨歌》是写"天人相隔"，实际上，人间就有隔断夫妻的天河。
[2] "石壕村"句：即杜甫《石壕吏》诗所叙述的事件发生地。诗的结尾，老妇被带到抗击安史叛军前线河阳，充当厨师。
[3] 长生殿：在华清宫中。

【诵读导语】

袁枚于乾隆十七年，曾赴陕西。他原本不想赴陕任职，但陕西的人文胜迹吸引了他。在遍览关中胜迹之后，他欣喜地说："新诗自挟秦风壮，古来名士满长安。"其长安览古诗多感慨人世盛衰更替，格调沉郁悲凉。在游览马嵬坡后，他一口气写了四首诗。这一首批评唐玄宗荒淫误国，给天下百姓造成深重苦难。

贵妃上马图

马嵬六首（选一）

洪亮吉

茫茫蜀道返秦京，难遣君王日暮情[1]。
只有上阳头白女[2]，不承恩泽竟长生[3]。

注：
[1] "茫茫"二句：即《长恨歌》中"天旋日转回龙驭，到此踌躇不能去"之意。
[2] 上阳：即上阳宫，在洛阳。这里代指长安皇宫。元稹在《行宫》诗中说："白头宫女在，闲坐说玄宗。"上阳宫的宫女多是天宝末年从长安迁移去的。
[3] 不承恩泽：指没有得到皇帝宠幸。长生：相对于杨贵妃而言，这些宫女却活了下来。

【诵读导语】

洪亮吉曾因批评朝政被贬伊犁，不久即遇赦还。途经陕西时，被陕西巡抚毕沅挽留，遂入巡抚衙做幕僚。这组诗前有小序，说他之所以要写这六首诗，是因为他感到马嵬驿旁佛堂里游人留下的一百多首诗，"率无佳者"。他的这首诗虽不是上乘之作，但却阐明了一个道理：得宠者短命，失宠者长生。

石门栈道

题杨太真墓

林则徐

六军何事驻征骖①,妾为君王死亦甘。
抛得蛾眉安将士,人间从此重生男②。

【诵读导语】

道光二十一年（1841），林则徐被贬伊犁，途经陕西兴平时作此诗。在众多的咏马嵬诗中，林则徐的这首诗与其说是咏马嵬，倒不如说是借杨贵妃的躯壳抒发自己的忧愤。诗中的杨贵妃俨然是一位大义凛然的女丈夫！危难之际，她勇于担当，愿为君王舍弃自己的生命。既然如此，作者为什么要说"人间从此重生男"呢？杨玉环得宠后，杨氏一门鸡犬升天，以至于人们都"不重生男重生女"。但杨贵妃是先受宠而后蒙难，这虽然是为杨贵妃叫屈，却很切合作者自己的遭遇。

注：
① 驻征骖：停止前进。
② "抛得"二句：作者借杨贵妃之口写自己对遭受贬谪不以为怀。蛾眉：美女。此指杨贵妃。

杨贵妃墓

司马迁墓①

牟 融

落落长才负不羁②,中原回首益堪悲。
英雄此日谁能荐③,声价当时众所推。
一代高风留异国,百年遗迹剩残碑。
经过词客空惆怅,落日寒烟赋黍离④。

【诵读导语】

牟融是中唐诗人。这是《全唐诗》中唯一一首写司马迁的诗。作者对司马迁的人品及才华充满了敬意。对其坟茔之残败流露出无限遗憾之情。结合牟融个人遭遇,作者叹息司马迁"落落长才",实际上也包含着对自己怀才不遇的感慨。

注:
① 司马迁墓:在陕西韩城芝川镇。
② 落落:坦荡真率。
③ 荐:原指献,此指祭奠。
④ 黍离:《诗·王风》篇名。周大夫行役,至于宗周,过故宗庙宫室,尽为禾黍,悯周室之颠覆,彷徨不忍去而作是诗也。后世遂用"黍离之悲"感慨世事沧桑巨变。

司马祠

经汾阳旧宅[1]

赵嘏

门前不改旧山河[2],破虏曾轻马伏波[3]。
今日独经歌舞地[4],古槐疏冷夕阳多。

【诵读导语】

在平定安史之乱和抵御吐蕃侵扰的过程中,郭子仪可谓唐室再造,千古一人!《旧唐书》称其"权倾天下而朝不忌,功盖一代而主不疑"。唐肃宗封其为汾阳郡王,唐德宗称其为尚父,并特许陪葬建陵。张籍也写过郭子仪故宅,和赵嘏一样,都写到了古槐。一个说"古槐深巷暮蝉愁";一个说"古槐疏冷夕阳多"!暮蝉、古槐、夕阳,映衬出汾阳旧宅的冷寂。世情之薄,于此可见一斑。

注:
[1] 汾阳:即郭子仪。其宅在长安城亲仁坊(今西安建筑科技大学对面西北角。巧合的是,该坊东南角是安禄山的住宅)。另外,大通坊(今西安南郊电子城丁家村以南至北山门口村以北地区)有郭子仪花园。
[2] "门前"句:意谓江山未改,唐祚无恙。
[3] "破虏"句:意谓郭子仪平定安史叛乱、抵御吐蕃的功勋远远超过汉光武帝时平定东南边疆的马援。伏波:将军名号,马援曾被封为伏波将军。
[4] 独经:意谓汾阳旧宅冷清而行人稀少。

郭子仪故里(艾红旭摄)

咸 阳

李商隐

咸阳宫阙郁嵯峨①，六国楼台艳绮罗②。
自是当时天帝醉，不关秦地有山河③。

注：
① 嵯峨：山势高耸，此谓宫殿高耸。
② "六国"句：秦每打败一个诸侯国，便让人图形其宫殿形制，然后在咸阳周围依样建造，并把掳来的六国美女置于其中。绮罗：代指美女。
③ "自是"二句：意谓当时天帝喝醉了，并不是因为秦地有山河之固。不关：没有关系。

【诵读导语】

在李商隐的作品中，这首诗语意浅切而明了。唐人对秦始皇的"暴政"并没有过多的关注，尤其是盛唐时期，诗人反倒是称赞他"扫六合"的雄霸之气。当然也免不了对他祈求长生的做法予以讥刺。到了晚唐就不一样了，不少人开始批评秦始皇的"暴虐"。但像李商隐这样，用谐虐的语言予以讽刺的并不多。这首诗的核心在于"醉"字。作者也承认君权神授、天人合一。但他认为秦之所以能得天下，是天帝喝醉了酒，稀里糊涂地把天下大权交给了秦始皇。

秦咸阳宫复原图

苏武庙①

温庭筠

苏武魂销汉使前②,古祠高树两茫然③。
云边雁断胡天月,陇上羊归塞草烟。
回日楼台非甲帐④,去时冠剑是丁年⑤。
茂陵不见封侯印⑥,空向秋波哭逝川⑦。

注:
① 苏武庙:即苏武祀庙,在今咸阳市武功县龙门村。其墓碑为清乾隆朝陕西巡抚毕沅题。又西安市长安区大兆村西岭亦有苏武墓。其东北是汉宣帝陵。
② "苏武"句:汉昭帝始元六年(前81)匈奴与汉王朝和亲。汉使者到匈奴后,诈称汉朝皇帝在上林苑射中一只大雁。雁足上系有苏武写的一封信,称其尚在某地。匈奴以为神异。即刻召回苏武,与使者一同返回长安。至此,苏武在匈奴共十九年。魂销:即百感交集。
③ 两茫然:即古祠高树都经历了漫长的岁月。
④ "回日"句:苏武从匈奴返回汉朝时,当年派他出使匈奴的汉武帝已经死去。 甲帐:《汉武故事》:武帝"以琉璃、珠玉、明月、夜光错杂天下珍宝为甲帐,其次为乙帐。甲以居神,乙以自居"。此句意谓汉武帝已死。
⑤ 去时:苏武离开长安、出使匈奴的时候。丁年:壮年。李陵《答苏武书》:"丁年奉使,皓首而归。"
⑥ 茂陵:汉武帝的陵墓。苏武回长安后,汉昭帝命苏武持一太牢赴茂陵祭奠汉武帝。封侯:汉宣帝封苏武为关内侯。
⑦ 逝川:意指岁月流逝。

【诵读导语】

在中国历史上,苏武是不辱使命、恪守节义的代表。这首诗,首句写苏武骤然见到汉朝使者时百感交集,第二句陡然转写苏武庙。作者站在祀庙前,看见古祠高树,思绪回到遥远的过去。起首一联,情感往复回环,抒写对苏武的追思与敬仰。"云边"一联,一写苏武人在边地,怅望天边南归大雁而思乡,一写其荒塞牧归,备受磨难。境界凄迷,形象鲜明。第三联是诗家历来称道的名联。上句写苏武归汉时,当年的汉武帝早已去世,下句追写其持节出行,正值壮年。隐补上句归时已是须发尽白。此一手法谓之"逆挽法"。与李商隐"此日六军同驻马,当时七夕笑牵牛"手法相同。更为超妙的是,作者以"丁年"对"甲帐",尤觉工稳、生动。结尾写苏武追怀汉武帝。八句诗将苏武一生包揽无余。

咸阳怀古

刘 沧

经过此地无穷事①,一望凄然感废兴。
渭水故都秦二世,咸原秋草汉诸陵②。
天空绝塞闻边雁③,叶尽孤村见夜灯。
风景苍苍多少恨④,寒山半出白云层。

注:
① 经过此地:这里发生过。
② "渭水"二句:写秦汉相继覆亡。
③ 空:作动词用,意为一直伸向。
④ 苍苍:空阔的样子。即上联的绝塞、边雁、孤村、夜灯等。

【诵读导语】

刘沧的这首诗被认为是深得"讽兴之体"的佳作。作者以咸阳为题,其实秦汉合写,感慨人间废兴。尤其是三、四两联,纯是写景,而伤古之情融于景中。其"天空绝塞闻边雁,叶尽孤村见夜灯",可与许浑的"高树有风闻夜磬,远山无月见秋灯"相媲美。

秦阿房宫磁石门遗址

阿房宫①

胡 曾

新建阿房壁未干,沛公兵已入长安②。
帝王苦竭生灵力③,大业沙崩固不难。

【诵读导语】

胡曾是唐末人,以咏史诗著称于世。他的咏史诗多是叙述体,简洁、直快。即如这首《阿房宫》,揭示了秦王朝之所以速亡,就在于秦始皇不恤民力所导致。胡曾的这一观点反映了儒家"民为邦本"的思想。

注:
① 阿房宫:秦宫名,遗址在今西安市阿房村。始建于秦始皇三十五年。秦亡,为项羽所焚毁。
② 沛公兵:即刘邦率领的农民起义军。
③ 生灵:即老百姓。

阿房宫前殿遗址(《西安历史地图集》)

桥山祈仙台[1]

张三丰

披云履水谒桥陵[2],翠柏烟含玉露轻。
衮冕霞飞天地老,文章星焕海山清[3]。
巍巍凤阙迎仙岛[4],渺渺龙车驻帝城[5]。
寂寞琼台遗汉武[6],一轮皓月古今明。

【诵读导语】

张三丰,名全一,号三丰。懿州(今辽宁阜新)人,一说陕西宝鸡人。元末明初著名道士,主要活动在终南山和武当山,有"活神仙"之称。明太祖、成祖屡征不至。明英宗赐封其为通微显化真人。这首诗从汉武帝祭祀黄帝时修建的祈仙台入笔,赞颂轩辕黄帝开启华夏文明的伟大功绩。对于汉武帝想通过"祈仙"而成仙,作者虽然没有正面描述,但说"琼台""寂寞",已经暗示其早已销声匿迹!

注:
[1] 传说这首诗题写在黄帝庙墙壁上。祈仙台:即"汉武仙台"。传为汉武帝祭祀黄帝陵时所建。
[2] "披云"句:远道而来。谒:拜见。桥陵:即古轩辕黄帝陵。坐落在陕西黄陵县桥山。
[3] "衮冕"二句:意谓黄帝乘龙飞升已经是很遥远的事情了。而他的历史功绩如同灿烂的星河辉映着华夏大地。衮冕:指黄帝衣冠。天地老:即地老天荒,指历史悠久。
[4] 仙岛:指太液池中的蓬莱、方丈、瀛州、壶梁诸仙岛。
[5] 龙车:皇帝所乘之车。帝城:指黄帝陵。
[6] 瑶台:指祈仙台。

桥山轩辕黄帝陵

焚书坑

章碣

竹帛烟销帝业虚①，关河空锁祖龙居②。
坑灰未冷山东乱③，刘项原来不读书④。

【诵读导语】

《全唐诗》中，写到"焚书""坑儒"诗并不多，唐玄宗在天宝元年（742）下诏在"秦坑儒之所立祠宇，以祀遭难诸儒"。当时也没人起来随声附和。130年后，才出现了章碣的这首《焚书坑》。据说17世纪时，欧洲一位诗人说过"当一个政权开始烧书的时候，若不加以阻止，它的下一步就要烧人。"而在他说这话的近两千年前的中国，起来阻止暴秦烧人的不是学富五车的读书人，而是"不读书"或读书不多的刘邦和项羽。后人很欣赏这首诗的后两句，曾有人由此生发出"谁知削木为兵者，尽是长城里面人""如何十二金人外，犹有民间铁未销"等名联。

注：
① 竹帛：代指书籍。
② 祖龙：即秦始皇。
③ 山东：指崤山以东。
④ 刘项：刘邦、项羽。

坑儒谷遗址

焚书坑

罗　隐

千载遗踪一窖尘，路傍耕者亦伤神。
祖龙算事浑乖角①，将谓诗书活得人②。

注：
① 浑乖角：简直违背情理。
② 将谓：认为。活得人：（读书）能养活人。

【诵读导语】

罗隐，唐末人，本名横，字昭谏。因为屡试不第，觉得不能横行天下，于是改名为隐。其实，他并没有退隐江湖。传说钱镠称吴越王后，仅给罗隐授以钱塘令，他就放话说："一个祢衡容不得，思量黄祖漫英雄。"钱闻之，遂以厚礼待之。从这则诗坛轶事可以看出，这首《焚书坑》应该是他屡试不第、生活无着落时发的牢骚。他从自己的不幸遭遇联想到秦始皇焚书一事，用谐虐的笔调说秦始皇太糊涂了，他以为念书能养活人。这种牢骚和他在《自遣》诗中所说的"今朝有酒今朝醉，明日愁来明日愁"的随缘自适的处世态度判若两人。

坑儒谷遗址保护碑

咸阳怀古

刘 兼

高秋咸镐起霜风[1]，秦汉荒陵树叶红。
七国斗鸡方贾勇[2]，中原逐鹿更争雄。
南山漠漠云常在[3]，渭水悠悠事旋空[4]。
立马举鞭遥望处，阿房遗址夕阳东[5]。

注：
[1] 高秋：深秋时节。咸镐：秦都咸阳和西周都城镐京。
[2] 七国斗鸡：指战国时齐、楚、燕、韩、赵、魏、秦七雄争霸。贾勇：据《左传·成公二年》记载，齐晋两国交战中，齐将高固冲入晋阵，俘获一个晋人，乘着俘获的战车回到齐营，夸耀说"欲勇者，贾余馀勇"，意谓自己还富有勇力，可以出售。贾：出售。
[3] 南山：终南山。
[4] 旋空：转眼成空。
[5] 阿房：指秦代大型宫殿群阿房宫，其遗址在今西安与咸阳接界处。

【诵读导语】

刘兼是长安人，生活在五代末北宋初。入宋后，曾任荣州刺史。这首怀古诗带有明显的感伤色彩。作者借咸阳怀古，慨叹唐王朝的灭亡。所谓"南山漠漠云常在，渭水悠悠事旋空"已经具有古今融通的历史穿越感。至于他说的七国斗鸡、中原逐鹿，则不只是对秦汉而言。朱温篡唐、赵匡胤陈桥兵变、黄袍加身等又何尝不是军阀们贾勇、争雄！

咸阳古渡

过咸阳二首（选一）

赵秉文

渭水桥边不见人①，摩娑高冢卧麒麟②。
千秋万古功名骨，化作咸阳原上尘③。

【诵读导语】

赵秉文是金朝中期著名诗人。汉唐时期，长安城北有三座渭桥。因为诗中说到"咸阳原"，所以，诗题中的渭桥当是西渭桥。首句中的"不见人"，不是说今天，而是说不见古人。接下来便说累累坟冢前的"卧麒麟"，意谓那些古人早已进入坟墓。当年那些排列整齐的镇墓兽，现今却横七竖八地躺在冢边，给人以饱经沧桑的感觉。于是就有了"千秋万古功名骨，化作咸阳原上尘"的虚无感。这种情感比唐人曹松的"凭君莫话封侯事，一将功成万骨枯"仅说边将以万骨换封侯更进了一层，感慨所谓的千秋功名也不免化为尘土！

注：
① 渭水桥边：诗中指渭河北岸。
② 摩娑：也作"摩挲"，用手抚摸。麒麟：墓前所立的瑞兽。杜甫《曲江二首》有"苑边高冢卧麒麟"。
③ "千秋"二句：写咸阳原的沧桑变化。咸阳北原是历代帝王青睐的风水宝地。埋葬着西汉12个皇帝中的9个以及唐代的18个皇帝。

唐宪宗景陵前毁坏的石刻

晚渡咸阳

马中锡

野色苍茫接渭川[①]，白鸥飞尽水连天。
僧归红叶林间寺，人唤斜阳渡口船[②]。
表里山河犹往日[③]，变迁朝市已多年。
渔翁看破兴亡事，独坐秋风钓石边。

注：
① 苍茫：广阔无边的样子。渭川：即渭河，也可泛指渭河流域。
② "人唤"句：此即后世所谓的"咸阳晚渡"。
③ 表里山河：语出《左转 僖公二十八年》注："晋国外河而内山。"意谓秦有崤函之固，河渭之险。

【诵读导语】

这首诗以"晚渡"为话题，抒发尘世兴亡之叹。它不同于别的怀古诗，而是将白鸥、红叶、古寺、斜阳、渡口、渔翁置于苍茫野色之中，而朝代兴替自在其中。作者曾于明朝成化年间任陕西督学副使多年，对陕西"表里山河犹往日，变迁朝市已多年"感受犹深，因此，他虽未写秦宫、汉殿、帝王陵阙，却依旧蕴含着盛衰更替的沧桑巨变，尤其显得别具一格。

晚渡（张护志 摄）

咸　阳

杨　慎

帝里繁华歇①，神皋岁月多②。
秦城依北斗，渭水象天河③。
颓堞无遗土④，惊川有逝波⑤。
丘陵沉霸气，松柏起悲歌。

注：
① 帝里：即帝王之都。歇：结束。
② 神皋：指京畿地区。
③ "渭水"句：《三辅旧事》描述秦咸阳故城时说："渭水贯都，以象天汉；横桥南渡，以法牵牛。"
④ 堞：城上的矮墙。
⑤ 惊川：奔腾的激流。

【诵读导语】

这是杨慎被贬往云南保山，途经陕西时写的一首诗。他以"帝里繁华歇"领起全诗。"依北斗"，"象天河"不仅是写秦都的地理位置，更展示了大秦帝国的雄霸之气。霸气与悲歌相匹配，使全诗的氛围更显得沉雄悲凉。

咸阳城外（张护志 摄）

经五丈原[1]

温庭筠

铁马云雕共绝尘[2],柳营高压汉宫春[3]。
天清杀气屯关右[4],夜半妖星照渭滨[5]。
下国卧龙空寤主[6],中原得鹿不由人。
象床宝帐无言语[7],从此谯周是老臣[8]。

【诵读导语】

　　这首诗是温庭筠入蜀、路过岐山五丈原时写的。在唐人咏诸葛亮的诗中,前有杜甫的《蜀相》,后有温庭筠的《经五丈原》。杜甫的"三顾频烦天下计,两朝开济老臣心",用14个字浓缩了诸葛亮的一生;而温庭筠则是以沉痛的心情描写诸葛亮"死而后已"的人生结局。这和他处于唐王朝日薄西山、气息奄奄的时代环境有关。

注:

[1] 五丈原:在今宝鸡市岐山县渭河南岸太白山北麓。蜀汉建兴十二年八月二十八日(公元234年10月8日)诸葛亮病逝于此。
[2] "铁马"句:形容诸葛亮率领的军队军威强盛。绝尘:十分迅猛。
[3] "柳营"句:把诸葛亮比作汉初善于治军的名将周亚夫。
[4] 杀气:战争气氛。关右:指函谷关以西的关中地区。
[5] "夜半"句:传说诸葛亮死前,有一星陨落于渭水边。今五丈原诸葛亮庙中有一"落星石"。
[6] 下国:即蜀汉。空寤主:白白地开导蜀汉后主刘禅。
[7] 象床宝帐:指诸葛亮祠庙中的陈设。代指诸葛亮。
[8] 谯周:诸葛亮死后,刘禅的宠臣。他劝刘禅投降了曹魏。

五丈原诸葛亮庙

乾陵无字碑

中外颂则天功德，进无字碑竖于陵

张 琛

碑竖乾陵三丈崇①，岿然表里字空空②。
何如竟取宾王檄，饱染如椽录一通③。

【诵读导语】

张琛是清末人，籍贯宛平（今属北京），曾在陕西紫阳、神木等地任知县。人们一般认为乾陵无字碑之所以没有文字，是因为女皇武则天的功绩无法用语言表达！那只是一种揣测罢了！在无字碑的西面阙楼前有一碑，名述圣碑，是武则天撰写的，内容是颂扬唐高宗的丰功伟绩。武则天死后，与高宗合葬时，朝中大臣就有不同意见。但中宗发话后，朝臣们就不再争论了。为了和西面的"述圣碑"对称，也立了一块碑。顾及到反对派的意见，就没有撰写碑文。碑的石材也不是宋敏求所说的，是于阗国进贡的，而是渭北常见的石材。张琛说：把骆宾王的《讨武曌檄》刻在碑上，只是戏谑之词，是否隐含着他对慈禧太后独揽朝政的不满，也未可知。

注：

① 崇：高。

② 表里：指碑子的阳面和阴面。

③ 何如：不如。竟：直接。宾王檄：指骆宾王的《讨武曌檄》。该文揭露武则天篡唐行径。据说武则天读到"一抔之土未干，六尺之孤安在"时，脸色变得煞白。读完此文，竟然说："宰相焉得失此人。"如椽："如椽大笔"的简称，比喻笔力雄健的文词。通：计算碑石数量的单位。一通：意谓把碑子写满。

乾陵（图中东阙楼前的蓝色即无字碑）

华州谒汾阳王祠[1]

杨一清

一木能支大厦颠[2]，令公忠义可回天[3]。
威行朔漠三千里，身系安危二十年。
直以丹心扶日月[4]，长将赤手障风烟[5]。
向来荐善虚相似[6]，追思遗功独赧然[7]。

【诵读导语】

诗题下的小序说："比岁公卿台齿谏及老朽姓名，或以汾阳相拟。兹奉命节制诸军于陕西，祇谒王祠下，不觉自愧，口占一诗。"杨一清是弹劾宦官刘瑾的中坚人物。也许是由于这一点，朝中同僚视其为郭子仪式的大臣。所以，当他奉诏统帅西部重镇陕西时，专门拜谒了位于华州的郭子仪祠堂。诗中赞颂郭子仪"丹心扶日月"，实际上也是在向朝廷表明自己的心迹。

注：
[1] 华州：郭子仪的故乡，即今陕西华阴市。
[2] "一木"句：指郭子仪在安史之乱中力挽狂澜，振兴唐室的丰功伟绩。
[3] 令公：指郭子仪。回天：扭转乾坤。
[4] 日月：指江山社稷。
[5] 障：阻挡。风烟：指战乱、战火。
[6] 荐善：祭祀时进献的贡品。
[7] 赧然：惭愧脸红。

郭子仪像

谒杨太尉墓二首（选一）[1]

杨一清

公心自可质明神[2]，王密何曾是故人[3]。
慎勿令人窥夜户，流言传播恐成真。

注：

[1] 杨太尉：指东汉杨震。华阴人，学识渊博，人称"关西夫子"。官至太尉，掌管朝廷军事大权。杨震为官清廉，不谋私利。他始终以"清白吏"为座右铭，从不私下会见下属官员。其墓在潼关。
[2] 质：明鉴。意谓杨震的廉洁完全可以由神明做证。
[3] "王密"句：王密是杨震举荐的一个官员。为表示感激，深夜怀金造访杨震，怕杨不收，说：不会有人知道的。杨震说："天知，神知，我知，子知。何谓无知？"终不接受。因此，后世称此为"杨震四知"。

【诵读导语】

杨震是陕西历史上有名的廉吏。但他遭人诬陷、愤而自尽的结局说明了官场的险恶。这也就是杨一清在诗中所说的"流言传播恐成真"。在另一首诗中，杨一清竟与杨震联宗："关西人仰荐儒宗，厚德宜膺四世封。莫道经过频下马，家声我亦托弘农。"《明史》上记载：杨一清，云南安宁人，父辈迁徙丹徒。元末明初，朝廷曾从西北往西南云贵移民。所以，云南的杨氏家族或与关中的弘农杨氏有宗亲关系。杨一清之所以要和杨震联宗，并不是要寻找一个声势显赫的远祖，而是表明他也要像杨震那样做一个"清白吏"。

杨震

途经秦始皇墓

许浑

龙盘虎踞树层层①,势入浮云亦是崩②。
一种青山秋草里③,路人唯拜汉文陵④。

注:
① 龙盘虎踞:写秦始皇陵的地貌。
② 崩:倒塌。
③ 一种:同样,一样。
④ 汉文陵:汉文帝的陵墓。其陵曰霸陵,距秦始皇陵不远。

【诵读导语】

唐代诗人对秦始皇的认识有一个变化过程。盛唐时,诗人多赞颂其横扫六合、一统天下的功绩。到了晚唐,则又转而批评其残暴与劳民伤财的行径。许浑的这首诗就是典型的代表。他正面批评秦始皇,仅有一句:"势入浮云亦是崩。"比较有特点的,是后两句:"一种青山秋草里,路人唯拜汉文陵。"同样是衰草颓坟,路人却拜谒汉文帝陵,这其中就隐含着仁君与暴君的区别。因为汉文帝奉行黄老之术,与民休养生息,这和秦始皇恰恰形成鲜明对照,在艺术手法上属于"题外相形"。

秦始皇帝陵(《西安历史地图集》)

新丰行

李东阳

长安风土殊不恶①，太公但念东归乐②。
汉皇真有缩地功，能使新丰为故丰③。
人民不异山川同④，公不思归乐关中。
汉家四海一太公，俎上之对何匆匆，
当时幸不烹若翁⑤。

【诵读导语】

李东阳是明朝中期茶陵派代表人物。在诗歌流派上属于拟古一派，认为学诗当"取法唐诗"。从他在陕西访古时所写的诗中可以看出其诗仅仅追求字句与声律美。即如这首《新丰行》，就用一种戏谑的口吻对刘邦加以讽刺。叙史的成分远远超过了抒怀成分。这也应了后人所说的，明朝是小说时代，不是诗的天下。

注：

① 殊不恶：确实不坏。
② 太公：刘邦的父亲史称刘太公。但念：一心怀念。
③ "汉皇"二句：刘邦定都长安，其父依恋故乡丰邑，不愿西迁。于是，刘邦让人按照老家丰邑的样子在骊山东北建造了一座村庄，取名新丰。迁其父居于此。此即所谓的缩地功。为：成为。
④ "人民"句：写新丰和沛县的丰邑一模一样。
⑤ "俎上"二句：公元前202年，成皋之战后，刘邦与项羽在广武（今河南荥阳西）对垒。彭越在项羽后方绝其粮道。项羽为摆脱困境，把早先抓获的刘邦的父亲置于一块大砧板上，隔着鸿沟对刘邦说：你再不投降，我就把你父亲扔进开水锅里煮了。刘邦说："我俩曾经结为兄弟。我父即你父。你一定要煮你父亲，就给我分一碗汤喝。"作者的意思是：刘邦当年说话太欠考虑。所幸当时项羽未烹太公，如果真烹了，哪来今日的新丰？若：你。

汉俑

杜曲谒杜子美先生祠

屈大均

城南韦杜潏川滨①。工部千秋庙貌新②。
一代悲歌成国史③，二南风化在骚人④。
少陵原上花含日，皇子陂前鸟弄春⑤。
稷契平生空自许⑥，谁知词客有经纶⑦。

【诵读导语】

屈大均，广东番禺人，明亡，出家礼佛。清初，曾西游关中，遍览名胜古迹。作为明朝遗民，屈大均有强烈的复明倾向。这首诗即借拜谒杜甫祠堂，写自己的心胸抱负。陆游在《书愤》中说自己"塞上长城空自许，镜中衰鬓已先斑"。屈大均则加以隐括，表面上是说杜甫"稷契平生空自许"，实际上是慨叹自己复明志向无法实现。"稷契平生空自许"是个倒装句，顺过来就是：平生空自许稷契！数十年后，他的这种观点被乾隆时期著名学者仇兆鳌贯穿于《杜少陵集详注》中。

注：

① "城南"句：杜公祠在韦曲与杜曲之间、潏水北岸。

② 工部：杜甫在成都时经严武举荐，朝廷授予其工部员外郎之职。后世称其杜工部。庙：即杜公祠。该祠始建于明嘉靖五年（1526），原在唐代著名寺院牛头寺西南，乾隆末年毁于火灾。嘉庆九年重建于牛头寺东。

③ "一代"句：一部杜诗记录了唐王朝由盛转衰的历史，故称杜诗为"诗史"。

④ 二南：即《诗经》中的周南、召南。得圣人之化育谓之周南；得贤人之化育谓之召南。此句赞美杜诗具有教化作用。

⑤ 少陵：杜甫自称少陵野老。杜公祠在少陵原畔。皇子陂：在杜公祠西北原上。据说秦皇子葬于此，故名。

⑥ "稷契"句：杜甫在《自京赴奉先县咏怀五百字》中写自己的人生理想时说"窃比稷与契"。稷、契是古代传说中的贤臣。

⑦ 经纶：治理国家的才能。

杜公祠

念奴娇·沙苑怀古

王三省

黄沙漠漠,更何处、在垌骕骦厩屋①。塸阜累累②,寻常有、落日牛羊乱牧③。绿柳纵横,黑獭战处,遥想龙蛇逐。残基断砾,倒尽周垣遗筑。

一望衰草连天,荒陂边,鸥鹭惊飞还啄。寒日狂风,行人迷路,衫袖遮双目。野烟浅水,巨鱼肯此潜伏④?

注:
① 垌:郊野,林边。骕骦:良马名。厩:马舍。
② 塸阜:小山丘。杜甫《沙苑行》:"累累塸阜藏奔突。"
③ "寻常"句:意谓昔日的皇家养马场,今日变成了老百姓牧羊的地方。
④ 巨鱼:杜甫《沙苑行》:"泉出巨鱼长比人,丹砂作尾黄金鳞。"

【诵读导语】

沙苑在唐代是为皇家养马的地方,地处京畿,方圆百里。其中所养多为名贵之马,就像杜甫所说的:"龙媒昔是渥洼生,汗血今称献于此。"到天宝十三载,唐玄宗甚至任命安禄山为沙苑总监。安史之乱平定以后,唐王朝允许协助平叛有功的回纥人居住。其后,逐渐荒废。王三省是朝邑人,生活在明正德、嘉靖年间。他的诗歌多关注民生疾苦。他在《逃亡民舍》中写农村凋敝时说:"夜半狐为主,春分燕不来。诛求民力尽,飘泊旅情哀。"所以,这首怀古词从另一侧面描写了当时农村的荒破景象。

沙苑

书怀篇

中国的传统文化是以诗歌为源头的。陕西是《诗经》的故乡。据统计，《诗经》三百零五篇，其中有三分之一的篇章产生于陕西。《诗经·国风》的首篇《关雎》就是流传于现今渭南市合阳县的爱情诗。

情感是诗歌的灵魂。所以，晋朝的陆机就说"诗缘情而绮靡"。意思是说：诗因为倾注了作者自己的情感而变得绚丽多彩。这种"多彩"的情感是作者因时、因事、因地而触发的。这就是古人常说的情理、事理、地理。离开了真情实感而纯粹的"言志"常常会让读者感到枯燥、质直，而以情带韵常常成为名篇佳作的先决条件。

陕西具有独特的人文地域因素，古都长安更是人文荟萃之地，因此，文人们写于古都长安的书怀诗尤其令人瞩目。就像唐代著名的诗论家皎然说的"诗情缘境发"，即情因境生，或者是情境相因。从书怀的角度讲，这类写于古都长安的诗，虽然是抒写一己之情，但其情感却融合了人在帝都的诸种情感因素：有心怀天下的用世之情，有推心置腹的怀人之情，有叹老嗟贫的苦情，有仕途偃蹇的悲情，有忧时伤乱的家国之情，有羁旅行役的乡关之思，等等，孔子所提倡的"诗可以兴，可以观，可以群，可以怨"的诗歌审美观在这类诗中得到了完美的体现。尤其是唐人的书怀作品，堪称诗中之精品。这就难怪鲁迅要说：天下的好诗都让唐人写完了！

春日忆李白

杜 甫

白也诗无敌[①],飘然思不群[②]。
清新庾开府,俊逸鲍参军[③]。
渭北春天树,江东日暮云[④]。
何时一樽酒,重与细论文[⑤]。

注:
① 无敌:无人能与其相匹敌。
② 思不群:才思出尘拔俗,卓异不凡。
③ 庾开府:庾信。鲍参军:鲍照。这两位是南北朝时期的著名诗人。
④ "渭北"二句:既写自己在京畿,又写李白在江东漫游时相互思念对方。
⑤ 论文:探讨诗艺。

【诵读导语】

在开元、天宝诗坛上,杜甫是一位很注重友情的诗人,尤其是对李白更有一种敬重之情。天宝三载冬,二人在洛阳相遇,并一同游历梁宋、齐鲁。分手后还时有诗作怀念对方。这首诗对李白诗风、个性做了高度赞扬。而李白怀念杜甫的诗就显得比较随意,如《戏赠杜甫》:"饭颗山头逢杜甫,头戴笠子日卓午。借问别来太瘦生,总为从前作诗苦。"李白问杜甫:才分手几天,你怎么瘦成这样了?杜甫说:"大概是前一段日子作诗太辛苦了!"一问一答,却给杜甫画了一幅传世写真。

李白饮酒图

春 望

杜 甫

国破山河在[1]，城春草木深[2]。
感时花溅泪[3]，恨别鸟惊心[4]。
烽火连三月[5]，家书抵万金[6]。
白头搔更短，浑欲不胜簪[7]。

【诵读导语】

这首诗是杜甫在安史之乱初期被困长安时写的，也是唐诗中写安史之乱中长安春天的第一首诗。虽然是春天，但在安史叛军占领下的长安城却没有姹紫嫣红的繁华景象，而是山河破碎，草木丛生的荒凉与残破。尤其是"国破山河在，城春草木深。感时花溅泪，恨别鸟惊心"四句，写尽人情与物情的悲伤，并把无情的花鸟化为有情之物，委婉地传递出作者伤时感事的家国情怀。这首诗浓淡浅深，纵横变幻，体物言情，巧夺天工，被视为有"诗史"意义的绝唱。

注：
① 国：国都。
② 城：长安城。
③ 感时：为时局动乱而伤感。
④ 恨别：因为离别，心里充满怨恨。
⑤ 连三月：延续了很长时间。
⑥ 家书：家信。抵：比得上。
⑦ 浑欲：简直要。

杜甫塑像（巩县杜甫墓园）

元日无衣冠入朝寄皇甫拾遗冉从弟补阙纾[①]

李嘉祐

伏奏随廉使,周行外冗员[②]。
白髭空受岁,丹陛不朝天[③]。
秉烛千官去[④],垂帘一室眠。
羡君青琐里,并冕入炉烟[⑤]。

【诵读导语】

按照唐朝的礼仪制度,正月初一,官员都要入朝给皇帝拜年。李嘉祐于唐代宗大历中在吏部任司勋员外郎(从六品)。可是,他却缺席了这次朝会,原因是"无衣冠"。一个从六品的朝官竟然没有新衣冠,人们可能不会相信。其实,这是事实。因为当时安史之乱刚刚平息,社会百废待兴。李嘉祐没有新衣冠入朝,完全不是夸张。再说,他虽是朝官,但正像作者所说的,司勋员外郎仅仅是"主流"官员队伍外的"冗员"。尽管缺席了,也无关大局。不过,他还是羡慕皇甫冉、李纾能参加这次盛会。

注:
① 元日:正月初一。
② 周行:大道。冗员:多余的人。
③ 丹陛:皇宫前的台阶。
④ "秉烛"句:早朝时,天还未亮,所以,须用灯笼照明。
⑤ 并冕:排着队。冕:帽子。炉烟:皇宫里香炉中升起的缕缕香烟。

古代官吏首服(《中国古代服饰研究》)

长安春望

卢 纶

东风吹雨过青山,却望千门草色闲[①]。
家在梦中何日到[②]?春生江上几人还?
川原缭绕浮云外,宫阙参差落照间。
谁念为儒逢世难[③],独将衰鬓客秦关。

注:
① 却望:回望。
② "家在"句:卢纶祖籍范阳(今河北涿县),迁居蒲州(今山西永济)。
③ 为儒:做了书生。逢世难:当指代宗广德元年吐蕃侵扰长安,代宗奔陕州(今河南陕县)。

【诵读导语】

安史之乱被平定后,作者从流落地鄱阳赴长安参加进士考试。落榜后,客居京城,心情抑郁,遂以春望为题,抒写心中不快。从春的角度看,作者没有以浓艳的乐境写伤情,而是以春雨、青山、草色、川原等淡景衬托愁怀。尤其是"家在梦中何日到?春生江上几人还"一联,情韵俱佳。其风致远在王勃的"山川云雾里,游子几时还"之上。结尾落于为儒而逢世难,点醒春望感怀之意。

题长安主人壁

张 谓

世人结交须黄金,黄金不多交不深。
纵令然诺暂相许[①],终是悠悠行路心[②]。

注:
① 然诺:应允、答应。
② "终是"句:意谓把说的话不当一回事。

【诵读导语】

在唐代诗人中,张谓最后官至礼部侍郎。其职位算是很高了。但他早年并不顺畅。这首写在房东家墙壁上的诗道出了社交场上的酸辛。用直白的语言揭露了世人所谓"友谊",讽刺当时社会的不正当风气。后来的白居易也深有此感。他在《送张山人归嵩阳》一诗中就说:"长安古来名利地,空手无金行路难。"

长信秋词五首（选一）

王昌龄

奉帚平明金殿开[1]，且将团扇共徘徊[2]。
玉颜不及寒鸦色[3]，犹带昭阳日影来[4]。

注：

① 奉帚：手持扫帚。平明：天刚亮。
② 团扇：圆形的扇子。
③ 玉颜：如花似玉的容貌。不及：不如。
④ 昭阳：汉宫的宫殿名。汉成帝的皇后赵飞燕与其妹妹居此宫。古代诗歌中常用昭阳殿代指得宠者。

持团扇宫女（《簪花仕女图》局部）

【诵读导语】

长信宫是西汉的宫殿名，常常和得宠者居住的昭阳殿相对立。此诗的核心道具是团扇。扇子是人们在夏天使用的。到了秋天，天气转凉，扇子便被弃而不用。于是文人们便把这一生活细节同人在官场上得势与失势联系起来，加以发挥，成为一种特殊的抒情题材。这首诗最引人注目的是"玉颜不及寒鸦色"，即美的不如丑的！这说明：当丑恶的东西被当权者欣赏的时候，这个社会就成了是非颠倒的社会。不过，这一点显得很含蓄。后来的刘禹锡有一首《团扇歌》诗，直截了当地说："团扇复团扇，奉君清暑殿。秋风入庭树，从此不相见。上有乘鸾女，苍苍虫网遍。明年入怀袖，别是机中练。"比王昌龄的这首诗直白多了。

宫 怨

李 益

露湿晴花春殿香①,月明歌吹在昭阳。
试将海水添宫漏②,共滴长门一夜长。

注:
① 晴花:在阳光下熠熠生辉的花朵。
② 宫漏:即铜壶滴漏,古时宫中计时用具。当水从上面的水柜滴入下面的水柜时,竖在下面水柜中的漏箭便上浮,指向时辰刻度。

【诵读导语】

长门宫是西汉皇宫名。陈皇后因嫉妒成性,被汉武帝贬入长门宫。据说陈皇后通过一位宫女给司马相如送了一百斤黄金,司马相如就代陈皇后写了一篇《长门赋》。汉武帝读后,颇受感动,就把陈皇后从长门宫接了出来。在古典诗歌中,男人有了怨气,不好直接吐露时,就常常借历史上失宠者的躯壳替自己倾诉冤屈,把阳刚之气转化为阴柔之美,这样更能感动人。李益的这首诗就具有这样的特点。他在写失意者的愁怀时,把无形的"愁"转化成"海水",也许是受了李白在《金陵酒肆留别》中写的"请君试问东流水,别意与之谁短长"两句诗的启发。

天文台

自 伤

王 建

衰门海内几多人[1]，满眼公卿总不亲。
四授官资元七品[2]，再经婚娶尚单身。
图书亦为频移尽，兄弟还因数散贫。
独自在家常似客，黄昏哭向野田春。

【诵读导语】

王建的这首"自伤"诗，是唐诗中极少见的嗟贫叹穷诗。诗写得非常伤感，似乎人间的一切不幸都落在他身上：官场上举目无亲；多次授官，未过七品；两次娶妻，却依旧单身，等等。北宋陈师道说他"述情叙怨，委曲周详"。正因为贫穷，晚年时，王建在长安买不起房，只好到西边的咸阳原上找了一块地方住了下来："长安无旧识，百里是天涯。……访僧求贱药，将马卖豪家。"他曾说贾岛无钱给驴买草料，于是就"驴放秋田夜不归"，而他比贾岛还穷："邻富鸡常去，庄贫客渐稀。"人们只欣赏其宫词华丽风流，殊不知王建却是一个穷到家的诗人。

注：
① 衰门：即贫寒之家。
② 四授官资：作者从贞元八年任昭应丞起，先后担任过太府寺丞、秘书郎、秘书丞，一直徘徊于七品官阶。这在唐代诗人中是比较少见的。

田野鸟栖（张护志 摄）

杨柳枝词九首（选一）

刘禹锡

城外春风吹酒旗①，行人挥袂日西时②。
长安陌上无穷树，唯有垂杨管别离。

注：
① 酒旗：酒家门前挂的帘招。
② 挥袂：分手，告别。

【诵读导语】

杨柳枝词大多托意杨柳以写离情。唐人送别，不是驿亭，便是酒肆。而驿亭、酒肆旁多有杨柳，临别之际，或折柳以赠，或攀柳而悲。所以，作者说长安大道边，树木无数，只有杨柳牵人离情别绪。

灞桥柳

白牡丹

白居易

白花冷淡无人爱，亦占芳名道牡丹。
应似东宫白赞善①，被人还唤作朝官。

注：
① 东宫白赞善：东宫：皇太子所居。白赞善：白居易。唐宪宗元和九年冬，白居易任太子左赞善大夫。所以，他自称白赞善。

【诵读导语】

牡丹在唐朝被称为"国色天香"。从唐玄宗开元以后，京城豪贵以赏牡丹为时尚。但是，白牡丹并不受人喜欢。白居易有一首《牡丹芳》，赞美的是红牡丹和紫牡丹："牡丹芳，牡丹芳，黄金蕊绽红玉房。千片赤英霞烂烂，百枝绛点灯煌煌。……秾姿贵彩信奇绝，杂卉乱花无比方。"而这首《白牡丹》则是白居易的自嘲诗。他于唐德宗贞元十六年（800）进士及第，到唐宪宗元和十年春（815）写这首诗的时候，15年间，由正九品下升迁到正五品上。按说也算升得较快的。但是，太子左赞善大夫仅仅是个没有实职的官员。所以，他觉得自己就像没人喜欢的白牡丹一样，只是占了个"朝官"的名分而已。

白牡丹

长乐坡送人赋得愁字[1]

白居易

行人南北分征路，流水东西接御沟[2]。
终日坡前恨离别，谩名长乐是长愁[3]。

【诵读导语】

这首诗看似一首诙谐诗，其实却饱含着人在官场的酸甜苦辣。起首一句说：行人北行即入长安，而南行则踏上令人伤心的商於古道。一南一北，不仅身世迥异，而且政治际遇更有天壤之别。正因为如此，作者才说：人们随随便便地把这条路叫长乐坡是不对的！应该改名长愁坡。其实，真正要改的，是当时的政治环境，而不是一条道路的名字。

注：
① 长乐坡：在长安城东通化门外七里许，东临浐水。据说立于坡顶，能望见汉长乐宫，故名。原名长乐坂。据说隋文帝嫌"坂"与"反"音近，便改"坂"为"坡"。
② "流水"句：指由东向西引浐水进龙首渠后北入大明宫。
③ 谩：欺骗，欺诳。

今日长乐坡

靖安穷居①

元 稹

喧静不由居远近②,大都车马就权门③。
野人住处无名利④,草满空阶树满园。

【诵读导语】

唐诗中,"穷"和"通"是两个对立的处境。诗题中的"穷居"并不是说自己生活穷困,而是抒发自己在仕途上沉沦下僚。因为靖安坊一直是比较繁华的坊里,先是唐玄宗的女儿咸宜公主在此有庄园,后来宰相武元衡以及吏部侍郎韩愈等都住在此坊。所以,到靖安坊来的人,都是奔权门而去。至于元稹,虽然也住在此坊,但因为仕途偃蹇,他家"门前冷落车马稀","草满空阶树满园"。从当时知识分子做人的态度看,他还没有达到"穷则独善其身,达则兼济天下"的境界。

注:
① 靖安:即靖安坊。坊址在今西安市长安大学南院至陕西学前师范学院一带。
② "喧静"句:意谓热闹还是冷清不在于居住的地方是否繁华。
③ 就:接近。
④ 野人:作者自称。

春思图

离思五首（选一）

元 稹

曾经沧海难为水，除却巫山不是云①。
取次花丛懒回顾②，半缘修道半缘君③。

【诵读导语】

元和四年，元稹的妻子韦氏病逝。这是元稹为悼念亡妻韦氏而写的悼亡诗。韦氏和他结婚时，他是个穷小吏，家庭生活很苦："野蔬充膳甘长藿，落叶添薪仰古槐。"所以，元稹对亡妻总是怀着一种愧疚的心情，很长时间没有再娶。其原因一是心里忘不掉韦氏，二是奉斋念佛。等他后来身居高位时，仍念念不忘韦氏："今日俸钱过十万，与君营奠复营斋。"这在当时文人中是很少见的。白居易读了元稹的几首悼亡诗后，很受感动，写了一首《见元九悼亡诗因以此寄》："夜泪暗销明月幌，春肠遥断牡丹庭。人间此病治无药，惟有楞伽四卷经。"看来元稹确实是用奉佛来冲淡对亡妻的思念。

注：
① 巫山云：用楚王梦巫山神女故事。后世用以喻男女之情。
② "取次"句：取次：往来。回顾：回头看。此句用懒得看花托喻自己即便是遇见漂亮女子也懒得回头。
③ 缘：因为。

春庭行乐图

路边草

徐 夤

楚甸秦原万里平①,谁教根向路傍生?
轻蹄绣毂长相蹋②,合是荣时不得荣③。

【诵读导语】

这是一首托物言情诗。这首诗是他下第后写的。作者生活在晚唐五代。他以路边草作为托喻之物,把自己比作生长在路边的野草,屡屡遭到"轻蹄绣毂"的碾踏。以草的不幸遭遇影射自己被社会遗弃。说来也巧,这首诗竟成为作者之谶语:他一直到须眉尽白方才进士及第,被授予秘书省正字(正九品下)。在这一点上,他和同时代的温庭筠不一样。温在科第屡屡受挫后,说"今日爱才非昔日","欲将书剑学从军"。温庭筠倒没有从军,而是离开长安,入蜀,最后竟成了著名的"花间词人"。

注:
① 甸:王城外周回五百里称甸。楚甸秦原:泛指原野。
② 绣毂:代指华丽的车子。蹋:践踏。
③ 合是:本应该。荣:草木茂盛。此指繁盛。

路边草

咸阳城西楼晚眺

许浑

一上高城万里愁,蒹葭杨柳似汀洲①。
溪云初起日沉阁,山雨欲来风满楼。
鸟下绿芜秦苑夕,蝉鸣黄叶汉宫秋②。
行人莫问当年事,故国东来渭水流。

【诵读导语】

晚唐诗人除了杜牧比较俊爽、潇洒外,其余诗人的作品多以感伤、哀怨为主。而许浑与李商隐称得上是最为著名的感伤诗人。他们生活在唐王朝江河日下的时代,所以,他们在诗歌中很难焕发出昂扬向上的激情。同样是登高,盛唐诗人会焕发出"欲穷千里目,更上一层楼"的昂扬气概,而许浑一登上咸阳城楼就生出乡关万里的愁情!加之他所置身的咸阳又是历史上曾经不可一世的秦朝的都城。所以,他在诗中不单有对故乡的思念,更有对秦汉盛衰更替的叹息。有人说许浑的"溪云初起日沉阁,山雨欲来风满楼"与刘沧的"半夜秋风江色动,满山寒叶雨声来""语意工妙相似"。仔细品味,仍有"亲身感受"与"耳闻"的区别。正因为如此,人们常用"山雨欲来风满楼"暗示疾风暴雨式的动乱即将到来时的政治氛围。

注:
① "蒹葭"句:意谓看见蒹葭、杨柳,就想起自己的家乡京口(今江苏镇江)。
② "鸟下"二句:写登楼所见。鸟下秦苑、蝉鸣汉宫,牵出缕缕吊古伤今之情丝。

渭河柳(张护志 摄)

将赴吴兴登乐游原一绝[1]

杜 牧

清时有味是无能[2],闲爱孤云静爱僧[3]。
欲把一麾江海去[4],乐游原上望昭陵[5]。

【诵读导语】

唐宣宗大中四年秋,杜牧出任湖州刺史。离开长安前,他登乐游原时写了这首诗。他在这年夏天刚刚就任吏部员外郎,但迫于朝廷中牛李党争很激烈,人事关系也复杂,就主动请求外任,以避免卷入是非漩涡。首句中的"清时",并不是赞美当时社会升平,而是恰恰相反。接着说自己喜欢"闲"和"静",其实是说自己在当时环境中不敢轻举妄动。临行前,他之所以要登上乐游原遥望昭陵,已流露出追怀盛世之意。即所谓人在江湖之上,心存魏阙之下。

注:

[1] 吴兴:今属浙江。唐时设吴兴郡,后改称湖州。
[2] "清时"句:清时:社会升平时。有味:有个人的趣味。此句意谓当社会升平时,你去追求个人的趣味,那是无能的表现。
[3] "闲爱"句:此句是对前一句中的"有味"的解释:追求"闲"和"静"。"闲"就是喜爱"孤云","静"就是像和尚一样喜爱入静。
[4] 一麾:指赴湖州任刺史。
[5] 昭陵:唐太宗的陵墓,在今陕西礼泉县九嵕山。

昭陵

乐游原

李商隐

向晚意不适①,驱车登古原。
夕阳无限好,只是近黄昏。

注:
① 向晚:傍晚,天快黑了。意:心情。不适:不悦,不快。

【诵读导语】

这是一首晚唐社会的挽歌。所以,杨万里就说:"此诗忧唐祚将衰。"所谓的"夕阳无限好",仅仅是一种回光返照。同样是夕阳,在盛唐王之涣的笔下却具有昂扬向上的气势:"白日依山尽,黄河入海流。如穷千里目,更上一层楼。"许彦周曾说:"诗至李义山,为文章一厄。"那是冤枉了李商隐!在那样的时代,他根本不可能振作起来,甚至在刚考中进士时就已经产生了打退堂鼓的念头:"永忆江湖归白发,欲回天地入扁舟。"就是说,他也想力挽狂澜,但急流勇退的想法一直支配着他。更何况他写这首诗的时候,唐王朝已经处于"山雨欲来风满楼"的艰难困境。

乐游原

灞上秋居

马 戴

灞原风雨定①，晚见雁行频。
落叶他乡树，寒灯独夜人。
空园白露滴②，孤壁野僧邻。
寄卧郊扉久，何年致此身？

注：
① 灞原：即唐都长安东郊霸陵原。
② 空园：即作者所居之地。

【诵读导语】

马戴是曲阳（今江苏东海）人。因屡试不第，困守长安，寓居东郊霸陵原一寺院旁。和姚合、贾岛、无可等人交往甚密。这首诗是写"秋居"的，作者用风雨、雁行、落叶、寒灯、空园、孤壁，描绘出一幅凄凉冷寂的"寒原秋居图"。图中主人公科场失意之情呼之欲出。后来的崔涂模仿此诗中的"落叶他乡树，寒灯独夜人"二句，写出了"乱山残雪夜，孤独异乡人"的名句，并自称"孤独异乡人"。

灞上闲居

村 行

王禹偁

马穿山径菊初黄,信马悠悠野兴长①。
万壑有声含晚籁②,数峰无语立斜阳。
棠梨叶落胭脂色③,荞麦花开白雪香。
何事吟余忽惆怅,村桥原树似吾乡。

注:
① 信马:任凭马儿慢悠悠地走。
② 晚籁:傍晚时自然界的各种声响。
③ 棠梨:即山楂树。

【诵读导语】

北宋初年,王禹偁被贬为商州团练副使。他是宋代诗人中第一个写商州山水风光的诗人,商州的春色在他的笔下显得清爽恬淡:"两株桃杏映篱斜,妆点商山副使家。"这首诗写商山秋景,尤其是"万壑有声含晚籁,数峰无语立斜阳"一联,心与物化,思与境谐。"棠梨"二句,抓住商州深秋本色,颇有画境之美。

村行图(王禹偁画)

奇观篇

陕西是中国宗教文化的重要发源地。

老子入关后，在终南山楼观设坛讲经，楼观台便成为中国道家思想的策源地和道教文化的开山祖庭。佛教于西汉末年传入东土，后秦姚兴时，鸠摩罗什在终南山下姚兴的逍遥园译经，长安成为佛教文化圣地。唐王朝实行文化思想开放政策，佛教得以迅速发展，先后出现了法门寺、大慈恩寺、兴教寺、香积寺、大兴善寺、青龙寺等著名佛教寺院。据不完全统计，唐时，长安城内有佛寺100多座，道观60余座。宗教文化的繁荣，给唐代诗歌的发展提供了新的艺术思维领域。

唐代诗人中，不接触佛门和道观的人很少。对宗教文化的认同心理使得他们可暂时获得心灵的慰藉。即便是那些汲汲于名利的士人，在佛寺或道观中也会变得超凡脱俗。因此，唐人把接触宗教看作是一种文化人格上的时髦。因为他们有时候也喜欢佛门的静寂或道家的超脱，如开元名相张九龄游览青龙寺时，就写下了"奋翼笼中鸟，归心海上鸥"这样的诗句；大历诗人钱起在仕途受挫时，也到青龙寺散心，不过他并没有堕入空门，而是"遥想青云丞相府，何时开阁引书生"？

韩愈反对唐宪宗把法门寺的佛骨迎入皇宫供奉，可是在日常生活中韩愈却经常光顾佛寺，并且留有诗作。只有笃信佛教的王维有时在诗中才说一些与宗教有关的内行话："山河天眼里，世界法身中"，其他人多是逢场作戏。另外，有些家境贫寒的举子，在准备进士考试前，多寄身寺院，温习功课。诗人郑虔的诗、书、画被唐玄宗誉为"三绝"。而他的书画功底就是在大慈恩寺里用柿树叶练成的。

因此，对文人来说，对宗教的趋慕有时候可以起到净化心灵的作用，就像苏辙说的："多病则与学道者宜，多难则与学禅者宜。"通过这类诗，我们可以看到唐代诗人人格的另一面。

同诸公登慈恩寺塔[1]

杜 甫

高标跨苍穹[2],烈风无时休。
自非旷士怀[3],登兹翻百忧。
方知象教力[4],足可追冥搜。
仰穿龙蛇窟,始出枝撑幽。
七星在北户,河汉声西流[5]。
羲和鞭白日,少昊行清秋[6]。
秦山忽破碎,泾渭不可求。
俯视但一气,焉能辨皇州?
回首叫虞舜,苍梧云正愁。
惜哉瑶池饮,日晏昆仑丘[7]。
黄鹄去不息,哀鸣何所投?
君看随阳雁,各有稻粱谋。

【诵读导语】

唐人登临慈恩寺塔的诗不少。但是,作"气象语"(写景)者多,作"性情语"(抒怀)者少。和杜甫一起登塔的高适、岑参、储光羲等人的作品不能说没有一点儿"性情语",但和杜甫相比,终觉稍逊一筹。这不但是艺术功力的差距,更显出人生抱负的差异。所以,程千帆就说:他们都登上了慈恩寺塔的最高层,但却站在不同的历史高度。在五个人中,杜甫的这首诗被称为"雄浑悲壮,凌跨百代"的杰作。原因是他具有纵观今古、俯瞰天下的广阔襟怀。比如,同样是对时局有所忧虑,岑参的态度是:"誓将挂冠去,觉道资无穷";杜甫则是:"回首叫虞舜,苍梧云正愁"!率意的退避和沉重的人生执着显示了二人不同的胸襟抱负。

注:

[1] 诸公:指高适、岑参、储光羲、薛据。慈恩寺:唐高宗为太子时为追怀其母文德皇后所建造的寺院。其塔相传为玄奘所建。

[2] 高标:指慈恩寺塔。

[3] 旷士:襟怀超脱的人。

[4] 象教:佛教。

[5] "七星"二句:意谓登上慈恩寺塔,北斗七星就在北窗外,从西窗可以听见银河流淌的声音。西流:指节令到了秋天。

[6] "羲和"二句:神话传说,羲和是给太阳赶车的神。少昊:司秋之神。

[7] "惜哉"二句:用西王母宴请周穆王影射唐玄宗和杨贵妃在骊山温泉宫饮宴。

大慈恩寺

题荐福寺衡岳暕师房[1]

韩翃

春城乞食还[2],高论此中闲。
僧腊阶前树[3],禅心江上山。
疏帘看雪卷,深户映花关。
晚送门人去,钟声杳霭间。

【诵读导语】

这是一首颇带禅意的诗。它不粘滞于物,追求象外之趣,色外之艳。如第二联"僧腊阶前树,禅心江上山",情外有情,景外有景。只可静思,难以言传。而"疏帘看雪卷,深户映花关",恰如其分地暗合了"高论此中闲"的"闲"字。读之令人神超物外。

注:
① 荐福寺:在长安城安仁坊。今小雁塔为荐福寺的塔院,寺院在其北面。
② 春城:长安城。
③ 僧腊:僧人之年称腊。意谓暕师为僧岁月很久。

荐福寺塔院

寻西明寺僧不在[1]

元 稹

春来日日到西林，飞锡经行不可寻[2]。
莲池旧是无波水[3]，莫逐狂风起浪心。

【诵读导语】

元稹在长安时，喜欢去两个地方，一是杏园，一是西明寺。西明寺是长安城内比较有名的寺院。这座寺院，春有牡丹，夏有荷花，风景优美。据说鉴真东渡日本时曾随身带有一幅西明寺图。他到奈良后，按照西明寺的建筑式样修建了唐招提寺。元稹游佛寺，很少涉及佛理禅趣。比如他的《西明寺牡丹》："花向琉璃地上生，光风炫转紫云英。自从天女盘中见，直至今朝眼更明。"天女散花的典故在诗中并不代表佛力无边，而是赞美西明寺的牡丹艳丽无比。这首《寻西明寺僧不在》，甚至对寺僧有点不恭。他说，作为僧人，可以云游四方，但是，要能抵御红尘干扰，"莫逐狂风起浪心"！可以看出，他和这位僧人关系很好，所以才敢开这样的玩笑。

注：
① 西明寺：在长安城延康坊，即今白庙村一带。原为隋朝权臣杨素住宅。入唐后为唐太宗的儿子魏王泰宅。泰死，立为寺。
② 飞锡：佛教语。僧人外出，常持锡杖。故称僧人外出云游为飞锡。
③ 旧是：本应是。

奈良唐招提寺

题兴善寺后池[1]

卢 纶

隔窗栖白鹤，似与镜湖邻。
月照何年树，花逢几世人[2]。
岸莎青有路，苔径绿无尘。
永愿容依止[3]，僧中老此身。

【诵读导语】

兴善寺是长安城中规模比较大的寺院之一。它位于长安城中轴线朱雀大街之东、从朱雀门向南第五坊。隋朝修建新都时，经测算，此地处于"九五贵位"，常人不能居住，于是以全坊之地修建佛寺。其南界即今兴善寺西街，北至西安音乐学院北围墙。占地面积近30万平米，其建筑规模居京城之冠，是中国佛教密宗的发源地。卢纶的这首诗仅仅写了该寺北院的"后池"。从诗人的描写中，可以看到这里莎草青青，绿苔铺径，碧水白鹭，自然环境宁静优美。至于诗人说他自己愿"僧中老此身"，也仅仅是一种逢场作戏罢了，并非真的要出家为僧。

注：
[1] 兴善寺：在长安城靖善坊。
[2] "月照"二句：意谓此寺历史悠久。兴善寺始建于晋武帝（265—290）时。原名遵善寺，隋文帝时改名大兴善寺。
[3] 容依：悠闲。

大兴善寺山门

题青龙寺[1]

张　祜

二十年沉沧海间，一游京国也应闲。
人人尽到求名处[2]，独向青龙寺看山。

【诵读导语】

　　唐代诗人喜欢游览佛寺、道观。这倒不是他们追求佛门的静寂或道家的超脱，而是为了获取心灵的暂时安顿。张祜的这首诗即属此类。唐文宗大和五年，天平军节度使令狐楚推荐张祜入京，结果一事无成。《京城寓怀》诗说："三十年持一钓竿，偶随书荐入长安。由来不是求名者，惟待春风看牡丹。"这是"求名"失败后的自我掩饰：我本来就不是"求名"的人。既然别人推荐，我就只好到长安走一趟。看完长安牡丹，我就会离开。这首《题青龙寺》应写于同时。作者先说自己多年隐于沧海，"游京国"是为了求取功名，结果依旧是一个"闲人"。"也应闲"的"应"字，饱含着很多难言的苦衷。所以，当别人还在为名利奔走时，自己独自登上青龙寺，看看终南山色，消散一下心中的不快。

注：
[1] 天平军节度使令狐楚推荐张祜进京。据说受到元稹的压制，遂不得志。因有此作。
[2] 求名处：指奔走于达官显宦之间。

青龙寺

幸华严寺[1]

唐宣宗

云散晴山几万重[2]，烟收春色更冲融[3]。
帐殿出空登碧汉，遐川俯望色蓝笼[4]。
林光入户低韶景，岭气通霄展霁风。
今日追游何所似？莫惭汉武赏汾中[5]。

注：

[1] 华严寺：在今西安市长安韦曲东南、少陵原畔。居高临下，俯瞰樊川，为唐长安城南樊川八大寺院之一。
[2] 晴山：指雨后的终南山。
[3] 冲融：即融和。
[4] 遐川：指流经樊川的潏水。
[5] 汉武赏汾中：元鼎四年，汉武帝到河东汾阴祭祀后土，然后在汾河泛舟，并作了著名的《秋风辞》。唐宣宗的这首诗虽然比不上汉高祖的《大风歌》，也不失为一首意气风发的佳作。

【诵读导语】

华严寺在长安城南韦曲与杜曲之间的少陵原畔，是佛教华严宗的著名寺院。在唐代帝王中，唐宣宗的诗写得比较好。比如《吊白居易》，用四句诗对白居易的人格与诗风做了很客观的评价："浮云不系名居易，造化无为字乐天。童子解吟长恨曲，胡儿能唱琵琶篇。"他和香严闲禅师有一首联句诗："千岩万壑不辞劳，远看方知出处高。溪涧岂能留得住，终归大海作波涛。"前两句是禅师写的，后两句是唐宣宗接续的。禅师从"出处高"评说溪流，强调了地位的重要性；唐宣宗却从追求远大目标的角度赞美溪涧不安于现状，具有很强的震撼力！这首《幸华严寺》，摆脱了见佛礼佛、逢道尊道的传统写法，描绘了华严寺的自然风光。诗的结尾又把自己登临华严寺的感受同汉武帝泛舟汾河相比，似有舍熊掌而取鱼之嫌。

华严寺

题石瓮寺[1]

王 建

青崖白石夹城东[2],泉脉钟声内里通。
地压龙蛇山色别[3],屋连宫殿匠名同[4]。
檐灯经夏纱笼黑,溪叶先秋腊树红。
天子亲题诗总在[5],画扉长锁壁龛中[6]。

【诵读导语】

石瓮寺在华清宫东面的山谷中,特殊的地理位置使其成为开元天宝时期著名寺院,唐玄宗的题诗和王维的山水壁画更提升了该寺的文化品位。王建的这首诗当是他任昭应县丞时留下的,诗中的神话故事印证了当地的民间传说,从而给石瓮寺蒙上了一层神秘的色彩。

注:

[1] 石瓮寺:在骊山东绣岭石鱼岩下。飞流而下的瀑布把谷中的一块巨石冲击成瓮状。故称其谷为石瓮谷,寺为石瓮寺。

[2] 夹城东:即唐长城东城有复道,称"夹城"。

[3] "地压"句:传说女娲在骊山炼石补天后,又制服了骊山的龙蛇猛兽,使先民们得以免遭其害。石瓮寺附近的红土沟,颜色与其他地方不同,据说是女娲炼石补天时烧红的。

[4] "屋连"句:意谓石瓮寺紧挨着华清宫,其建筑式样和华清宫相同。唐玄宗开元初期用扩建华清宫的剩余建筑材料维修、扩建了石瓮谷原来的福崖寺。竣工后,唐玄宗亲自署名石瓮寺。

[5] "天子"句:指唐玄宗在石瓮寺的红楼中题写的三首诗,见晚唐诗人郑嵎《津阳门诗》中作者自注。

[6] 画扉:指王维在红楼两壁上所绘制的山水画。

石瓮寺

送无可上人[1]

贾 岛

圭峰霁色新[2]，送此草堂人[3]。
麈尾同离寺[4]，蛩鸣暂别亲[5]。
独行潭底影，数栖树边身。
终有烟霞约，天台作近邻[6]。

【诵读导语】

贾岛年轻时曾和堂弟一同出家为僧，法名无本，后还俗。而其堂弟无可上人曾云游至京郊鄠县草堂寺。从送别的角度看，因为被送人的身份是"上人"，所以不牵扯凡俗之情，而是以写草堂寺的环境和无可上人为主。结尾的"烟霞约"恐怕和圭峰深处的云际寺有关，并不是作者和无可相约，而是说无可常常往返于草堂寺和云际寺。诗的第三联据说先有出句"独行潭底影"，苦难属对。久之，以"数栖树边身"为对。故作者特意在这两句诗的后面作了一条注释："'二句三年得，一吟双泪流。知音如不赏，归卧故山丘'。"宋人魏泰则说："不知此二句有何难道，至于'三年'始成，而'一吟'泪下也？"明朝的谢榛对此做了回答："虽曰自惜，实自许也。"平心而论，作者之所以"自许"这一联，因为这一联确实词义闲雅，颇有幽致。

注：
[1] 无可：贾岛堂弟。
[2] 圭峰：在陕西户县东南紫阁峰东。圭峰山北麓即草堂寺。
[3] 草堂人：即在草堂寺出家的无可上人。
[4] 麈尾：古人闲谈时执以驱虫、掸尘的一种工具。至魏晋清谈时必执麈尾，相沿成习，为名流雅器，不谈时，也常执在手，以示雅致。
[5] 蛩：蟋蟀。
[6] 天台：《黄庭经注》云，天中之岳为天台。故此诗中指处于天中的终南山。草堂寺在其北不远处。故云"作近邻"。

草堂寺山门

过香积寺[1]

王 维

不知香积寺,数里入云峰。
古木无人径,深山何处钟。
泉声咽危石,日色冷青松。
薄暮空潭曲,安禅制毒龙[2]。

【诵读导语】

王维的诗中,关于寺院的诗都要涉及到佛理。这和他的佛教信仰有直接关系。这首诗写他探访香积寺,从寺外幽静落笔,结尾赞美佛法无边。中间两联把香积寺的深僻幽静写得入微入妙,很容易使人联想到常建的《题破山寺后禅院》中的"曲径通幽处,禅房花木深。山光悦鸟性,潭影空人心"。据说唐玄宗天宝年间编选《河岳英灵集》的殷璠很欣赏常建的这首诗,并把它置于卷首。其实,王维的这首诗更显得幽奇深秀。

注:

① 过:寻访,游览。香积寺:佛教净土宗寺院,唐长安周围有两座香积寺,一在今西安市长安区神禾原西、潏水与滈水汇合处;一在今咸阳市礼泉县九嵕山南麻池。宋敏求《长安志图 唐昭陵图》:"菩提寺在麻池之下,与香积寺近。"今已不存。据诗意,王维的这首诗应当是写昭陵附近的香积寺。

② "安禅"句:佛教故事,有一毒龙,潜了潭中,屡屡伤人。有一高僧用佛法迫使其离潭而去,不再害人。

过香积寺

题悟真寺[1]

卢 纶

万峰交掩一峰开,晓色常从天上来。
似到西方诸佛国,莲花影里数楼台。

注:
[1] 悟真寺:在今蓝田县东南王顺山。

【诵读导语】

悟真寺在蓝田境内,坐落于商於古道边。该寺分为上寺和下寺。上寺在王顺山山腰,下寺在山麓,是佛教净土宗的祖庭。王维称赞该寺处于黄金、白玉之地;钱起偶至该寺,便被其景致所迷,称其为佛门绝佳之灵境。白居易《游悟真寺诗》在描绘该寺建筑时说:"房廊与台殿,高下随峰峦。"北宋初,诗人苏舜钦游览关中时,写了长篇古诗《蓝田悟真寺作》,对悟真寺的风光大加赞美!由于该寺临近官道,所以,凡是行经此路的诗人几乎都要在此游览。张籍因公务在身,途经悟真寺而不能游览,就感到很遗憾:"无端来去骑官马,寸步教身不得游。"看来"官马"不能私用!卢纶的这首诗从整体上描绘了悟真寺的风光,结尾一句"莲花影里数楼台"既描绘了悟真寺建筑规模宏大,又给该寺蒙上了一层神秘的佛光。

悟真寺

法雄寺东楼[1]

张　籍

汾阳旧宅今为寺[2],犹有当时歌舞楼。
四十年来车马绝[3],古槐深巷暮蝉愁。

【诵读导语】

唐代高级官员去世后,子嗣有时将宅第舍为寺院或上缴朝廷。郭子仪乃四朝元老,又是唐室再造的元勋。德宗呼其为"尚父"。《新唐书》称其"权倾天下而朝不忌,功盖一世而上不疑,侈穷人欲而议者不之贬"。至于其身后舍宅第为佛寺之事,不见于史书记载。郭子仪去世时,张籍十余岁;作此诗时,五十多岁。他说"汾阳旧宅今为寺",应该是事出有因,故而此诗或可补史书之阙。而张籍在诗中之所以要说"古槐深巷暮蝉愁",是有感于郭子仪在世时能力平内乱外患,而张籍所处的时代朝廷内部党争愈演愈烈,各地藩镇又拥兵自重,所以盼望能有一位挽救危局的人出来整治混乱局面。

注:
[1] 法雄寺:原为郭子仪在亲仁坊的宅第。郭子仪去世后,舍为佛寺。
[2] 汾阳:唐肃宗封郭子仪为汾阳郡王。
[3] 郭子仪卒于唐德宗建中二年(781)。40年后,当为唐穆宗长庆初年。

郭子仪园林遗址

夜投丰德寺谒液上人[①]

卢 纶

半夜中峰有磬声，偶遇樵者问山名。
上方月晓闻僧语[②]，下路林疏见客行。
野鹤巢边松最老，毒龙潜处水偏清。
愿得远公知姓字[③]，焚香洗钵过浮生。

注：
① 丰德寺：在今西安市长安丰峪口东半山腰。该寺始建于唐高宗永徽年间，为佛教律宗古刹。著名高僧道宣曾在此宣讲律学。
② 上方：即天上。
③ 远公：晋朝庐山东林寺高僧惠远人称远公。诗中代指液上人。

【诵读导语】

唐玄宗天宝年间，卢纶因屡试不第，久困长安，时时往来于周至旧居和终南别业。此诗为夜间投宿丰德寺而作。前四句写夜投丰德寺，后四句写拜谒液上人。"上方"一句，写山寺之高，措意深密，与苏颋诗"宫中下见南山尽，城上平临北斗悬"，写长安城阙之高如出一辙。后来的元稹也有相似之句："星河似向檐前落，鼓角惊从地底回。"值得玩味。本诗结尾说自己愿意"焚香洗钵过浮生"，恐怕并非逢场作戏之语。此后不久，安史之乱爆发，诗人避难而离开长安。

丰德寺山门

玉真公主歌二首（选一）

高 适

常言龙德本天仙，谁谓仙人每学仙[①]。
更道玄元指李日，多于王母种桃年[②]。

注：
① "常言"二句：意谓玉真公主本来就是龙种。龙种就是神仙。想不到本来就像神仙一样的人还要学神仙。
② 更道：还说，又说。玄元：即老子。指李：即指李树为姓。种桃年：传说王母所种仙桃三千年开花，三千年结果。此二句意谓老子指李为姓的岁月比王母种桃的历史还要长。

【诵读导语】

玉真公主是唐玄宗的妹妹，她是开元天宝时期道教界举足轻重的人物。不仅在长安皇城承天门大街西门（安福门）外（今西安市玉祥门盘道西南）有玉真女冠观，楼观台和华山也有专门供她使用的道观。李白在《玉真仙人词》中就对玉真公主大加颂扬。高适对道教不像李白那样热衷，所以，他才说玉真公主本来就是神一样的人物，不用修仙就已经是神仙了，更何况你的先祖就是三千年前的太上玄元皇帝。仔细品味，似乎毁誉参半。

玉真公主像

玉真观[1]

张 籍

台殿曾为贵主家[2],春风吹尽竹窗纱。
院中仙女修香火[3],不许闲人入看花。

注:
[1] 玉真观:原本是工部尚书窦诞宅第。武后时为崇先府。后被玉真公主立为道观,因此以玉真为观名。玉真观遗址在今西安市玉祥门盘道西南隅。
[2] 贵主:即玉真公主。她是唐睿宗的第十个女儿,是唐玄宗的妹妹。
[3] 仙女:指观中的女冠。

【诵读导语】

玉真公主和金仙公主虽身世显贵。但玉真公主出家为女冠后,曾多次上书,要求玄宗去其封号,玄宗未许。后来,她又把自家全部财产献出。代宗宝应初,玉真公主去世,其道观依旧香火旺盛。但有一条规定:禁止闲人进入道观。相比之下,她的姐姐金仙公主名声不好。她的道观和玉真公主的道观同在辅兴坊。她在东,玉真在西,南临承天门外西大街。金仙公主奉方士史崇玄为师。而史崇玄又谄事太平公主。金仙公主修建金仙观时,史为总监,每日动用民工近万人,声势浩大。京城的一些和尚很嫉妒,就花钱买通一个"狂人",一路狂奔,进入太极殿,自称天子。经审讯,他说是史崇玄派他这样干的。太平公主败,史被处死。金仙虽然没有受到处分,但其声望远不如玉真公主。

玉真观

过玉真公主影殿[1]

卢 纶

夕照临窗起暗尘，青松绕殿不知春。
君看白发诵经者，半是宫中歌舞人[2]。

【诵读导语】

这首诗，看似咏玉真公主影殿，实际上是为那些先为宫女、后被送入道观为女冠的女子鸣不平。唐时，凡是被选入宫中的女子，能够重新返回民间的人少而又少。她们中的绝大多数人不是被送入尼寺，就是被送进道观。所谓"玉真公主影殿"，实际上就是玉真公主"纪念馆"。作为皇帝的近亲，在她身后还要有人为其服务。而这些人多半是年轻时在宫中供奉的歌姬舞女。当年的歌舞是为了取悦帝王，而白发诵经，又是为了纪念死去的贵主。诗人的悲愤，全在诗的后两句。

注：
① 影殿：供奉玉真公主塑像的道观。
② 宫中歌舞人：皇帝后宫中的宫女。

古昭亭

元和十一年自朗州召至京戏赠看花诸君子

刘禹锡

紫陌红尘拂面来①,无人不道看花回。
玄都观里桃千树②,尽是刘郎去后栽。

注:
① 紫陌:指京城大道。
② 玄都观:长安著名道观。在崇业坊内,东与靖善坊的大兴善寺隔朱雀大街相望。
② 刘郎:一语双关,既用汉代刘晨入天台山采药遇仙女故事,又是作者自称。

【诵读导语】

长安城的文人雅士有春日赏花的闲情逸致。可是,对刘禹锡来说,赏花却和他的政治命运联系在一起。刘禹锡因参与永贞革新被贬为朗州司马。十年后被召还。当时正值春暖花开。满大街的人都去玄都观看桃花,于是他就写了这首诗。前二句写看花,后二句说玄都观的桃花都是他离开长安后栽的。说者无心,听者有意。这首诗被认为是讥刺那些朝中新贵都是靠打击永贞党人才攀上高位的。此后,他去拜见宰相李逢吉,问起自己的职务安排时,李逢吉说:"近者新诗,未免为累。奈何?"话说得很清楚:你写的那首诗,恐怕对你不利!不久,他再次被迫离开长安出任连州刺史。

桃花

再游玄都观（并引）

余贞元二十一年为屯田员外郎时，此观未有花。是岁出牧连州，寻贬朗州司马。居十年，召至京师。人人皆言有道士手植仙桃，满观如红霞。遂有前篇以志一时之事。旋又出牧，今十有四年，复为主客郎中。重游玄都观，荡然无复一树，唯兔葵燕麦动摇于春风耳。因再题二十八字，以俟后游。时大和二年三月。

刘禹锡

百亩庭中半是苔，桃花净尽菜花开①。
种桃道士归何处，前度刘郎今又来②。

注：
① 桃花净尽：没有一棵桃树了。
② 前度：前一次。

【诵读导语】

刘禹锡于元和十一年出任连州刺史后，一共在外任职十三年。十三年后，他又回到长安。这一次，他有意识地再游玄都观，并留下了这首诗。从诗前的"引"（序）文可以看出，刘禹锡第一次因诗遭贬离开长安时，玄都观里确实没有桃花。因此，前一首诗中的"玄都观里桃千树，尽是刘郎去后栽"只是写实，不是"语涉讥刺"。只是由于新贵们做贼心虚，才给刘禹锡强加了"语涉讥刺"的"罪名"。而这一次写《再游玄都观》时，诗人也就无所避讳，以一个胜利者的姿态讽刺政坛上那些昙花一现的执政者："种桃道士归何处，前度刘郎今又来。"他的这种桀骜不驯的个性被白居易赞许为"诗豪"。当时的宰相裴度惜其才，欲令其知制诰。可是，有人又把这首《再游玄都观》诗及"引"报告给唐文宗，文宗不悦，仅授其礼部郎中。不久，裴度罢相，刘禹锡也被"分司东都"，离开了京城。因为两首诗而断送了一生中二十多年的宝贵时光，在整个唐代也只有刘禹锡一人！他的名联"沉舟侧畔千帆过，病树前头万木春"不只是安慰白居易，更是他雄豪爽朗人格的体现。

玄都观

玄都观桃花

元好问

前度刘郎复阮郎，玄都观里醉红芳①。
非关小雨能留客，自是桃花要洗妆。
人世难逢开口笑②，老夫聊发少年狂③。
一杯尽吸东风了，明日新诗满晋阳④。

注：
① "前度"两句：用刘禹锡《再游玄都观》诗中"种桃道士归何处，前度刘郎今又来"句意。阮郎：即和刘晨同入天台山采药的阮肇。
② "人世"句：用晚唐诗人杜牧《九日齐山登高》中"尘世难逢开口笑"句意。
③ "老夫"句：出自苏轼《江城子 密州出猎》。
④ 晋阳：今山西太原。元好问是太原忻州人。此句意谓回故乡后，会有新诗回味长安之游。

【诵读导语】

元好问是金朝后期著名诗人兼诗论家。金朝灭亡后，他曾漫游关中。和乾县著名学者杨焕然诗酒唱和。这首诗仅有前两句和刘禹锡玄都观诗以及道教有关。道教文化和桃花关系很密切：传说中西王母曾手植仙桃；汉代阮肇刘晨入天台山采药时遇见仙女的地方也是在桃花林深处。人们常说的"桃花运"就与此有关。唐诗中常常出现的"桃花源"，绝大多数和道家、道教有关。这首诗从第三句起，诗人写自己游玄都观的感受。"非关小雨能留客，自是桃花要洗妆"，不说自己游玄都观遇雨，而说"桃花要洗妆"，尤觉新意倍出。

题仙游观①

韩翃

仙台下见五城楼②，风物凄凄宿雨收。
山色遥连秦树晚，砧声近报汉宫秋。
疏松影落空坛静，细草香闲小洞幽。
何用别寻方外去，人间亦自有丹丘③。

注：
① 仙游观：因诗中所写全是道家情事，疑即楼观台。而仙游寺为佛教寺院。
② 仙台：当指说经台。五城楼：即五城十二楼，为神仙府第。
③ 丹丘：海外神仙所居之地，那里没有黑夜。

【诵读导语】

这首诗，通体俱佳。首句总领起，颔联妙在"遥连"、"近报"，写足仙游观四外景致。颈联"疏松影落空坛静，细草香闲小洞幽"，被人誉为胜似一部《道经》的名联，充满了玄虚静谧色彩。结尾一收，赞美仙游观乃人间仙境。在唐人题咏仙游观的诗中，此诗堪为压卷之作。

楼 观[1]

苏 轼

鸟噪猿呼昼闭门，寂寥谁识古皇尊[2]。
青牛久已辞辕轭[3]，白鹤时来访子孙[4]。
山近朔风吹积雪，天寒落日淡孤村。
道人应怪游人众，汲尽阶前井水浑[5]。

【诵读导语】

苏轼任凤翔府签判时，曾遍游终南山名胜古迹。苏轼游楼观台时，宋太宗在楼观台附近所建的上清太平宫已使用多年。所以，时有游人信众来此游瞻。苏轼是一位把儒道佛融入自己文化人格的作家。为了学习道家文化，他在楼观台附近的太平宫还住了一段时间。在读了一些道家经典后，他写了一首《读道藏》，其中谈到自己的感悟时说："至人悟一言，道集由中虚。心闲反自照，皎皎如芙蕖。"意思是说：一个人只要时时反观自我，那么，他的心灵就会像出淤泥而不染的荷花那样纯洁。他有一首《留题仙游潭中兴寺》："清潭百尺皎无泥，山木阴阴谷鸟啼。蜀客曾游明月峡，秦人今在武陵溪。独攀书室窥岩窦，还访仙姝款石闺。犹有爱山心未至，不将双脚踏飞梯。"楼观周围的景色恍如世外仙境。他的诗文，既有庄子的自我张扬，又有老子的心平气和，这和他在楼观修道有直接关系。

注：
① 楼观：即楼观台。
② 古皇：指老子，唐朝尊其为玄元皇帝。
③ "青牛"句：意谓老子骑青牛入函谷关，而他久已成仙，青牛也已经很长时间没有拉车了。轭：牛马等牲畜拉东西时套在脖子上的护具。
④ "白鹤"句：用汉代丁令威化鹤升仙的故事。意谓楼观台的白鹤恐怕是丁令威的后裔。
⑤ "道人"二句：意谓到楼观台游览的游人很多。为了解渴，汲水时，把井里的水都搅浑了，连道士都感到吃惊。

楼观台

说经台[1]

何景明

西海何年去[2],南山万古存[3]。
风云留福地,星斗上天门。
有欲谁观妙[4],无为自觉尊[5]。
青牛不复返,空诵五千言[6]。

【诵读导语】

这首诗以说经台为中心,以简洁的语言阐说道家文化。作者赞誉的是道家思想中的"去欲"和"无为"。所谓"青牛不返",是作者有感于当时道家文化式微的现实而发的慨叹。

注:

① 说经台:道家胜迹,在今周至县楼观台。相传老子曾在此讲授《道德经》。
② 西海:华夏西部最遥远的地方。据说老子化胡曾至此。
③ 南山:即终南山。
④ "有欲"句:相传孔子曾问道于老子,老子说:"去子之欲。"意思是:你不去掉私欲,难观人生妙谛。即私欲太盛,难悟妙道。
⑤ "无为"句:老子主张无为而治。此句意谓不要刻意追求,就已经是最为尊贵的了。
⑥ 五千言:即《道德经》。

说经台

乐舞篇

音乐、舞蹈是人们日常生活中必不可少的娱乐项目,而且乐、舞又是一对互为映衬的孪生姊妹。秦始皇兵马俑出土的"乐府"钟说明秦王朝已经有了专门管理乐舞的中央机关"乐府"。据出土的汉代画像砖提供的资料,西汉时期乐舞已经很普遍。

随着社会的发展和域外文化的传入,唐代不仅有宫廷音乐、舞蹈,而且许多达官贵人也普遍"蓄伎",以供其娱乐享受。从开元名相韩休墓出土的壁画可以看出这种享乐风气的盛行。

以唐代宫廷文化为例,音乐分为雅乐和燕乐。雅乐多在朝廷盛典或宗庙祭祀时用钟、磬、丝、竹等乐器进行演奏。燕乐是在宴会上演奏的娱乐性乐曲。有时,这两者也相互融合。比如演奏《秦王破阵乐》时就有北方少数民族乐器。而唐玄宗时的著名法曲《霓裳羽衣曲》原是流行于西凉一带的民间舞曲,经宫廷乐师加工后成为宫廷音乐。据《旧唐书》记载,《秦王破阵乐》由128位少儿扮演武士进行表演,演出规模宏大,音乐旋律有很强的震撼力。而《霓裳羽衣舞》则是"天仙子"的单人独舞。杨玉环入宫时之所以演奏《霓裳羽衣曲》原因就在于玄宗把她比作神仙下凡。除了音乐、舞蹈,唐时又出现了歌曲演唱,而且演唱的歌词多是当时诗人的著名诗篇。《集异记》载:王昌龄、高适、王之涣同饮旗亭。有伶官并伎数辈续至。昌龄等私约:视诸伶所讴,若为己诗者,各画壁记之。俄而高适得一,昌龄得二,独遗之涣。涣指诸伎中最佳者一人曰:"如所唱非我诗,即不敢与诸君争衡。"此伎果唱"黄河远上白云间",正之涣得意之作。从这则记载可以看出歌舞在唐人生活中已经很普及。尤其是唐玄宗时期,出现了著名歌唱家李龟年、李鹤年,中唐时又有米嘉荣、何戡以及著名箜篌演奏家李凭等。而由王维的七绝《送元二使安西》改编的《阳关三叠》直到宋代依旧享誉歌坛。

除了乐舞,唐代京城长安还出现了"杂技"。从盛唐到中唐,历久不衰。这在唐人的诗歌中多有描绘。而燕姬、赵舞、西凉伎、胡旋舞也纷纷传入长安,给唐代的乐舞文化增添了新的活力。

凯乐歌辞[1]

破阵乐

受律辞元首[2],相将讨叛臣。
咸歌破阵乐,共享太平人。

应圣期

圣德期昌运,雍熙万宇清[3]。
乾坤资化育,海岳共休明[4]。
辟土欣耕稼,销戈遂偃兵[5]。
殊方歌帝泽,执贽贺升平[6]。

贺圣欢

四海皇风被,千年德水清[7]。
戎衣更不著,今日告功成。

君臣同庆乐

主圣开昌历,臣忠奉大猷[8]。
君看偃革后,便是太平秋。

【诵读导语】

贞观元年,唐太宗宴请群臣,席间首次演奏《秦王破阵乐》。唐太宗对群臣说:"朕昔在藩,屡有征讨。世间遂有此乐。岂意今日登于雅乐,示不忘于本。"封德彝即刻奉迎说:"陛下立极安人,功成化定,陈乐象德,实弘济之盛烈,为将来之壮观。"唐太宗却马上纠正说:"朕虽以武功定天下,终当以文德绥海内。"可见《秦王破阵乐》由最初出征时的军歌演变成唐王朝的"国歌",成为国家典礼上的"雅乐",而且由原来的两章,扩充为四章。演奏时,由128人披甲执锐伴舞。唐高宗时改名为《七德舞》。天宝以后,此曲渐趋衰微,而代之以《霓裳羽衣舞》。这标志着唐王朝从创业到繁荣发展的转变。

注:
① 秦王破阵乐:唐代雅乐。
②"受律"句:意谓接受军事任务。元首:指唐高祖。
③"雍熙"句:意谓天下清平和谐。
④ 休明:美好清明。
⑤ 偃兵:把武器收藏起来,停止战争。
⑥ 执贽:带着礼物。
⑦"四海"二句:意谓普天之下都沐浴着浩荡皇恩。
⑧ 猷:谋略。

秦王破阵乐

咏王大娘戴竿[1]

刘 晏

楼前百戏竞争新,唯有长竿妙入神。
谁谓绮罗翻有力[2],犹自嫌轻更着人[3]。

注:
[1] 这是一首咏杂技的诗。
[2] 谁谓:没想到。绮罗:指王大娘。翻:反而。
[3] 更着人:即在竿上还要再加一个人。

【诵读导语】

唐代的杂技表演多见于宫廷或上元夜。戴竿,即扛竿,将一长竹竿竖在人的肩上,另一人攀竿而上,并做出各种动作。诗中的王大娘是开元时教坊中的女艺人。中唐时,张祜入京,听坊间流传着关于戴竿的事,就写了一首《千秋乐》:"八月平时花萼楼,万方同乐奏千秋。倾城人看长竿出,一伎初成赵解愁。"八月初五是唐玄宗的生日。朝廷把这一天定为"千秋节"。而且每年都要在兴庆宫举行庆祝活动。刘晏诗中的"楼前",即兴庆宫中的花萼楼。诗中的"戴竿"者名叫"赵解愁"。看来,当时能表演顶竿杂技的不只是王大娘,而且还有一位赵解愁。关于刘晏的这首诗,《太平御览》说:"明皇御勤政楼,大张乐。时教坊有王大娘者,肩扛百尺竿,上置小山如仙山状,令小儿持绛节舞于其间。时刘晏方十岁,以神童为秘书省正字。帝召之,贵妃抱于膝上。令咏王大娘戴竿。晏应声而作。"刘晏即席作诗倒有可能。但说"贵妃抱(晏)于膝上"则是错误的。因为杨玉环当时只有八岁,比刘晏还小两岁。

戴竿倒立俑

李凭箜篌引

李 贺

吴丝蜀桐张高秋①,空山凝云颓不流②。
江娥啼竹素女愁③,李凭中国弹箜篌④。
昆山玉碎凤凰叫,芙蓉泣露香兰笑⑤。
十二门前融冷光⑥,二十三丝动紫皇⑦。
女娲炼石补天处,石破天惊逗秋雨。
梦入神山教神妪⑧,老鱼跳波瘦蛟舞。
吴质不眠倚桂树⑨,露脚斜飞湿寒兔。

注：
① 吴丝蜀桐：指箜篌。
② "空山"句：意谓弹奏出的乐曲响遏行云。
③ "江娥"句：意谓曲调幽怨感人。
④ 中国：即长安城中。
⑤ "昆山"二句：描绘乐曲弦律变化。
⑥ 十二门：长安城四面,每面各三门,共十二门。
⑦ 紫皇：天帝和皇帝。
⑧ 神妪：仙人名,善弹箜篌。
⑨ 吴质：即吴刚。因违犯天规,天帝罚他在月宫砍桂树。据说斧头砍下时,仅有一道印痕。拔出斧头时,裂纹就自动愈合。所以,他就永远砍不倒桂树。

【诵读导语】

箜篌是中国传统的乐器。李贺的这首诗描绘了李凭高超的弹箜篌技艺。在唐诗中,这首诗和韩愈的《听颖师弹琴》及白居易的《琵琶行》被誉为"摹写声音至文"。音乐属于听觉艺术,它的情感旋律是靠人的听觉去感受的。但是,李贺的这首诗却运用了多种形象描绘出了乐曲的情态。比如"昆山"句,描绘旋律清脆；"芙蓉"句,描绘旋律寂寥；"十二门"二句,描绘旋律激昂澎湃；"女娲"二句,描绘旋律由激昂澎湃转入续断、哽咽；"老鱼跳波",描绘弹拨低音部所形成的宛如水流的哗哗声；结尾两句,用吴刚不眠、玉兔弹露描绘渐趋平静而又时有弹拨的旋律,形成余音袅袅的效果。出神入幽,不落常套。

抚琴图

与歌者何戡

刘禹锡

二十余年别帝京,重闻天乐不胜情[1]。
旧人唯有何戡在[2],更与殷勤唱渭城[3]。

【诵读导语】

从"二十余年别帝京"一句,可以断定这首诗写于唐文宗大和二年、刘禹锡再入长安任礼部郎中时。既在宫中,当然可以欣赏"天乐",也就是供皇帝欣赏的歌曲。听完歌,刘禹锡感慨丛生,写了这首诗赠给演唱者何戡。从"旧人唯有何戡在"一句可以看出,作者贞元、永贞时的朋友都已先后谢世,唯有何戡还在。而何戡的拿手歌曲是《渭城曲》,他之所以要何戡再唱一首《渭城曲》,也是为了不忘那段不堪回首的岁月。这就是人们常说的:在情感极其伤痛的时候,听一曲幽怨低沉的乐曲,可以获得情感的平衡。

注:
[1] 天乐:何戡是在宫廷唱歌,故称其所唱歌曲为天乐。不胜情:即百感交集。
[2] 旧人:指贞元及永贞革新时的朋友。
[3] 渭城:即王维的《送元二使安西》。该诗问世后,即被谱曲演唱,名《渭城曲》,亦名《阳关三叠》。

与歌者米嘉荣

刘禹锡

唱得凉州意外声[1],旧人唯数米嘉荣。
近来时世轻先辈[2],好染髭须事后生[3]。

【诵读导语】

米嘉荣是当时著名的歌唱家,他以演唱西部民歌著称于歌坛。这首诗的核心是第三句"近来时世轻先辈",作者批评当时趋炎附势的社会风气。从"轻先辈"的角度说,作者也和米嘉荣一样,在被轻视之列。但结尾一句又提醒米嘉荣:你为了生计,还是把已经花白的须发染黑吧。这样一来,那些春风得意的"后生"们就会让你登台演出了。有人说刘禹锡要"染髭须事后生",这不符合刘禹锡刚直不阿的个性。

注:
[1] 唱得:能唱。凉州:即凉州词,或凉州一带的民歌。意外声:别人唱不出来的那种格调。
[2] 时世:即社会风气。
[3] 事:迎合,奉迎。

听旧宫中乐人穆氏唱歌

刘禹锡

曾随织女渡天河[①],记得云间第一歌[②]。
休唱贞元供奉曲[③],当时朝士已无多。

【诵读导语】

穆氏曾经是宫中的歌伎,后来流落到民间,但她依旧靠演唱谋生。从首句的"渡天河"三字可知:长安七夕之夜,不仅搭建乞巧楼比赛穿针,而且还搭建有象征银河鹊桥的舞台,举行演唱会。穆氏就曾经在鹊桥上演唱过有关牛郎织女的歌曲。这一点,刘禹锡记忆犹新。所以,当穆氏演唱贞元时供奉德宗的歌曲时,作者建议她不要唱。原因是,贞元朝士现在已经没有几个人了。可见作者在听了当年的"供奉曲"时,他的心情确实是激动不已。这才建议穆氏不要再唱了。作者不说"无"贞元朝士,而说"无多",显然是指自己作为贞元朝士中的一元还活着。

注:
① "曾随"句:意谓穆氏所唱歌曲是有关牛郎织女的。
② "记得"句:意谓其歌声悠扬,直上九霄。
③ 供奉曲:专门在皇宫演唱的歌曲。

七夕鹊桥会(国画)

赠李司空伎[1]

刘禹锡

高髻云鬟宫样妆,春风一曲杜韦娘[2]。
司空见惯浑闲事[3],断尽苏州刺史肠[4]。

注:
[1] 李司空:即李绅。
[2] 杜韦娘:原为歌伎名,后演变为歌曲名,其调哀怨忧伤。
[3] 浑闲事:平常事。浑:即同。
[4] 苏州刺史:刘禹锡曾担任过苏州刺史。

唐·高髻云鬟图

【诵读导语】

关于这首诗,有一段歌坛轶事。《本事诗》记载:李绅罢宣武军节度使,在京闲居。刘禹锡也因和州刺史秩满回到长安。李绅仰慕刘禹锡,邀请他至府第饮宴。席间,李绅让他家的歌伎出来唱歌助兴。刘禹锡即席赋诗。李绅读后,竟以歌伎相赠。那么,李绅为何要把自己的歌伎赠给刘禹锡呢?原因就在于李绅品味出了这首诗的第三句"司空见惯浑闲事"所隐藏的话外音。刘禹锡的意思是说:像这位歌伎的歌喉你李司空是见得多了,可是,我听了她的歌简直要肝肠断绝了。言外之意就是:我是她的知音。这种事在南宋时也发生过。著名词人姜夔从合肥探亲,路过苏州时,去拜访范成大。时值隆冬腊月,梅花怒放,姜夔填了两首词:《暗香》《疏影》。范成大让家伎小红演唱。席间,姜夔数目小红。范成大明白其意。临别时就把小红送给姜夔。为此,姜夔写了《过垂虹》:"自作新词韵最娇,小红低唱我吹箫。曲终过尽松陵路,回首烟波十四桥。"

园林篇

陕西是中国园林文化的发祥地之一。西安市长安区灵沼乡的"灵囿"就是周文王时的"天子园林"。

汉武帝时的上林苑开创了华夏皇家园林文化之先河。它坐落在长安城南、终南山北麓。东起蓝田，西至周至，方圆数百里。而且又修建长杨宫，构成"园中园"的格局。司马相如的《上林赋》是华夏园林史上写皇家园林的第一篇。它虽然描写的是上林苑的雄奇壮美，却彰显了汉王朝国力的强盛。人们常说的"八水绕长安"就出自这篇宏文巨制。

随着物质文明的发展，园林成为中国山水文化的重要组成部分。园林别业则是皇家园林文化向民间的延伸和发展。它把人与自然的和谐关系上升到艺术审美的高度。从而使山水文化成为中国传统文化中历久弥新的人文精神的载体。

唐代长安的园林别业主要集中在长安城南、樊川、韦杜、终南山北麓以及灞上、蓝田等地。以皇家园林著称于后世的则有曲江池中的芙蓉苑，而城西南的昆明池、㵲陂湖则是文人士子的游乐天地。可以说，以长安为中心的园林别业既藉帝都之天时，又得关中山川形胜之地利。陕西的这一文化优势令人羡慕不已。北宋的张舜民就曾对关中一带"泉石占胜，布满川陆"的人文佳境赞不绝口！

历史是凝固了的现实。不管是皇家的苑囿，还是客观的自然山水，抑或是先朝的遗存，在历代文人笔下呈现出不同的时代风貌。透过这些作品，我们可以感受到盛世山水文化带给人们的怡悦，也可以感受到时移代变的沧桑。陕西的文化底蕴在这类诗歌中得到充分的体现！

丽人行

杜 甫

三月三日天气新[1]，长安水边多丽人。
态浓意远淑且真[2]，肌理细腻骨肉匀。
绣罗衣裳照暮春，蹙金孔雀银麒麟[3]。
头上何所有？翠为匌叶垂鬓唇[4]。
背后何所见？珠压腰衱稳称身[5]。
就中云幕椒房亲，赐名大国虢与秦[6]。
紫驼之峰出翠釜，水晶之盘行素鳞。
犀箸厌饫久未下[7]，鸾刀缕切空纷纶。
黄门飞鞚不动尘[8]，御厨络绎送八珍。
箫鼓哀吟感鬼神，宾从杂遝实要津。
后来鞍马何逡巡？当轩下马入锦茵[9]。
杨花雪落覆白蘋[10]，青鸟飞去衔红巾。
炙手可热势绝伦，慎莫近前丞相嗔。

注：

① 三月三日：即上巳节。水边，指唐长安城东南的曲江池、芙蓉苑。
② 淑且真：美丽而又自然大方。
③ "绣罗"二句：意思是罗衣上有用金银线绣的孔雀、麒麟图案，在春日的阳光下熠熠生辉。
④ 匌叶：用翠玉制成的发髻上的花饰。鬓唇，鬓边。

【诵读导语】

唐代长安城东南的曲江池及其中的芙蓉苑是著名的游览胜地和皇家园林。官员和文人士子可以游览曲江池。芙蓉苑则是皇家御园，仅供皇帝、后妃以及近臣游赏。杜甫的这首《丽人行》在咏曲江的诗中可谓压卷之作。他既写了曲江在阳春三月的繁盛景象，又写了皇亲国戚的游宴。从诗中的"椒房亲"是"虢国夫人"与"秦国夫人"以及宰相"炙手可热"可以断定这首诗写于天宝十一载杨国忠任宰相后的第二年即天宝十二载的上巳节。这也是唐王朝大动乱前夕的繁华写照。

⑤ 腰衱：衣服的后裙，长与腰齐。
⑥ 就中：其中。椒房亲，即皇亲。汉代皇帝后宫的房子墙壁用花椒和泥，取其温馨。故称皇亲为椒房亲，此指杨贵妃的三个姐姐。
⑦ 犀箸：犀牛角制的筷子。厌饫，吃饱喝足。
⑧ 黄门：宦官。
⑨ 后来鞍马：指杨国忠，即后面所说的丞相。何：多么。逡巡，洋洋得意之态。锦茵：用锦缎做的地毯或坐垫。
⑩ "杨花"句：暗指杨氏兄妹关系暧昧。

芙蓉苑紫云楼

曲江二首

杜 甫

一片花飞减却春,风飘万点正愁人①。
且看欲尽花经眼②,莫厌伤多酒入唇③。
江上小堂巢翡翠,苑边高冢卧麒麟④。
细推物理须行乐⑤,何用浮名绊此身。

朝回日日典春衣⑥,每日江头尽醉归。
酒债寻常行处有,人生七十古来稀。
穿花蛱蝶深深见,点水蜻蜓款款飞。
传语风光共流转,暂时相赏莫相违⑦。

【诵读导语】

这两首诗写于唐王朝收复京城长安后的第二年春天,写的是安史之乱后曲江景象。当时,杜甫在朝廷任左拾遗。此前,由于他在房琯事件中得罪了唐肃宗,在朝中处境不好,心情不佳。为了消遣,他经常到曲江池散心。这两首"伤春"诗,实际上充满了仕途失意的苦闷。所以,才有了淡薄浮名、及时行乐的情绪。

注:

① 一片:即一瓣。风飘万点:指遍地落花。此二句意谓一瓣花落已经预示着春天开始消失,更何况现在是遍地落花。
② "且看"句:意谓自己亲眼看着开放的花现在快凋谢完了。
③ "莫厌"句:意谓不要嫌酒喝多会伤人。言外之意是要开怀畅饮。
④ "江上"二句:写曲江池及芙蓉苑遭受安史叛军破坏后的荒凉景象。苑:芙蓉苑。冢:坟墓。麒麟:墓前瑞兽。
⑤ 物理:事物变化的规律。
⑥ 典春衣:把春衣典当了。
⑦ "传语"二句:意谓我想对春光说:请你不要匆匆离去,暂时和我做伴。但愿春光不要违背我的请求。

曲江花蝶

秋兴八首（之六）

杜 甫

瞿唐峡口曲江头，万里风烟接素秋[1]。
花萼夹城通御气[2]，芙蓉小苑入边愁[3]。
朱帘绣柱围黄鹄[4]，锦缆牙樯起白鸥[5]。
回首可怜歌舞地，秦中自古帝王州[6]。

注：

[1] 瞿唐峡：当时杜甫流落在夔州。夔州城东不远处就是长江三峡之首瞿塘峡的起点。曲江头：曲江池畔。两地相隔万里，但风烟遥接。素秋：即清秋。

[2] 花萼：指兴庆宫西南角的花萼相辉楼，。这里代指兴庆宫。夹城：从南内兴庆宫到曲江修有专供唐玄宗使用的复道，俗称夹城。御气：帝王气象。

[3] 芙蓉小苑：即芙蓉苑，亦称曲江池的内苑，专供皇帝游乐。上句写曲江池盛时境况，此句写安史之乱后曲江的荒凉景象。

[4] "朱帘"句：意谓当年的楼观亭台，如今成了水鸟的栖息之地。

[5] "锦缆"句：意谓当年供唐玄宗使用的豪华游船如今落满了水鸟。

[6] "回首"二句：意谓回顾历史，自古以来长安就是帝王建都的理想之地。曲江池是令人神往的游览胜地。言外之意是说京城长安不应该荒破到如此境地。

【诵读导语】

杜甫既经历了开元天宝盛世，也经历了安史之乱爆发后的社会大动乱。所以，他是唐王朝由盛转衰的见证人。人们把他的诗誉为诗史，就是因为他以饱含深情的笔触记录了历史巨变。尤其是这首诗的中间四句，浓缩了几十年的社会变迁。以秾丽之词写衰杀之境，惟老杜能为之。

芙蓉苑

酬白二十二舍人早春曲江见招[1]

张　籍

曲江冰欲尽，风日已恬和。
柳色看犹浅，泉声觉渐多。
紫蒲生湿岸，青鸭戏新波。
仙掖高情客[2]，相招共一过[3]。

【诵读导语】

这首诗写曲江早春景象，侧笔横出，体察细腻。唯有身临其境，方有此感同身受。"青鸭戏新波"，后来被苏轼点化为"春江水暖鸭先知"。只有会赏春者方能用此种境界传递出早春的气息。

注：

① 白二十二舍人：即白居易。长庆元年，白居易任中书舍人。白居易原诗为《曲江独行招张十八》。

② 仙掖：借指门下、中书两省。高情客：兴致高雅的人，此指白居易。

③ 过：游览。

鸭戏水图

同水部张员外籍曲江春游寄白二十二舍人[1]

韩愈

漠漠轻阴晚自开,青天白日映楼台[2]。
曲江水满花千树,有底忙时不肯来?

【诵读导语】

韩愈写这首诗的时候,其官职是兵部侍郎,位居正四品下。而张籍则是个从六品的员外郎。不过两个人的关系很好,所以,结伴游曲江。大概事前还约过白居易,但白居易没有赴约。韩愈就写了这首诗。四句诗,前三句都是在写"曲江春游",最后一句则是问白居易:"你到底有多忙?约好了,你却不来!"表面上看是责备对方,实际上是为白居易没有欣赏到碧水蓝天、繁花似锦的曲江美景而感到遗憾。

注:
① 水部张员外籍:张籍当时任水部员外郎。
② 青天:蓝天。

曲江春游

游太平公主山庄①

韩 愈

公主当年欲占春,故将台榭压城闉②。
欲知前面花多少?直到南山不属人。

【诵读导语】

唐诗中直接批评太平公主的诗不多。一是她在世时权倾朝野,飞扬跋扈,甚至开府,置官属。宰相多出自其门下。连太子李隆基都让她几分;二是她被赐死后也就成了一具政治僵尸,再批她似乎也没有什么实际意义。但她作为一个反面教材,还是应该引起人们重视的。韩愈写这首诗,其出发点恐怕也在于此。正因为如此,所以,诗一开头就直接点出其政治野心,"欲占春"!其具体表现就是占据地势高旷的乐游原及霸陵原,而且大修台榭、别墅、池苑,居高临下,压倒皇宫。后两句写"游":繁花似锦,应有尽头。可是,一直游到南山边儿,还在太平公主山庄!"不属人"三字,力透纸背。

注:
① 太平公主山庄:从万年县的乐游原向东南一直延伸到白鹿原一带。
② 城闉:即城门。此代指长安城。

亭台楼阁

杏园花下赠刘郎中[1]

白居易

怪君把酒偏惆怅,曾是贞元花下人[2]。
自别花来多少事,东风二十四回春[3]。

【诵读导语】

白居易和刘禹锡是很要好的朋友。这首诗是游曲江池畔杏园时写的。唐顺宗即位之初,任用王叔文进行革新,史称永贞革新。仅仅几个月,这场革新就在保守势力的反对下失败了。当时,刘禹锡年仅33岁,任监察御史,由于参与永贞革新,被贬为朗州司马。二十多年后,他回到京城长安任职,春游曲江时,刘禹锡抚今追昔,心生惆怅,白居易就写了这首诗赠给他。"曾是贞元花下人"一句,意在激励刘禹锡。

注:

[1] 刘郎中:即刘禹锡,当时任主客郎中。
[2] "怪君"二句:意谓我很奇怪,像你这样一位在贞元时期曾经叱咤风云的人,在曲江池畔杏园里饮酒时竟然会心情不愉快?贞元(785—805),唐德宗年号。
[3] "自别"二句:意谓从你离开长安算起,已经过去了24年。

曲江早春

杏园花下酬乐天见赠

刘禹锡

二十余年作逐臣[①]，归来还见曲江春。
游人莫笑白头醉，老醉花间有几人[②]？

【诵读导语】

这首诗是刘禹锡回赠给白居易的。诗从自己遭贬谪写起。"归来还见曲江春"中的"还"字，饱含着人生的种种酸楚，也有一种"自我振作"的意思。而"老醉花间"四个字分量很重！23年来，他一直在荒远之地任职。等他被召回到长安任职时，已经由当年33岁、意气风发的年轻人变成了56岁的老人了。所以，自己能够活着回到长安，而且"老醉花间"，已经是不幸中的万幸了！

注：
① 逐臣：被贬出朝廷的官员。
② 老醉花间：刘禹锡当时已经56岁。按唐人习惯，已经算老了。

对饮图

杏 园

元 稹

浩浩长安车马尘,狂风吹送每年春[1]。
门前本是虚空界[2],何事栽花误世人?

【诵读导语】

曲江池西畔的杏园是京城人赏春时必到的地方。大慈恩寺在杏园的北边。而且,杏园也是每年新科进士举行宴会的风景园林。对于这些,元稹应该是心知肚明的。可是,他却根本不涉及这些,而是把杏园和佛界联系起来,责怪慈恩寺门前不该栽这么多的花,结果把本该虚空的佛门弄得红尘滚滚。打破了佛门清净。像这样的立意,在唐人诗歌中是不多的。

注:

[1] "浩浩"二句:意谓长安城内车马掀起的风尘送走每年的春天。
[2] 虚空界:佛教用语,意谓眼前所见之大空。此指大慈恩寺。

园林游春

曲江池上

雍裕之

殷勤春在曲江头①,全藉群仙占胜游②。
何必三山待鸾鹤③,年年此地是瀛洲。

【诵读导语】

这首诗的意思比较隐晦。从字面上看,是写曲江之春,实际上是写开元天宝全盛时期皇帝与嫔妃在曲江的"胜游"。作者雍裕之主要活动在唐德宗贞元以后。由此可见,他的这首诗表面上写曲江池,实际上是怀念唐王朝的繁盛岁月。这几乎是安史之乱以后诗人的共同心态。

注:
① 殷勤:意指特别喧闹或五彩缤纷。
② 群仙:语意双关,既指如花似玉的美女,又指艳丽的百花。
③ 三山:道家神话传说中的海上仙山蓬莱、瀛洲、方丈。待鸾鹤,即乘鸾鹤飞往海上仙山。

簪花仕女图

杏 园

杜 牧

夜来微雨洗芳尘，公子骅骝步贴匀[1]。
莫怪杏园憔悴去[2]，满城多少插花人。

注：
[1] 骅骝：骏马名。此处指骑着骏马。步贴匀，很悠闲。
[2] 憔悴：草杆枯。

【诵读导语】

　　唐人写杏园的诗不少。因为杏园是皇帝赐宴新科进士的园林。但像杜牧这首诗的立意的，不多。他抱怨游园的公子们肆意折花，致使"杏园憔悴"。唐人的这种摧花毛病，甚至催生了"卖花业"：春天卖杏花、桃花，夏天卖牡丹花，而且价格不菲。白居易曾说："一丛深色花，十户中人赋。"到了偏安江南的南宋，卖花更成风气。陆游在《临安春雨初霁》中写道："小楼一夜听春雨，深巷明朝卖杏花。"杜牧诗中的"插花人"则是一些毫无公德的摧花者，是游兴高而素质低的花花公子。

杏花图

曲 江

李商隐

望断平时翠辇过①,空闻子夜鬼悲歌②。
金舆不返倾城色③,玉殿犹分下苑波④。
死忆华亭闻唳鹤⑤,老忧王室泣铜驼⑥。
天荒地变心虽折⑦,若比伤春意未多。

注:

① 平时:即太平年月。此指唐王朝的开元天宝盛世。翠辇:皇帝车驾。
② "空闻"句:写今日曲江之荒凉。闻鬼夜歌而无力改变现状,故曰"空闻"。
③ 倾城色:绝色美女,指杨贵妃。
④ 下苑:即曲江池苑。因曲江流入御沟,故曰"玉殿犹分"。
⑤ "死忆"句:《晋书·陆机传》载:陆机遭诬陷,临刑,叹息道:"华亭鹤唳,岂可复闻乎!"华亭:陆机故乡。
⑥ "老忧"句:《晋书·索靖传》:靖知天下将乱,指洛阳宫门前铜驼说:"会见汝在荆棘中耳。"
⑦ 天荒地变:即社会发生巨变。

【诵读导语】

曲江作为唐代盛世文化记忆,对晚唐诗人影响很深。李商隐的这首诗前四句用今昔对比手法写曲江昔盛今衰,后四句则影射当时发生的甘露之变。唐文宗任用李训、郑注准备诛杀宦官。先毒杀宦官首领王守澄,后又传言大明宫的石榴树上夜降甘露,让仇士良及全体宦官去观看。不料伏兵被仇士良发现。于是,仇率禁兵诛杀朝官数百人。文宗亦遭囚禁至死。后四句借陆机之死和索靖的预见,写自己对时局的忧虑。有话不好直说,只好借古讽今,这是李商隐诗的创作特点。

大唐芙蓉园(张护志 摄)

暮秋独游曲江

李商隐

荷叶生时春恨生①,荷叶枯时秋恨成②。
深知身在情长在,怅望江头江水声。

注:
① 生:一作"起"。春恨:此指伤春、相思之恨。
② 秋恨:此指伤逝之恨。

【诵读导语】

李商隐的曲江诗既有对时局的关注,也有隐晦曲折的个人情愫。从字面上看,这首诗写自己伤春悲秋的情怀。可他为什么要把诗境选在曲江呢?据说李商隐年轻时曾在王屋山学道,结识了在此学道的宫女宋华阳姐妹,产生了爱慕之情。后来,宋氏姐妹回到长安,在曲江芙蓉苑洒扫庭除。李商隐明知二人在此,却很难见面。他的一些"无题诗"就是为此而写的。因为不能直言怀恋某人,所以只好以"无题"作为诗题。这首诗就与此有关。"怅望江头江水声"一句,很可能含有"伊人已逝"的悲伤。纪晓岚曾评论此诗说:"不深不浅,恰到好处。"

枯荷

曲江二首（选一）

李山甫

南山低对紫云楼①，翠影红阴瑞气浮。
一种是春长富贵②，大都为水也风流③。
争攀柳带千千手，闲插花枝万万头。
独向江边最惆怅，满衣尘土避王侯④。

【诵读导语】

　　李山甫是唐末人。咸通年间，屡试不第。一个仕途失意的人，面对游乐胜地，也是一肚子的不愉快。"一种是春长富贵，大都为水也风流"，就蕴含着一种苦涩的骚雅之趣：同样是春天，曲江的春天充满了富贵气息；同样都是水，曲江的水却是风流水！言外之意是自己既不富贵，也不风流。

注：
① 紫云楼：在芙蓉苑中。
② 一种是春：同样是春天。长富贵：芙蓉苑的春天是富贵人的春天。
③ 大都：大体上说。
④ 满衣尘土：写自己风尘仆仆奔波于仕途。

曲江遗址（日）足立喜六，1906年摄

曲 江

张 琛

古寺门前古曲江[1],杏花香过藕花香。
题碑姓氏从头认[2],青史何人占几行?

【诵读导语】

清朝末年,曲江池、芙蓉苑已经破落不堪,所以,在张琛笔下已经看不出这座历史名园的昔日风流。更使作者感慨的是那些在雁塔题名、勒石刻碑的人想名垂青史,却早已化为腐朽。这也是对中国传统历史积习的一种质疑。

注:
① 古寺:即大慈恩寺。
② 题碑:指在大雁塔勒石刻碑。
③ 青史:古时用竹简记事,所以后人称史籍为青史。

清末民初慈恩寺

秋兴八首（之七）

杜 甫

昆明池水汉时功，武帝旌旗在眼中①。
织女机丝虚夜月②，石鲸鳞甲动秋风③。
波漂菰米沉云黑④，露冷莲房坠粉红⑤。
关塞极天唯鸟道，江湖满地一渔翁⑥。

【诵读导语】

王世贞《艺苑卮言》将此篇和《秋兴》（其一）、《登高》、《九日蓝田崔氏庄》四篇举为唐人七律可称"压卷"的作品。昆明池作为西汉王朝全盛时期的象征，被唐人借来怀念开元天宝盛世。一旦这种盛世成为历史的记忆时，出现在读者眼前的昆明池就被蒙上了一层人世沧桑的尘埃。杜甫正是通过这种描写，寄托了他对太平盛世的怀恋之情。

注：

① 昆明池：在长安城西南，据说汉武帝为了训练水军而开凿的。昆明池周围四十里，唐时成为游览胜地。
② "织女"句：昆明池东岸有牛郎石雕，西有织女石雕，用以象征池之广袤无涯，犹如银河。
③ 石鲸：昆明池中有石雕大鲸。
④ 菰：茭白，其籽黑，逢秋而落，漂于水面，望之如黑云沉湖。
⑤ "露冷"句：写秋天荷花凋谢。
⑥ "关塞"二句：意谓自己流落夔州，遥望长安，重重关塞，阻隔归路，只好继续漂流下去。江湖遍地：写自己四处漂泊。

昆明池遗址

城西陂泛舟①

杜 甫

青蛾皓齿在楼船②,横笛短箫悲远天③。
春风自信牙樯动④,迟日徐看锦缆牵。
鱼吹细浪摇歌扇,燕蹴飞花落舞筵。
不有小舟能荡桨,百壶那送酒如泉⑤。

【诵读导语】

户县城西的渼陂湖是京城长安西南著名的游览胜地。由于终南山近在咫尺,所以,这里山水交相辉映,景色分外宜人。杜甫诗集中,有五首诗写渼陂湖。尤其是他晚年流落夔州时创作怀念京城长安的《秋兴八首》。其中第八首专门写渼陂,而且留下了流传千古的名联:"香稻啄馀鹦鹉粒,碧梧栖老凤凰枝。"足见渼陂留给他的印象极其深刻。

注:

① 城西陂:指户县城西的渼陂湖。
② 青蛾皓齿:指歌姬舞女。
③ "横笛"句:意谓悠扬的歌声在湖上回荡。
④ 牙樯:原指船桅杆,这里借指船。
⑤ "不有"二句:意谓岸边的小船不断地给湖中的大船上送酒。

渼陂湖遗址

陪诸贵公子丈八沟携伎纳凉晚际遇雨二首[1]

杜 甫

落日放船好,轻风生浪迟。
竹深留客处,荷净纳凉时。
公子调冰水,佳人雪藕丝。
片云头上黑,应是雨催诗。

雨来沾席上[2],风急打船头。
越女红裙湿,燕姬翠黛愁。
缆侵堤柳系[3],幔卷浪花浮。
归路翻萧飒,陂塘五月秋[4]。

【诵读导语】

长安城西南角的丈八沟原是一条漕渠。开掘的目的是向城西转运粮食、货物。但是,到了夏天,却变成了人们游乐纳凉的好去处。关于丈八沟的诗,唐诗中只有杜甫的这两首存世。从游乐纳凉的角度看,这两首诗没有什么特出之处。唯一值得注意的是,杜甫在第一首诗中写了当时长安城一种流行的冷饮:"雪藕丝。"这是唐代其他诗人没有写到的。

注:
① 丈八沟:天宝初开凿的一条漕渠。在唐长安城西南。
② "雨来"句:沾:淋湿。席:座席。
③ 侵:靠近。
④ 秋:凉爽。

丈八沟遗址

岁时篇

春　　　夏

秋　　　冬

我国是以"农为邦本"的文明古国，因此，古人对岁时、节令有着特殊的情感。《礼记·月令》篇就规定了"为政者"在每个月应行的"政令"。秦国吕不韦组织编写的《吕氏春秋》，每篇都有"月令"。梁元帝时又出现了记述民间四时习俗的《荆楚岁时记》。南宋陈元靓又扩充为《岁时广记》，完成了从"行政"向"顺应节序"的转变。

在诗歌史上，钟嵘的"气之动物，物之感人，故摇荡性情，形诸舞咏"的论断最先揭示了岁时、节令诗歌与人的情感之间的关系，形成了与"生命律动"相关联的"伤春""悲秋"意识。这其中的功利色彩特别明显。

古人对四时节令的文化体认是在唐代完成的。以花草为例，唐人除了对牡丹情有独钟之外，对其他四时花草并没有特殊的偏好。就像元稹所说的那样："不是花中偏爱菊，此花开后更无花。"爱花，只是一种对节令的顺应。

唐人喜欢牡丹，这和唐玄宗的好恶有关，而李白的《清平调词三首》则起了推波助澜的作用。牡丹花在唐人的文化理念中成为荣华富贵的象征。而被周敦颐称颂为出淤泥而不染的荷花，唐人并不特别看好其亭亭玉立的姿容，反而欣赏它的衰败，就像李商隐说的："秋阴不散霜飞晚，留得枯荷听雨声。"也有人把荷花看作是生不逢时的花："芙蓉开在秋江上，不向东风怨未开。"梅花被誉为花中的志士仁人，深受宋人的推崇。可是，唐人却对梅花并不怎么钟情。这倒不是说唐人不注重个人气节与修养，而是由于他们的志与气较少受到政治环境的束缚。王维有一首怀念故乡的诗，对故乡的梅花也是感情平平："来日绮窗下，寒梅著花未？"而杜甫仅仅把梅花视为能启发诗情的媒介："东阁官梅动诗兴，还如何逊在扬州。"李商隐甚至说："寒梅最堪恨，长作去年花。"他当然是在说气话，但也能说明他对梅花并没有特殊的感情。至于杏花、桃花，只是文人表情达意的媒介。杜甫是这样写桃花的："一片花飞减却春，风飘万点正愁人！"只有热恋中的崔护才对桃花一往情深："人面不知何处去，桃花依旧笑春风。"

  从汉代开始，人们就注重节令，唐代尤甚。元日、人日、元夜、上巳、寒食、清明、七夕、中秋、重九、冬至等节日常常成为他们吟咏的题材。但也是兴之所至而已！比如在唐人笔下清明节并不显得冷清、哀伤。如王表的《清明日登城春望寄大夫使君》："春城闲望爱晴天，何处风光不眼前？寒食花开千树雪，清明日出万家烟。"寒食过后即清明。这时，人们可以生火吃热的食物。于是就有了"日出万家烟"的景象。唐代，在寒食结束后，皇帝还会给五品以上的京官赐火种。这就是唐诗中常常出现的"新火"。这类诗，流传下来的不多，在这不多的"新火"诗中，韩翃的《寒食》诗流布最广。

  再说中秋。唐人写中秋的诗不是很多。但并不是说他们缺乏亲情团聚意识，而是由于他们对秋的认识停留在"秋气衰杀"这一层面。所以，他们更多地是喜欢"春江花月夜"式的浪漫与温柔。加之他们崇尚阳刚之气的文化精神也使得他们对秋月尤其是中秋月不像宋人那样痴情，所以唐诗中就没有苏轼《水调歌头》那样抒写中秋的旷世杰作！

  岁时与节令文化是中华传统文化的重要组成部分。了解这类诗有助于我们的心灵与自然节序产生共鸣与和谐。

早春呈水部张十八员外二首（选一）

韩 愈

天街小雨润如酥①，草色遥看近却无。
最是一年春好处②，绝胜烟柳满皇都。

注：
① 天街：指京城长安的大街。
② 最是：正是。

【诵读导语】

这是韩愈写给水部员外郎张籍的诗。另一首是这样写的："莫道官忙身老大，即无年少逐春心。凭君先到江头看，柳色如今深未深？"大概事先韩愈约张籍同游，而张籍没有赴约。于是韩愈就在自己游览之后写了两首诗"呈上"。咏春诗，一般多写姹紫嫣红的仲春美景。而韩愈却避开"烟柳满皇都"的仲春景色，着力于写"早春"时的春雨、春草。尤其是"草色遥看近却无"被称为"传神"之笔。据说苏轼很欣赏这种立意角度，却又有"眼前有景道不得"的遗憾，于是改写"初冬"："荷尽已无擎雨盖，菊残犹有傲霜枝。一年好景君须记，最是橙黄橘绿时。"不愧为一代文豪的神来之笔。

早春杨柳（张护志摄）

城东早春[1]

杨巨源

诗家清景在新春[2]，绿柳才黄半未匀[3]。
若待上林花似锦[4]，出门俱是看花人。

注：
① 城东：长安城东。
② 清景：清新的景象。
③ "绿柳"句：意谓杨柳尚未完全绽叶，微泛鹅黄色。
④ 上林：原指汉代苑囿上林苑，此泛指京郊。

【诵读导语】

春回大地，万象更新。而早春时节的草木更新尤其能显出勃勃生机，触发诗人的创作灵感。这正是诗人喜爱早春的原因。所以，这首诗，与其说是一首赞美早春的诗，还不如说是作者的一种创作理念的体现：善于发现新境界，创造新境界。"若待"二句则恰恰显示了作者不同凡俗的审美趣味：不趋流俗。这就更进一步提高了"诗家清景"的品位，和韩愈的"早春"诗有异曲同工之妙。

早春（张护志 摄）

题都城南庄[①]

崔 护

去年今日此门中,人面桃花相映红。
人面不知何处去,桃花依旧笑春风。

【诵读导语】

都城南庄,据说在今西安市长安区杜曲镇桃溪堡,距杜牧祖业朱坡不远。其桃花在城南久负盛名。晚唐的孟棨在《本事诗》中记载了这首诗背后的故事:崔护下第,独游城南。向人家乞水。有女子捧水予崔,独倚小桃斜枝,意属崔久之。来年是日,崔复至。门已锁扃,崔遂题诗于门。女子归,见诗,绝食数日而死。崔适经此,持之哭,女复活,遂结为伉俪。这就是"人面桃花"这个典故的由来。诗中两次用了"桃花",一是去年的桃花,属虚,一是今年的桃花,属实。虚实相映,成就了一段才子佳人的风流韵事。

注:

① 都城:长安城。

桃花(张护志 摄)

汉苑行

令狐楚

云霞五彩浮天阙[1]，梅柳千般夹御沟。
不上乐游原上望，岂知春色满皇州[2]。

【诵读导语】

令狐楚是历仕德宗、顺宗、宪宗、穆宗、敬宗、文宗的"六朝元老"。他的诗歌呈现出"弘毅阔远"的将相之气。从写长安之春的角度看，这首诗描写皇宫、皇都的春景。天阙的五彩云霞、御沟的千般梅柳，描绘出一幅祥和明丽的春景图。而作者强调：想饱览皇州春色，必须要登上乐游原，阳春烟景才能一览无余。

注：
① 天阙：指皇宫。
② 皇州：泛指京畿之地。

大明宫北墙遗址（墙外即"禁苑"）

赏牡丹

刘禹锡

庭前芍药妖无格①，池上芙蕖净少情②。
唯有牡丹真国色③，花开时节动京城。

【诵读导语】

长安牡丹，誉满天下，对有闲阶层具有很强的吸引力。比如张祜就说自己："三十年持一钓竿，偶随书荐入长安。由来不是求名者，惟待春风看牡丹。"由于他们的追捧和达官贵人的嗜好，就出现了像刘禹锡所说的"唯有牡丹真国色，花开时节动京城"的狂热景象。刘禹锡的"牡丹真国色"，是化用了前辈诗人李正封的诗句。《唐诗纪事》载：有一次，唐文宗在御园赏牡丹，问程修己："现在京城传唱的牡丹诗，你认为谁的最好？"程修己说："中书舍人李正封的'天香夜染衣，国色朝酣酒'。"刘禹锡借用李诗，说明李正封的诵牡丹诗确实影响很大。

注：
① 妖无格：虽然艳丽，但没有品位。
② 净少情：虽然净洁，但缺少情韵。
③ 真国色：真正称得上是国色天香。

长安牡丹

长安牡丹[1]

裴潾

长安豪贵惜春残[2], 争赏先开紫牡丹。
别有玉杯盛露冷[3], 无人起就月中看。

【诵读导语】

每年三月中旬, 牡丹花盛开。整个长安城的豪贵们竞相奔走。尤其是紫牡丹, 更是受人青睐。裴潾的这首诗则是希望人们能在皎洁的月下去欣赏含露的白牡丹。而玉杯盛露又巧妙地运用了汉武帝金铜仙人手托承露盘的故事。由裴潾夜赏白牡丹使人想起苏轼的《海棠》诗: "东风袅袅泛崇光, 香雾空濛月转廊。只恐夜深花睡去, 故烧高烛照红妆。"可见, 月下赏花的朦胧美不是所有人都能体味出来的。

注:

① 关于这首诗,《唐诗纪事》卷五十二有这样的记载: 长安三月十五日, 两街看牡丹甚盛。慈恩寺元果院牡丹最先开, 太平院开最后。裴潾作白牡丹诗题壁间。大和中, 驾幸此寺, 吟玩久之。因令宫嫔讽念, 及暮归, 此诗满六宫矣。裴潾于唐敬宗宝历初拜给事中。

② 惜春残: 长安牡丹三月中旬始开。按节令, 已接近春末, 故云"惜春残"。

③ 玉杯盛露冷: 作者把带有露珠的白牡丹比作汉武帝的承露玉盘。

长安牡丹(张护志 摄)

游城南十六首·晚春

韩 愈

草树知春不久归①，百般红紫斗芳菲。
杨花榆荚无才思②，惟解漫天作雪飞③。

【诵读导语】

这首诗的题目又作《晚春》，可知作于长安郊游时。晚春，即暮春，预示着春天即将消失。那么，根据题目，一般人都会抒发伤春之情。可是，作者却着力于描写暮春时百花姹紫嫣红的美景，而且用了一个"斗"字，兴会飙举，尺幅中有万顷烟波之势！尤其是后两句，写杨花榆荚都来凑热闹。虽不待见杨花榆荚，却写出了晚春的真实。韩愈在他的《春雪》诗中说的"白雪却嫌春色晚，故穿庭户作雪飞"，与"杨花"二句恰恰相反，显出作者独特的形象思维视角。

注：
① 不久归：很快就要消失。
② 才思：此指娇艳的姿色。
③ 惟解：只知道。

长安晚春（张护志 摄）

春日怀樊川旧游

王士禛

当年曾到杜陵原,石鳖春流绕寺门[1]。
直向桃花深处去,午鸡声在夏侯村[2]。

【诵读导语】

王士禛是清初康熙诗坛上的著名人物。论诗宗唐,是"神韵说"的倡导者。康熙三十四年,他曾游览关中。在樊川,曾拜访过杜牧故居,并写下了《杜曲西南吊牧之冢》:"两枝仙桂气凌云,落魄江湖杜司勋。今日终南山色里,小桃花下一孤坟。"两首诗都体现了作者对樊川悠久历史文化的眷顾。大概是独自出游,没有当地人作向导,所以才出现了以为滈河流经樊川的错误。

注:
① 石鳖:指石砭峪,在今西安市长安区五台乡境内。谷口有巨石如鳖,故名石鳖谷,后谐音为石砭峪。此石鳖于20世纪70年代初修石砭峪水库时被炸掉。春流:即滈河,发源于石砭峪。作者游樊川时看到的河是潏河,发源于太乙宫山中。滈河不流经樊川。作者误记。寺门:指华严寺门。
② 夏侯村:在今西安市长安杜曲镇,紧邻杨万坡。

紫阁峪(张护志 摄)

秋 歌

李 白

长安一片月,万户捣衣声①。
秋风吹不尽,总是玉关情②。
何日平胡虏,良人罢远征③。

注:
① 捣衣:把浆洗过的衣服捶平整。
② 玉关:玉门关,代指边塞。
③ 良人:妻子对丈夫的称呼。

【诵读导语】

秋在李白的笔下并不显得萧条、衰杀。他曾经说过:"我觉秋兴逸,谁云秋兴悲。"但在这首诗中,我们却明显地感受到一股浓浓的秋怨。秋月,是抒情背景,捣衣则是情之缘起。长安月下,万户捣衣。秋风习习,思绪绵绵。连王夫之都惊叹说:"前四句是天壤间生成的好句,被太白拾得。"后来的刘方平也有"秋后见飞千里雁,月中闻捣万家衣"的诗句,却不像李白诗"天然去雕饰"。

捣练图

忆秦娥

李 白

箫声咽[①]，秦娥梦断秦楼月[②]。
秦楼月，年年柳色，灞陵伤别。
　　乐游原上清秋节,咸阳古道音尘绝[③]。
音尘绝，西风残照，汉家陵阙。

注：
① 咽：幽怨。
② 秦娥：秦地的美女。
③ 音尘：音信。

【诵读导语】

从时令的角度看，这是唐宋词中的一首悲秋词。而引发作者悲情的不是普通的离愁、乡思等个体愁怀，而是以长安为背景，抒写了历史长河的变迁，从而使得悲秋情绪具有了凝重、沉雄、博大的历史积淀。著名诗歌理论家王国维对这首词给予了很高的评价。他说："西风残照，汉家陵阙"，"寥寥八字，遂关千古登临之口"。他认为，后来的范仲淹在延安时写的《渔家傲》中的"塞下秋来风景异，衡阳雁去无留意。四面边声连角起，千嶂里，长烟落日孤城闭"差可比肩。但毕竟"气象已不逮矣"。他所说的"气象"，也只有李白生活的那个盛唐时代才有。

灞桥遗址

长安秋望

杜 牧

楼倚霜树外①，镜天无一毫。
南山与秋色②，气势两相高。

注：
① 霜树：经霜的树木枝叶稀疏。
② 南山：终南山。

【诵读导语】

　　唐代诗人中，最早把秋天写得令人心旷神怡的，是初唐的王勃。他在《滕王阁序》中说的"秋水共长天一色，落霞与孤鹜齐飞"的千古名联为人们赞美秋色时常常引用。接着是中唐诗人刘禹锡。他有两首《秋词》，其一："自古逢秋悲寂寥，我言秋日胜春朝。晴空一鹤排云上，便引诗情到碧霄。"其二："山明水净夜来霜，数树深红出浅黄。试上高楼清入骨，岂如春色嗾人狂。"两首诗都从整个秋色立意抒怀，赞美秋色高旷清爽，令人心胸开阔。到了晚唐，诗人杜牧甚至说秋天是"霜叶红于二月花"的美好季节。这首《长安秋望》则把所描写的秋色限定在长安。尤其是"南山与秋色，气势两相高"，更为警绝！陈师道说这两句诗不如杜甫的"千崖秋气高"。其实杜牧更胜一筹：他是把"南山"与"秋气"合说，杜甫仅仅写了秋色一览无余。所以，翁方纲就说："'南山与秋色，气势两相高'，此必是陕西之终南山。若以咏江西之庐山、广东之罗浮，便不是矣"。翁方纲之所以这样说，恐怕长安的帝都气象起了关键作用。

黑河峪（张护志 摄）

登乐游原

杜 牧

长空澹澹孤鸟没①,万古销沉向此中②。
看取汉家何似业③,五陵无树起秋风④。

注:
① 没:消失。
② 销沉:形迹消失、湮没。此中:指乐游原四周的空蒙景象。
③ 何似业:多么辉煌的功业。
④ 五陵:指西汉的五个皇帝的陵墓,在咸阳原上。无树起秋风:即无树不起秋风。

【诵读导语】

同样是写秋景,这首《登乐游原》以秋为背景,在衰杀之气中抒写历史兴衰更替,被南宋末年的刘辰翁誉为有"侠气"的好诗。早在盛唐,诗人岑参和杜甫等人登慈恩寺塔时,已留下了"五陵北原上,万古青濛濛"的诗句,不过其中的虚无感很明显。而杜牧的这首诗沉郁顿挫,大有殷鉴不远之意。

西汉五陵

长安秋望

赵嘏

云物凄清拂曙流[1]，汉家宫阙动高秋[2]。
残星几点雁横塞，长笛一声人倚楼。
紫艳半开篱菊静，红衣落尽渚莲愁。
鲈鱼正美不归去[3]，空戴南冠学楚囚[4]。

注：
[1] 云物：云气、云彩。
[2] 汉家：以汉代唐。
[3] 鲈鱼：刘义庆《世说新语》载："张季鹰应齐同辟为东曹掾。在洛，见秋风起，因思吴中菰菜羹、鲈鱼脍，曰：'人生贵得适意尔，何能羁宦数千里以要名爵？'遂命驾便归。"后以此代指思乡赋归。
[4] 南冠：原指俘虏，此比喻处境窘迫。

【诵读导语】

赵嘏是山阳（今江苏淮安）人，曾在渭南担任过县尉。据说杜牧很欣赏这首诗的第二联，吟咏不已，并给赵嘏送一雅号"赵倚楼"。这一联妙在何处？秋气高旷，笛声清越。二者相合，写秋之凄清，妙绝千古。同时又用张翰见秋风起而思家乡菰菜羹、鲈鱼脍，隐隐带出怀念故园思乡之情，有别于一般人的逢场作戏。因为他早就说过："早晚粗酬身事了，水边归去一闲人。"

秋景（张护志 摄）

渔家傲

范仲淹

塞下秋来风景异①，衡阳雁去无留意②。四面边声连角起③。千嶂里，长烟落日孤城闭。浊酒一杯家万里，燕然未勒归无计④。羌管悠悠霜满地⑤。人不寐，将军白发征夫泪。

注：
① 塞下：指延州，即今陕西延安。
② 衡阳雁去：传说大雁南飞时，到衡阳回雁峰就不再向南飞。
③ 边声：秋风吹来，边塞上所发出的声响。角：指号角声。
④ "燕然"句：燕然，指燕然山，即今杭爱山。东汉初，大将窦宪追击匈奴，登上此山，在石上刻字记功。此句意谓边患还没有平定，所以还不能离开边塞。
⑤ 羌管：即笛子。因出于羌地，故名。

【诵读导语】

这首词是范仲淹于宋仁宗康定元年镇守延安时创作的。尤其是"千嶂里，长烟落日孤城闭"一句，描绘出边塞上紧张肃杀的战争气氛。所以，这首词，不管是写苍茫辽阔的边塞风光，还是写将士们慷慨悲壮的守边报国之情，都堪称是开启了宋词中豪放派的先声。据说这首词传到京城开封，欧阳修看了以后，很不以为然，说这首词是"穷塞主词"，甚至要把词的下片后三句换成他的词句："战胜归来飞捷奏，倾贺酒，玉阶遥献南山寿。"他这样说，是因为当时整个词坛还充斥着"英雄气短，儿女情长"的"花间"词风。欧阳修也不例外。

延安 宝塔山

卖炭翁[1]

白居易

卖炭翁,伐薪烧炭南山中。

满面尘灰烟火色,两鬓苍苍十指黑。

卖炭得钱何所营[2]?身上衣裳口中食。

可怜身上衣正单,心忧炭贱愿天寒。

夜来城外一尺雪,晓驾炭车辗冰辙[3]。

牛困人饥日已高,市南门外泥中歇。

翩翩两骑来是谁?黄衣使者白衫儿[4]。

手把文书口称敕[5],回车叱牛牵向北[6]。

一车炭,千余斤,宫使驱将惜不得。

半匹红纱一丈绫,系向牛头充炭直[7]。

【诵读导语】

所谓"宫市",就是宫廷采购。采购者常常狐假虎威,压低价格,甚或强取豪夺。《顺宗实录》中记载着这样一件事:有个农夫赶着驴子到长安城去卖柴。来了一个宦官,说宫里买了,仅仅给了农夫几尺绢,还向农夫"索门户"(即要回扣)!农夫说:我没有钱,这几尺绢你拿去。宦官不要,说:你把柴送进宫中吧。农夫说:家里老婆孩子等着我把柴卖了买粮食呢,皇宫我不去!宦官拽着驴子不放,农夫一怒之下,就殴打宦官,被街吏抓进官府。问明原因之后,皇宫开除了那个宦官,还给农夫奖了十匹绢。尽管如此,宫市依然未能禁止。白居易的《卖炭翁》创作恐怕就是对这件事情进行的艺术加工。

注:

① 诗题下原有注:"苦宫市也。"点明这首诗的创作缘起。
② 何所营:用来干什么。
③ 辗:碾,轧。辙:车轮辗出的痕迹。
④ 翩翩:洋洋得意的样子。黄衣使者白衫儿:唐朝的宦官阶较高的穿黄衣,无品级的穿白衣。
⑤ 敕:皇帝的命令。
⑥ 牵向北:指把炭车赶向皇宫。
⑦ 直:价值。

卖炭翁

雪

罗 隐

尽道丰年瑞[①]，丰年事若何[②]？
长安有贫者，为瑞不宜多。

注：
① 丰年瑞：即瑞雪兆丰年。
② 若何：怎么样呢。

【诵读导语】

唐人写雪的诗很多，但真正涉及民生疾苦的不多。杜甫的"朱门酒肉臭，路有冻死骨"首开关心民瘼的先河。白居易的《卖炭翁》自不待言。而晚唐诗人罗隐的这首《雪》诗，一反"瑞雪兆丰年"的民间说法，希望冬雪不要"为瑞"太多，因为"长安有贫者"！这是一层。还有一层：即便是雪兆丰年，丰收了，贫者的困境又能改变多少？短短二十个字，写出了贫者进退维谷的艰难处境，自是仁者的良苦用心。

雪景行旅图

元日早朝[1]

耿 沣

九陌朝臣满[2],三朝候鼓赊[3]。
远珂时接韵[4],攒炬偶成花[5]。
紫贝为高阙[6],黄龙建大牙[7]。
参差万戟合,左右八貂斜[8]。
羽扇纷朱槛,金炉隔翠华。
微风传曙漏,晓日上春霞。
环佩声重叠,蛮夷服等差[9]。
乐和天易感,山固寿无涯。
渥泽千年圣,车书四海家[10]。
盛明多在位,谁得守蓬麻。

注:

[1] 元日:正月初一。
[2] 九陌:京城的大道。
[3] 三朝:古人认为,正月初一是岁朝、月朝、日朝。因此,元日的早朝要分三步进行。这样早朝的时间就会持续很长一段时间。每一次朝拜结束,中间要停歇。鼓声再次响起,再进行下一次朝拜。所以说"候鼓赊"。赊:指间隔时间较长。
[4] "远珂"句:意谓车上悬挂的玉珂发出清脆的响声。
[5] 攒炬:汇聚起来的灯烛。
[6] 紫贝:一种名贵的贝壳,因有紫斑,故名。
[7] "黄龙"句:宫前竖起饰有黄龙的牙旗。
[8] "参差"二句:写皇宫仪仗队。
[9] 蛮夷:指外国使节。服等差:穿着各式各样的民族服装。
[10] 渥泽:蒙受皇帝的恩泽。车书:即车同轨,书同文,即指天下一统。

【诵读导语】

唐代宗大历初年,耿沣任左拾遗。元日早朝是一年中最为隆重的皇家盛典。早朝诗被人称为"冠裳诗"。这首诗就通过华丽而冠冕堂皇的描写,展示了正月初一早朝时的皇家气象。耿沣另有一首《早朝》诗,与这首诗完全相反。其中的一联"冒寒人语少,乘月烛来稀"被称为变"盛唐"为"中唐"的典型例句。其实这也未必准确。王维的"九天阊阖开宫殿,万国衣冠拜冕旒"也是安史之乱以后写的,却依然展现的是"盛唐气象"。"人心"即"诗心"。作者心情好了,诗自然流利明快。读这首《元日早朝》后,再读"家贫僮仆慢,官罢友朋疏",你绝对不会相信这一联诗也出自耿沣之手。

大明宫麟德殿遗址

上元夜六首[1]（选一）

崔 液

玉漏银壶且莫催[2]，铁关金锁彻明开[3]。
谁家见月能闲坐，何处闻灯不看来。

【诵读导语】

正月有三个节日，正月初一为元日，初七为人日，十五为上元节，也称"烧灯节"。这一夜是正月的最后一个狂欢节。整个长安城张灯结彩，人们通宵达旦游乐。就像作者在另一首诗中写的："公子王孙意气骄，不论相识也相邀。最怜长袖风前弱，更赏新弦暗里调。"据《大唐新语》记载，神龙年间，京城正月望日，举行"文士赋诗"活动。参加者数百人，惟中书侍郎苏味道、吏部员外郎郭利贞、殿中侍御史崔液三人为绝唱。这些作品多是写游乐、赏灯，几乎没有歌功颂德的阿谀之作，这是很难得的。

注：
[1] 上元：唐人把正月十五日称作上元。
[2] "玉漏"句：意谓时间不要过得太快。
[3] "铁关"句：正月十五夜，长安城门彻夜开放，不实行宵禁。

上元夜灯笼

正月十五夜

苏味道

火树银花合①,星桥铁锁开。
暗尘随马去,明月逐人来。
游伎皆秾李②,行歌尽落梅③。
金吾不禁夜④,玉漏莫相催。

【诵读导语】

　　苏味道在武则天时曾经担任过宰相。此人很圆滑,外号"苏模棱"。"模棱两可"这个典故就出自他。这首诗写上元夜观灯,却是历历在目,使人有身临其境之感。诗的四联都对仗。这在当时的五律中不多见。连爱挑剔的纪晓岚都说:"确是元夜真景,不可移之他处。"据说苏味道对自己的这首诗很自矜。有一次,他遇见了张昌龄,二人互相吹捧。张说:"我的诗不如你,因为没有'火树银花合'。"苏味道说:"你的诗虽然没有'银花合',但是有'金铜钉'。"原来,张昌龄有一首赠张昌宗的诗,其中说:"昔日浮丘伯,今同丁令威。"苏味道把"银花合"的"合"戏改为"盒子"的盒,把张诗的"今同丁"改成"金铜钉"。可见,在官场以外,他一点都不含糊。但他后来因附张易之,被贬为眉州刺史,成为四川眉州苏氏的始祖。

注:
① "火树"句:写各种造型的花灯遍布长安城。
② "游伎"句:意谓大街小巷的歌姬舞女一个个都像桃花李花那样艳丽。
③ 行歌:边走边唱歌。落梅:指乐府歌曲梅花落。
④ 金吾:即金吾卫,负责京城治安保卫。

大唐芙蓉园(张护志 摄)

正月十五夜灯

张　祜

千门开锁万灯明[①]，正月中旬动帝京。
三百内人连袖舞，一时天上著词声[②]。

注：
① "千门"句：意谓长安城内，家家户户都门户洞开，张灯结彩。
② "三百"二句：据记载，正月十五夜，唐文宗曾亲临承天门城楼观灯。结束前，有后宫宫女数百人，登上承天门城楼，表演歌舞。今西安莲湖公园南围墙即唐承天门遗址。

【诵读导语】

唐文宗大和五年（831），因天平军节度使令狐楚举荐，张祜带着三百首诗西入长安。他四处投谒、献诗，据说元稹认为那是"雕虫小技，壮夫耻而不为"，致使其一无所成。张祜很伤心，作诗自悼："贺知章口徒劳说，孟浩然身更不疑。"不过这次入京却让他领略了京华的人文之盛。譬如这首诗，写皇帝登承天门城楼赏灯之后，又有三百宫女舞于城楼，伴舞的歌声响彻云霄。和那句"天下三分明月夜，二分无赖是扬州"的消遣性诗相比，这首诗更富有京华气象。

承天门遗址

一百五日夜对月[1]

杜甫

无家对寒食,有泪如金波[2]。
斫却月中桂[3],清光应更多。
仳离放红蕊[4],想象颦青蛾。
牛女漫愁思,秋期犹渡河[5]。

【诵读导语】

在唐朝,从元日算起,寒食是一年之中的第五个重大节日。对于寒食,唐人并不注重于晋文公和介子推那段故实。即如杜甫的这首诗就写自己盼望和家人团聚。寒食本来就是一个不动烟火的冷清节日,更何况作者当时被安史叛军羁押在长安城,孤身一人,不免想家。唐人有个习惯,想家了,常常会望月。可是,寒食在月初,上弦月稍纵即逝。于是他就生出奇想:把月中的桂树砍去,月光就会普照大地。这就是"斫却月中桂,清光应更多"。南宋的罗大经说这两句诗显示了杜甫"胸襟阔大"。那是弄错了!杜甫说这话的时候,正好是怨气在胸,心情压抑,故而才说出这种违背常理却富有情趣的话。和李白的"划却君山好,平铺湘水流"完全是两种心情。

注:

① 一百五日:从冬至到寒食一百零五天,故称寒食为一百五日。
② 金波:月光。
③ 斫却:砍掉。
④ 仳离:离别。放红蕊:春花开放。
⑤ "牛女"二句:意谓牛郎织女不要太愁了,七夕那天就能团圆。作者借以写自己盼望和家人团聚。

枯枝(张护志 摄)

寒 食

韩 翃

春城无处不飞花[①]，寒食东风御柳斜。
日暮汉宫传蜡烛，轻烟散入五侯家[②]。

【诵读导语】

　　寒食在清明前二日，这两天禁火。第二天黄昏时，人们互赠火种，称作新火。而朝廷在这一天傍晚要给官员赐新火。据说，唐德宗很欣赏这首诗。当时朝廷正好要补充一位驾部郎中兼知制诰，唐德宗对吏部的人说：把这个职务给韩翃。当时的江淮刺史也叫韩翃，吏部官员不知道是哪个韩翃，就把江淮刺史韩翃和因疾辞职在家的韩翃都报了上去。唐德宗看后，随即把这首《寒食》诗写下来，并在诗的后面写了四个字："与此韩翃。"因一首诗而得官的，在唐朝恐怕只有韩翃一人！作为一首节令诗，而且又是写宫禁之事，此诗藻丽精工而又不趋流俗，难怪获得唐德宗的激赏。

注：
① 春城：即长安城。
② 五侯家：指朝廷中的贵戚。

凤翔东湖（张护志 摄）

寒食夜

韩　偓

恻恻轻寒翦翦风①，杏花飘雪小桃红②。
夜深斜搭秋千索③，楼阁朦胧烟雨中。

注：
① 恻恻轻寒：犹言浅寒。翦翦：风比较冷。
② "杏花"：民间有"桃花开，杏花落"的谚语，而且杏花多为白色，故云。此句一作"小梅飘雪杏花红"。
③ "夜深"句：据《开元天宝遗事》记载，天宝年间，"宫中至寒食节，竞竖秋千，令宫嫔辈戏笑以为宴乐"。此风气一直延续到晚唐。民间在清明荡秋千的习俗即源于此。

【诵读导语】

韩偓是晚唐诗坛上少有的才子，其诗风清丽，富有才情。这首诗题目是"寒食夜"，但诗的关键在第三句的"秋千"。在唐宋诗歌中，秋千是和寒食、清明联系在一起的物象。所谓"斜搭秋千索"，是说秋千不是静静地垂在秋千架下，而是斜搭在秋千架的立柱上。作者的视线集中在烟雨中的秋千索上，而他的脑海里浮现的则是白天曾经在那里荡过秋千的意中人。韩偓《香奁集》有一百首诗，多写闺阁之事。其中有十首写到寒食与秋千。而且，在秋千架前曾经几次出现过"垂手而立，娇羞不肯上秋千"的女子。所以，"夜深斜搭秋千索"是一句睹物思人的朦胧诗。要是点破了，就像南宋词人吴文英的《风入松》写的那样，"黄蜂频扑秋千索，有当时、纤手香凝"，反而失去了含蓄之美。

杏花

长安清明

韦 庄

蚤是伤春梦雨天[1]，可堪芳草更芊芊。
内官初赐清明火[2]，上相闲分白打钱[3]。
紫陌乱嘶红叱拨[4]，绿杨高映画秋千。
游人记得承平事，暗喜风光似昔年。

【诵读导语】

韦庄生当唐朝末年，社会动乱不堪。他写清明，特意点出是"长安清明"，就已经不是纯粹的节令诗，而带有明显的感怀色彩。首句中的"伤春"，其实是"伤时"。惟其伤时，所以，"内官"走马、"上相"分钱，都是回忆昔日升平岁月时的清明。尾联"游人记得承平事，暗喜风光似昔年"，只能理解为作者对今日乱世的无限伤感。"风光似昔年"的背后潜台词则是时局非昔年。

注：

① 蚤：通早。

② 内官：即宦官。

③ 白打：清明时，宫廷有蹴鞠、拔河、荡秋千等游乐项目。蹴鞠时，二人对蹴，叫白打。胜者可获彩头。王建《宫词》云："寒食内人长白打，库家先散与金钱。"

④ 红叱拨：马名。天宝中，曾从大宛给唐玄宗进献过六匹汗血马，有一匹取名红叱拨。

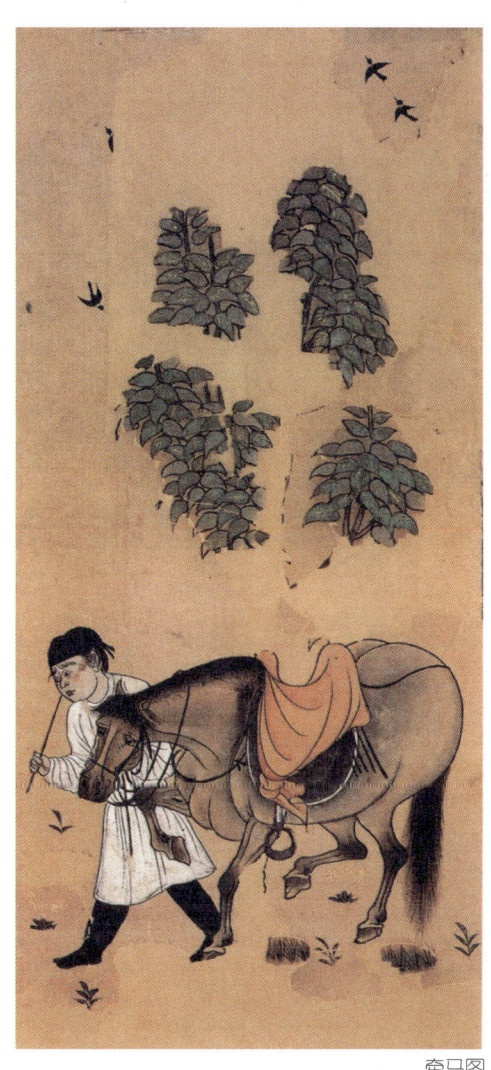

牵马图

宫 词

王 涯

迥出芙蓉阁上头①，九天悬处正当秋。
年年七夕晴光里，宫女穿针尽上楼。

注：
① 迥出：高出。

【诵读导语】

王涯从唐德宗贞元十八年入仕，到唐文宗大和九年"甘露之变"中被宦官杀死，历经六朝，多在朝廷任职。故而很熟悉宫中故事。这首宫词，就是写七夕之夜宫女乞巧的。王建也有一首宫词："画作天河刻作牛，玉梭金镯彩桥头。每年宫女穿针夜，勑赐新恩乞巧楼。"把这两首诗对照起来读，就可以发现：每逢七夕，皇宫中都要搭建彩楼，名曰乞巧楼。后宫的宫女们在七夕之夜纷纷登楼，在月光下比赛穿针。对久闭宫中的宫女来说，这是件很难得的开心事。

亭台月夜

七 夕

温庭筠

鹊归燕去两悠悠[1]，青琐西南月似钩[2]。
天上岁时星右转[3]，世间离别水东流。
金风入树千门夜[4]，银汉横空万象秋。
苏小横塘通桂楫，未应清浅隔牵牛[5]。

【诵读导语】

七夕诗多写牛郎织女故事。温庭筠的这首诗虽然也写了七夕夜景，但那只是为了陪衬"世间离别"。看来诗人曾经的意中人早已如东流之水，一去不返。而他自己还在期盼着能够重逢。温庭筠的恋情诗多显得浓艳绮丽，而这首七夕诗却清丽灵巧，别有风味。

注：
① 鹊归：传说七夕之夜，人间的喜鹊都要飞到银河上搭起鹊桥，让分居在银河两边的牛郎、织女在桥上相会。此即鹊桥会。燕去：暗指秋天。
② 青琐：代指皇宫。西南月似钩：七夕的上弦月是从西南方升起的。
③ 星右转：即向西移动。古人称西为右。
④ 金风：西方属金，故西风称金风。宋秦观《鹊桥仙》："金风玉露一相逢，便胜却人间无数。"
⑤ 苏小：即苏小小。南朝时南齐钱塘著名妓女。后世文人多用以指代意中人。横塘：地名，在今苏州枫桥一带。古典诗歌中多指代意中人所居之地。桂楫：代指船。未应：不应。

七夕夜景（张护志 摄）

八月十五日夜禁中独直对月忆元九[①]

白居易

银台金阙夕沉沉[②]，独宿相思在翰林。
三五夜中新月色，二千里外故人心。
渚宫东面烟波冷，浴殿西头钟漏深[③]。
犹恐清光不同见，江陵卑湿足秋阴[④]。

【诵读导语】

这首诗被纪晓岚称为"香山最沉着之笔"。作为一首中秋怀人诗，作者对远贬江陵的挚友元稹充满了深挚的思念之情。尤其是"三五夜中新月色，二千里外故人心"一联，抒发怀人之情，不仅当行本色，而且对仗极工。苏轼《水调歌头》一词中的"转朱阁，低绮户，照无眠。不应有恨，何事长向别时圆。……但愿人长久，千里共婵娟"，深得此联之妙。

注：
① 白居易当时任左拾遗。元九：即元稹，当时远贬江陵法曹。
② 银台：即银台门。左银台门在紫宸殿东，右银台门在紫宸殿西。
③ 渚宫：在江陵，为楚王的离宫。浴殿：即浴堂殿，在大明宫宣政殿东。此代指作者值夜的禁中。
④ "犹恐"二句：意谓江陵阴湿多雨，我最担心你今夜看不到月亮。

秋夜

十五夜望月寄杜郎中[1]

王 建

中庭地白树栖鸦[2],冷露无声湿桂花[3]。
今夜月明人尽望,不知秋思落谁家[4]?

注:
[1] 十五夜:诗中言及桂花和秋思,应当是中秋之夜。
[2] 中庭地白:用李白《静夜思》中的"床前明月光,疑是地上霜"诗意。
[3] 桂花:既指庭院中的桂花,又指月中的桂树。
[4] 秋思:即愁思。

【诵读导语】

中秋节在唐人笔下并不代表阖家团圆。像韩愈的《八月十五夜赠张功曹》,只是通过写张功曹的不幸,隐隐带出自己胸中的苦闷。诗的结尾说:"一年明月今宵多,人生由命非由他,有酒不饮奈明何!"王建的这首诗在结尾点出了"秋思"。不过,他并没有说自己望明月而生秋思,而是推开一笔,说"不知秋思落谁家"这样就显得绵渺悠长。

中秋夜

九月九日忆山东兄弟[①]

王 维

独在异乡为异客,每逢佳节倍思亲。
遥知兄弟登高处,遍插茱萸少一人[②]。

【诵读导语】

九月九日,是传统的重阳节。唐人在诗中有时称其为"黄花节"或"重九"。如王涯《九月九日勤政楼下观百僚献寿》就说:"御气黄花节,临轩紫陌头。"在这一天,古人有登高、赏菊等习惯。但对于客居他乡的人,任何一个传统节日,都会使他们产生思乡之情。这是人之常情。可是,在王维之前,却没有人如此诗意的表达。王维的"每逢佳节倍思亲"把人类的亲情用朴实无华的语言加以凝固,从而成为中国人用来表达亲情至贵时的警句。

注:
① 山东:汉唐时指华山以东地区。
② 茱萸:一名越椒,能散发香气。将其插于门楣或装入小袋子佩戴在身上,可以祛除邪气。

山中秋景(张护志 摄)

九日蓝田崔氏庄

杜 甫

老去悲秋强自宽①,兴来今日尽君欢。
羞将短发还吹帽,笑倩旁人为正冠②。
蓝水远从千涧落,玉山高并两峰寒。
明年此会知谁健?醉把茱萸仔细看。

注:
① 强自宽:勉强地自我宽慰。
② "羞将"二句:《晋书》:孟嘉是桓温的下属。九日游龙山寺,一阵风把孟嘉的帽子吹落在地,而孟嘉竟未发觉。桓温让孙盛为文嘲笑孟嘉,成为晋宋风流佳话。杜甫则反用其事,说自己时时提防风把帽子吹落而请人正之。倩:请。

【诵读导语】

诗题中的崔氏是王维的妻弟崔兴宗,曾在朝中任过右补阙,与杜甫同属谏职。他有别业在蓝田东山。唐肃宗乾元元年夏,杜甫被贬为华州司功参军。秋天,他去蓝田拜访崔兴宗。崔当时已自称处士,可见他已经退出官场。而杜甫是被排挤出长安的。所以,二人还是有共同语言的。正因为如此,他们开怀畅饮,以释愁怀。尤其是"蓝水远从千涧落,玉山高并两峰寒"一联,更是雄杰挺拔,唤起全篇精神。南宋的杨万里特别喜欢这首诗,认为"笔力拔山"。至于"明年此会知谁健"的惆怅,和他仕途失意有很大关系。第二年秋,杜甫就辞官西行,最后寓居成都。他后来写的"九日"诗,已经没了"雄杰挺拔"之气,如《九日五首》之一:"重阳独酌杯中酒,抱病起登江上台。竹叶于人既无分,菊花从此不须开。殊方日落玄猿哭,旧国霜前白雁来。弟妹萧条各何往?干戈衰谢两相催。"人们都喜欢"竹叶于人既无分,菊花从此不须开"一联以真对假的高超造诣,却忘记了当时作者所处的干戈遍地、衰老相催的际遇。

小耿峪(张护志 摄)

至日遣兴奉寄北省旧阁老两院故人二首（选一）

杜 甫

去岁兹辰捧御床①，三五更点入鹓行②。
欲知趋走伤心地③，正想氤氲满眼香④。
无路从容陪笑语⑤，有时颠倒着衣裳⑥。
何人却忆穷愁日⑦，日日愁随一线长⑧。

【诵读导语】

这是作者任华州司功参军时写给在京城的中书、门下两省的旧僚友的诗。杜甫到华州以后，心情一直很抑郁。在《题郑县亭子》中他用野雀和山蜂比喻那些欺负他的人："巢边野雀群欺燕，花底山蜂远趁人。"所以，他就趁着冬至给朝中的一些同僚写诗，倾吐心里的苦闷。

注：
① 去岁兹辰：去年今天。捧御床：指朝见皇帝。
② 入鹓行：站在上朝官员的行列中。
③ "欲知"句：此句写自己离开长安，到了华州。伤心地：指华州。
④ "正想"句：此句回想去年冬至在朝廷时的悠闲。
⑤ "无路"句：写自己在华州很孤单，同僚之间关系冷漠。
⑥ "有时"句：意谓在华州公务繁忙。
⑦ "何人"句：感慨没人能想起自己。
⑧ "日日"句：皇宫中用红线量日影。冬至后，日影逐日延长一线。作者用日影逐日延长比喻自己的忧愁一天天加重。

旧阁老院（张护志 摄）

朔旦冬至摄职南郊因书即事[1]

权德舆

大明南至庆天正[2],朔旦圜丘乐九成[3]。
文轨尽同尧历象[4],斋祠忝备汉公卿[5]。
星辰列位祥光满[6],金石交音晓奏清[7]。
更有观台称贺处[8],黄云捧日瑞升平。

【诵读导语】

权德舆在唐德宗朝曾担任礼部侍郎。诗题中的"摄职"就是以礼部侍郎的身份主持祭天仪式。唐代皇帝一般在登基、冬至、正月上辛和孟夏率领百官祭天。这是君权神授、天人感应文化观念的体现。所以,祭天是最隆重的国家盛典。杜甫困守长安十年,一直没有步入仕途的机会。唐玄宗天宝十载,当他获悉朝廷准备"有事于南郊"时,立即给唐玄宗进献《三大礼赋》。唐玄宗阅后,命礼部试文章。终于授予他太子右卫率府胄曹参军。三篇文章,获一官职。这比他参加进士考试轻松多了。

注：

① 这首诗写冬至在南郊举行祭天仪式。朔旦：初一早晨。
② 大明：太阳。
③ 圜丘：即皇帝祭天之坛。在唐长安城南门明德门外东二里许。其形制为圆丘,以象征天。通高三丈三尺,分四层。由上至下,分别为：上层：设天神座；二层：设黄帝、青帝、赤帝、白帝、黑帝五方帝及日、月；三层：设北辰、北斗、天一、太一、紫薇五星等星座；四层：设二十八宿等星座。乐九成：帝王之乐奏九遍才告成功。故云。
④ 文轨尽同：即书同文,车同轨。意谓天下一统。
⑤ 忝：自谦之词,意谓愧居其位。
⑥ 星辰列位：整个天坛,从上至下,各方星辰都有固定位置。
⑦ 金石：祭天时用钟、磬等传统的金石乐器演奏乐曲。
⑧ 观台：指天坛外围搭建的观看祭天大礼的看台。

唐天坛遗址

杜位宅守岁[1]

杜 甫

守岁阿咸家[2],椒盘已颂花[3]。
盍簪喧枥马[4],列炬散林鸦[5]。
四十明朝过[6],飞腾暮景斜[7]。
谁能更拘束,烂醉是生涯。

【诵读导语】

除夕是一家人团聚的日子,而且达旦不眠,故谓之守岁。但对于远离家乡的人来说,除夕之夜总会产生客居他乡的愁怀。尤其是对那些仕途蹉跎的人来说,更是如此。像高适的《除夜作》:"旅馆寒灯独不眠,客心何事转凄然?故乡今夜思千里,双鬓明朝又一年。"杜甫写这首诗的时候,他已经为求仕在长安奔波了五年,仍然孑然一身。所以,这首诗前四句写守岁宴会,后四句写岁终感怀。所谓不受拘束,尽情畅饮,以至烂醉,只不过是一时的愤激之词。

香炉(陕西省历史博物馆藏)

注:
① 杜位:杜甫的侄子、李林甫的女婿。其宅在曲江池西畔。
② 阿咸:代指杜位。一作"阿戎",即兄弟辈。但与杜甫辈分相矛盾。杜甫在秦州时写有《示侄佐》一诗,可证杜位与杜佐同辈。按唐人取名习惯,不可能出现杜佐与杜甫是叔侄辈,而杜位与杜甫是兄弟关系。
③ 椒盘颂花:指除夕设宴。晋宋时,正月初一用盘子盛椒,饮酒时,撮数粒置于酒中。又晋时刘臻的妻子陈氏于正月初一时献《椒花颂》。
④ 盍簪:指朋友聚会。喧枥马:指赴宴的人很多。
⑤ "列炬"句:意谓宴会结束时,灯烛成行,惊散栖息的鸟雀。
⑥ "四十"句:意谓过了除夕,自己就四十一岁了。
⑦ "飞腾"句:感慨时间过得飞快。